Antje Babendererde

Libellensommer

Antje Babendererde,
1963 in Jena/Thüringen geboren, war zunächst als Töpferin und Arbeitstherapeutin tätig. Seit 1996 ist sie freiberufliche Autorin mit einem speziellen Interesse an der Kultur der Indianer. Nach intensiven USA-Reisen und den Besuchen verschiedener Reservate erschienen von ihr zu diesem Thema mehrere Romane für Erwachsene. »Libellensommer« ist ihr viertes Jugendbuch. Mehr über die Autorin unter www.antje-babendererde.de

Weitere Bücher von Antje Babendererde im Arena Verlag:

Der Gesang der Orcas
Lakota Moon
Talitha Running Horse

Antje Babendererde

Libellensommer

Roman

Arena

In neuer Rechtschreibung

1. Auflage 2006

Umschlagfoto: Irene Teesalu
Gesamtherstellung: Westermann Druck Zwickau GmbH
ISBN 3-401-05881-9
ISBN 9-783-401-05881-8

www.arena-verlag.de

Den Wäldern dieser Erde gewidmet

Liebe ist ein Anfang, eine verborgene Wärme, die stärker, die lebendig wird; die Seele wendet sich in der Haut und öffnet die Augen.

Aus »Sonnenstaub« von Linda Hogan

1.

Eigentlich hatte ich nichts gegen Indianer. Bis zu dem Tag, an dem mein Vater entlassen wurde. Die Indianer waren schuld daran, dass die Pappfabrik schließen musste. Und das alles nur wegen ein paar blöden Bäumen. Als ob es nicht genug davon geben würde.

Mit den Indianern fing alles an. Doch damals ahnte ich noch nicht, was mir bevorstand. Ein großes Abenteuer. Vielleicht ein bisschen zu groß für mich. Heute frage ich mich, wie viel wir von unserem Leben beeinflussen können und was vorherbestimmt ist. Eines weiß ich jedoch sicher: Es geschehen immer wieder Dinge, mit denen man nicht gerechnet hat. Und dann bleibt einem nichts anderes übrig, als einen Weg zu finden, um damit fertig zu werden.

Klar, es war eine schwierige Zeit für unsere Familie. Aber mit ziemlicher Sicherheit waren wir nicht die Einzigen auf diesem Planeten, die es schwer hatten. Andere Familien hielten in schlimmen Zeiten fest zusammen, unsere schien immer mehr auseinander zu fallen. Es tat weh, das mit ansehen zu müssen, ohne etwas dagegen tun zu können.

Auch an diesem Abend drang das Geschrei aus dem Wohnzimmer durch den Flur bis in mein Zimmer. Meine Eltern stritten mal wieder. Ich wickelte mir das Kissen um den Kopf und presste die Arme auf meine Ohren. Aber es nützte nichts. Ich hörte es trotzdem.

Die Knie an die Brust gezogen, rollte ich mich in meinem Bett ganz klein zusammen. Wie ein Baby im Bauch seiner Mutter.

Manchmal wünschte ich mich dahin zurück. Natürlich erinnere ich mich nicht daran, wie es dort war; ich glaube, das kann niemand. Aber warm und sicher war es bestimmt und ich weiß, dass meine Eltern damals noch nicht so viel stritten.

Das begann erst vor ein paar Monaten. Jahrelang hatte mein Vater in einer großen Pappfabrik gearbeitet und dort gut verdient. Aber dann wehrte sich auf einmal irgendein kleines Indianervolk gegen die Abholzung der Wälder, auf die es angeblich Anspruch hatte. Die Indianer nahmen sich einen Anwalt und plötzlich waren die Zeitungen voll von Boykottaufrufen gegen den kanadischen Papierkonzern *Papermill*, der das Holz aus ihren Wäldern holte und an Dads Pappfabrik lieferte.

Es passierte, womit zunächst keiner gerechnet hatte: Der Boykott funktionierte. Viele Leute waren empört über die Ungerechtigkeit gegenüber den Ureinwohnern. Sie kauften nicht mehr bei den Fastfood-Ketten, die Produkte aus Dads Fabrik verwendeten. Die Firma musste schließen.

Nach der Schließung der Pappfabrik waren in Thunder Bay mit einem Schlag hundert Männer und Frauen auf Arbeitssuche und nur einige wenige von ihnen hatten Glück und bekamen einen Job.

Mein Dad hatte kein Glück. In der Fabrik hatte er komplizierte Maschinen bedient, er war ein hochqualifizierter Facharbeiter, für den es nun keine Verwendung mehr gab. Es blieb ihm nichts anderes übrig, als sich auf dem Sozialamt zu melden.

Jemand zerrte an meinem Kissen. Ich spürte eine warme Hand auf meinem Arm und nahm unwillig das Kissen vom Kopf.

»Jodie, ich kann nicht schlafen bei diesem Krach.« Es war Nicci. Meine fünf Jahre jüngere Schwester hockte neben mir und sah mich mit müden Augen an. »Kann ich mit in dein Bett kommen? Ich hab Angst, wenn sie so laut sind.«

Ich seufzte leise. Schließlich hob ich die Bettdecke hoch, rutschte ein Stück zur Seite und ließ Nicci darunter schlüpfen. Sie kuschelte sich an mich, ich nahm sie in die Arme.

»Wovon soll ich die Familie ernähren, wenn du alles versäufst?«, hörte ich meine Mutter schreien. Inzwischen waren unsere Eltern nicht mehr im Wohnzimmer, sondern auf dem Flur. Es kam mir so vor, als würden sie direkt neben meinem Bett stehen.

»Hör endlich auf mit deinen verdammten Vorwürfen, Maggie«, sagte mein Vater, »ich halte das bald nicht mehr aus. Es ist nicht meine Schuld, dass ich den Job verloren habe, und ich kann auch nichts dafür, dass ich keinen neuen finde.«

Dad schrie nicht, trotzdem konnte ich jedes seiner Worte ganz deutlich hören. Er war angetrunken, aber ich begriff, wie unglücklich es ihn machte, dass alles so gekommen war.

»Nein«, rief meine Mutter aufgebracht, »das ist nicht deine Schuld. Aber du musst nicht das bisschen Geld, das wir zum Leben haben, auch noch in die Kneipe tragen. Du bist schließlich verantwortlich für uns.«

Ich lauschte angstvoll auf ihre Stimmen und fragte mich, wann es bei uns zu Hause so laut geworden war.

Am Anfang war es noch nicht so schlimm gewesen. Dad kümmerte sich um den Haushalt, kaufte ein und machte mit Nicci Hausaufgaben. Meine Mom hatte einen Job im *Big Thunder*, einem Fastfood-Restaurant bekommen, aber sie hasste es, den ganzen Tag in der nach ranzigem Fett stinkenden Küche zu stehen oder ungeduldige Menschen zu bedienen. Wenn sie am Abend geschafft nach Hause kam, war ihre Laune dementsprechend mies.

Nach einiger Zeit hatte mein Vater Moms Nörgeleien satt. Er verschwand abends immer öfter in der Kneipe, wo er sich mit ein paar ehemaligen Arbeitskollegen traf, die arbeitslos waren wie er. Wenn er dann spät nach Hause kam, hatte er eine Alkoholfahne und meine Mutter fing jedes Mal Streit an, wenn sie noch wach war.

Manchmal gingen dabei Dinge zu Bruch. Das war Mom. Sie konnte furchtbar sein, wenn sie wütend war. Und in letzter Zeit war sie fast nur noch wütend.

»Ich erkenne dich nicht wieder, George.« Die Stimme schrillte durch unsere winzige Sozialwohnung, in die wir vor zwei Monaten gezogen waren.

»Ich dich auch nicht, Maggie«, erwiderte Dad. »Bestimmt sind die Mädchen wach geworden von deinem Geschrei. Was müssen sie denken, wenn sie uns ständig streiten hören?«

»Was kümmern dich die Mädchen, du machst dir doch sonst auch keine Gedanken darum, wie es ihnen geht.«

Das war ein harter Vorwurf und vor allem stimmte er nicht. Normalerweise war es meine Mutter, die wenig davon mitbekam, was mir oder Nicci wichtig war. Dad machte sich sehr wohl Gedanken, wie es uns ging. Er nörgelte nicht oder kritisierte an mir herum, weil ich zu dick war. Ich konnte gut mit ihm reden. Viel besser als mit meiner Mutter, die immer gleich schrecklich aufbrausend war, wenn ihr etwas gegen den Strich ging.

Dad hatte meistens Verständnis, auch wenn ihm eine Sache mal nicht passte. Er war geduldiger als Mom und ich liebte seinen Humor. Der war allerdings in den letzten Wochen kaum noch zum Vorschein gekommen. Die meiste Zeit lief er mit traurigen Augen herum, etwas, das einem auf Dauer Angst machen konnte.

Plötzlich schlug die Wohnungstür zu und für einen Augenblick war es furchtbar still. Kurze Zeit später hörte ich meine Mutter weinen und merkte, dass auch Niccis Körper von kleinen Schluchzern geschüttelt wurde.

»Schschsch«, flüsterte ich, »nicht weinen. Es wird alles gut werden, glaub mir. Dad findet bald einen neuen Job, dann können wir wieder ein Haus mieten und Cookie zurückholen.«

Cookie war unser kleiner Mischlingshund, den wir zu Bekannten hatten geben müssen, als wir aus unserem Haus in den Block mit den Sozialwohnungen gezogen waren. Ich vermisste Cookie, aber Nicci vermisste ihn noch mehr. Die beiden waren unzertrennlich gewesen. Seit sie den Hund nicht mehr hatte, war sie noch quengliger geworden.

Langsam beruhigte Nicci sich und hörte auf zu schluchzen. Ich weiß nicht, ob meine kleine Schwester mir glaubte. Wo ich doch selbst nicht so recht an das glauben konnte, was ich gesagt hatte. Schon bald hörte ich sie gleichmäßig atmen. Sie war eingeschlafen.

Vorsichtig, um meine Schwester nicht zu wecken, stand ich auf und legte mich in ihr Bett. Wir beide teilten uns ein winziges Zimmer von vier mal vier Quadratmetern, was eine ziemliche Katastrophe war. Überall lagen Niccis Sachen herum und für meine war kein Platz mehr.

Ich zog die Bettdecke über den Kopf und versuchte, die Gedanken daran, wie es weitergehen sollte, für ein paar Stunden von mir zu schieben. Ich schaltete um auf träumen. Darin war ich Meisterin, und das nicht nur in der Nacht. Tagträume waren meine Spezialität. Aber nachts, wenn alles dunkel und still war (*wenn* es denn still war), ließ es sich am besten träumen.

Es passierte automatisch, ohne dass ich es wollte. Wenn es mir schlecht ging, waren es meine Träume, die mir halfen. Die Welt in meinem Kopf war um so vieles aufregender als das, was in meinem wirklichen Leben passierte. Und so viel tröstlicher. Ich war die Heldin schillernder Abenteuer in verschiedenen Zeitepochen und auf anderen Erdteilen. Natürlich hatte ich auch einen Helden. Er hieß Tim, hatte braune Locken und blaue Augen. Und Muskeln, klar. Er rettete mich aus jeder noch so verzwickten Situation und ich liebte ihn dafür von ganzem Herzen.

Tim gab es wirklich. Ich hatte ein Foto von ihm. Und unzählige wunderschöne E-Mails.

2.

Ich hatte Tim im Internet kennen gelernt. Vor einem Jahr war ich einer Gruppe von Tierschützern beigetreten, die sich *Heart for Animals* nannte, und für zwei Wochen war ich sogar Vegetarierin gewesen. Ich verschickte Petitionen gegen den Walfang, den Abschuss von Wölfen und das Abschlachten von Robbenbabys.

Eines Tages war ich beim Chatten und Unterschriftensammeln auf einen Jungen gestoßen, der über all diese Dinge gut Bescheid wusste und mit dem ich mich ausgiebig darüber unterhalten konnte. Zum Beispiel, wie die Japaner unter dem Deckmantel der wissenschaftlichen Forschung das Walfangverbot umgingen. Oder dass Wölfe und Berglöwen auch weiterhin von Jägern abgeschossen wurden, obwohl sie zu den bedrohten Tierarten gehörten. Dass jährlich am St.-Lorenz-Strom 300 000 Robbenbabys brutal abgeschlachtet wurden, nur um an ihr weiches weißes Fell zu kommen, während ihre blutigen, kleinen Körper einfach liegen gelassen wurden.

Es stellte sich heraus, dass Tim in Sudbury lebte, einer Stadt, die fast 1000 Kilometer östlich von Thunder Bay lag. Tim war schon 18. Er machte eine Ausbildung zum Automechaniker, hatte eine eigene Wohnung und ich verstand mich wunderbar mit ihm.

Keine Ahnung, was er an mir fand, aber schon nach ein paar Wochen verließen wir den Chatroom und schickten uns regelmäßig E-Mails, die nicht nur gefährdete Tierarten zum Thema hatten.

Im Unterschied zu den Jungs aus meiner Klasse war Tim viel reifer und verständnisvoller. Er ging auf das ein, was ich ihm schrieb. Er war witzig und charmant und machte mir Komplimente, und nachdem das Eis einmal gebrochen war, flirteten wir hemmungslos.

Als er mir schließlich per E-Mail ein Foto von sich schickte, war es endgültig um mich geschehen. Er hatte braune Locken (die sich bestimmt wunderbar weich anfühlten), große blaue Augen und ein strahlendes Lächeln. Ich konnte nicht fassen, dass er seine Zeit für mich opferte, wo er doch jede haben konnte, so toll, wie er aussah.

Leider wünschte sich Tim nun auch ein Foto von mir und stürzte mich mit seiner Bitte in eine große Krise. Denn Tim Webster wusste zwar eine Menge über mich, aber ein paar Dinge hatte ich ihm auch verschwiegen. Zum Beispiel mein Körpergewicht.

Manchmal, wenn ich meine Mutter und mich auf Fotos betrachtete, konnte ich nicht glauben, dass wir verwandt waren. Mom war zierlich und schlank, hatte lange Beine, strahlend blaue Augen und naturblondes Haar. Die Männer sahen ihr auf der Straße hinterher und mein Dad war stolz darauf, so eine schöne Frau zu haben.

Ich hatte von meiner Mutter nur die Haarfarbe geerbt, sonst nichts. Ihre Haare waren glatt und glänzten, meine kringelten sich wie wild, sodass ich sie kaum bändigen konnte. Meine Augen waren grau wie der Himmel an einem trüben Tag im November und von Moms Figur konnte ich nur träumen. In Niccis Alter war ich noch spillerig gewesen, genau wie meine kleine Schwester jetzt. Aber dann legte ich plötzlich zu. Seit drei Jahren musste ich einen BH tragen und in der Körbchengröße hatte ich meine Mutter bereits übertroffen. Alles an mir war rund und weich und jeder Versuch, eine Diät zu machen, scheiterte meist schon am ersten Abend. Ich aß einfach zu gerne Süßes. Eiscreme und Schokoriegel waren mein Verhängnis.

Früher war Mom immer darauf bedacht gewesen, dass unsere Familie sich gesund ernährte. Aber nun musste sie jeden Dollar dreimal umdrehen und beim Einkaufen kam es vor allem darauf an, dass wir satt wurden. Manchmal brachte sie Reste aus dem Restaurant mit, übrig gebliebene Hamburger und Würstchen, die unseren eintönigen Speiseplan ergänzten.

So war ich noch ein bisschen dicker geworden und hatte, weil das nicht reichte, eine schlechte Haut bekommen. Pickel auf der Stirn und am Kinn, die zu den unpassendsten Zeitpunkten hässlich aufblühten.

All das hatte ich Tim natürlich verschwiegen, aber als er beharrlich nach einem Foto fragte, machte ich mich auf die Suche und fand eins, auf dem ich ganz passabel getroffen war. Der Fotograf hatte mich leicht von der Seite aufgenommen, sodass mein Profil zur Geltung kam, das Gesicht schmaler wirkte. (Das Foto war vom letzten Sommer, da war es mit den Pickeln noch nicht so schlimm gewesen.)

Ich konnte es kaum fassen, als Tim mir zurückschrieb, dass er mich süß fände. Und meine Träume von uns beiden, ob am Tag oder in der Nacht, waren von nun an in die rosigsten Farben getaucht.

Auch in jener Nacht, nachdem mein Vater die Wohnungstür mit einem unversöhnlichen Knall zugeschlagen hatte und Nicci sich im Bett nebenan unruhig hin und her wälzte, war es Tim, der mich rettete.

Diesmal träumte ich nicht von längst vergangenen Zeiten und reiste auch nicht in ferne Länder. Mein Traum spielte im Hier und Jetzt, denn ich machte mich auf den Weg, Tim zu besuchen. (Schließlich waren bald Sommerferien.) Am schönsten war der Moment, als ich klingelte und er die Tür öffnete. Gleich darauf lagen wir einander in den Armen und er küsste mich. Was für ein Kuss! Konnte man so etwas träumen?

Am nächsten Morgen erwachte ich unausgeschlafen und der Tag in der Schule wurde zur Qual. Nicht mal meine beste Freundin Marla schaffte es, mich etwas aufzumuntern, und ich war froh, als ich endlich nach Hause gehen konnte.

Dad war nicht da. Er hatte kein Essen für Nicci und mich vorbereitet, aber ich dachte mir nichts dabei. Das war in letzter Zeit häufig vorgekommen. Er suchte ja Arbeit, vielleicht hatte er irgendwo ein Vorstellungsgespräch.

Ich machte Pfannkuchen mit Ahornsirup für meine Schwester und mich. Nachdem wir gegessen hatten, ging ich in unser winziges Zimmer, setzte mich an den Laptop und checkte meine E-Mails. Tim hatte geschrieben. Mit klopfendem Herzen öffnete ich die Mail. Gestern hatte ich ihn gefragt, ob er nicht Lust hätte, mich in den Ferien zu besuchen. Mein Verstand sagte mir zwar, dass mein Traum von letzter Nacht nicht Wirklichkeit werden konnte, (schließlich war ich erst 15 und meine Eltern würden mir nicht erlauben, Tim in Sudbury zu besuchen), aber ich hoffte, er würde stattdessen zu mir nach Thunder Bay kommen.

Natürlich konnte er nicht bei uns wohnen, aus Platzgründen und auch weil Mom und Dad es nicht zugelassen hätten. Aber es gab ein preiswertes Hostel in der Stadt und ich würde ihm dort eine Übernachtung reservieren. Wir könnten uns tagsüber sehen, über neue Aktionen beraten und alles Mögliche gemeinsam unternehmen. Einer, der ein Herz für Tiere hatte, konnte bestimmt wunderbar küssen.

Doch ich wurde enttäuscht. Tim schrieb, dass er gerne kommen würde, er aber demnächst seine alte Großmutter betreuen müsse, weil seine Eltern für ein paar Wochen nach Europa reisen wollten. Ich wusste, dass er eine Großmutter hatte. Sie hieß Louise und wohnte im Haus seiner Eltern. Tims Eltern schwärmten für geschichtsträchtige Orte wie Florenz, Rom, Venedig. Auch das wusste ich. Aber die Reise kam doch etwas plötzlich, davon hatte er mir bisher gar nichts erzählt.

Mutlos schloss ich das Programm. Wenn Tim auch nur für drei Tage gekommen wäre, hätte ich die endlosen Ferienwochen vorprogrammierte Langeweile klaglos in Kauf genommen. An Familienurlaub war nämlich nicht zu denken, so groß, wie das Loch in unserer Haushaltskasse war. Ich konnte etwas mit Marla unternehmen, aber spätestens im August, wenn sie mit ihren Eltern verreiste, würde ich dasitzen und Trübsal blasen.

Meine Laune verschlechterte sich schlagartig. Nicci spielte mit ihren Puppen, sprach mit verstellter Stimme und ging mir furchtbar auf die Nerven. Ich warf ihr einen so bösen Blick zu, dass sie es vorzog, aus dem Zimmer zu verschwinden und sich vor den Fernseher zu setzen.

Ich war froh darüber, denn so sah sie nicht, dass ich vor Wut und Enttäuschung zu heulen anfing.

Am Abend kam Mom geschafft nach Hause. Sie hatte kalte Hamburger aus dem Restaurant mitgebracht, die wir in der Mikrowelle aufwärmten. Nicci und ich kümmerten uns um das Essen, aber Dads Platz am Tisch blieb leer. Mom war schweigsam und hatte dunkle Ringe unter den Augen. Ich wagte nicht, sie zu fragen, aber Nicci tat es.

»Wo ist Dad, Mommy? Warum isst er nicht mit uns?«

»Ich weiß es nicht, Nicci«, antwortete sie müde. »Ich weiß nicht, wo Dad ist.«

Erschrocken sah ich meine Mutter an. »Was heißt, du weißt nicht, wo er ist?«

»Euer Vater ist in der Nacht nicht nach Hause gekommen. Und wie es aussieht, war er heute Vormittag in der Wohnung und hat ein paar Sachen geholt.«

»Dad ist weg?«, rief ich. »Er hat uns einfach so verlassen?« Ich wollte das nicht glauben. Mein Magen zog sich schmerzhaft zusammen und ich kriegte den Bissen kaum hinunter, den ich im Mund hatte.

Nicci fing an zu heulen.

»Wir werden schon zurechtkommen«, sagte meine Mutter. »Wir drei müssen jetzt zusammenhalten.«

Das Messer fiel mir aus der Hand und kam klirrend auf dem Teller auf. Ich sprang auf, rannte in mein Zimmer und schlug die Tür hinter mir zu. Das Gesicht ins Kopfkissen gepresst, wartete ich auf Tränen, aber sie kamen nicht. Mom hatte Dad mit ihrem Geschrei, ihrer schlechten Laune und ihren ewigen Vorwürfen fortgetrieben. Und nun ging sie über die Tatsache, dass er nicht mehr da war, mit einer Leichtigkeit hinweg, die mich wütend machte.

Dad hatte immer für uns gesorgt. Und jetzt, wo er nicht dazu in der Lage war, schien es meiner Mutter recht zu sein, dass er fort war. Wie konnte sie bloß so schnell den Glauben an ihn verlieren?

War das Liebe? Ich begriff die Welt nicht mehr.

Irgendwann kam Nicci ins Zimmer und setzte sich auf mein Bett. »Mommy sagt, er kommt wieder.«

Ich hörte die Zweifel in ihrer Stimme, hatte aber keine Lust, sie zu beruhigen. Mich tröstete auch niemand. »Das werden wir ja sehen«, erwiderte ich, stand auf und ging ins Badezimmer. Als ich wiederkam, lag Nicci brav in ihrem Bett und hatte Cookie im Arm (den aus Plüsch). Es ging ihr nicht gut. Sie vermisste ihren Dad genau so wie ich. Trotzdem legte ich mich in mein Bett und löschte das Licht, ohne meiner kleinen Schwester eine gute Nacht zu wünschen.

Irgendwie rettete ich mich über die nächsten Tage. Dad kam nicht zurück und wir wussten auch nicht, wo er war. Mom wurde immer unausstehlicher, Nicci quengelte und meine Laune verschlechterte sich stündlich.

Die meiste Zeit flüchtete ich mich zu Marla. Sie war nicht nur meine beste Freundin, sondern auch die erfolgreichste Seelentrösterin, die ich kannte. Marla war eine Bohnenstange mit glatten schwarzen Haaren und auch sonst das ganze Gegenteil von mir. Ich hatte viele Fragen, sie auf alles eine Antwort. Ich war neugierig, sie vorsichtig. Ich war chaotisch, sie ordentlich. Marla stand stets mit beiden Beinen auf dem Boden der Tatsachen, während ich die größere Hälfte des Tages träumte.

Manchmal sprachen wir darüber, eins zu werden, das Ganze dann lange und heftig zu schütteln, um es danach wieder in zwei Hälften zu teilen. Herauskommen würden zwei perfekte Mädchen, denen sämtliche Jungs von Thunder Bay hinterherschauen würden. Aber das waren natürlich nur Hirngespinste. Marla war Marla und Jodie war Jodie. Da ließ sich nichts machen.

Marla versuchte alles Mögliche, um mich auf andere Gedanken zu bringen. Wir schlenderten durch die Geschäfte und probierten die neueste Mode. Lauter Dinge, die wir uns nicht leisten konnten. Beinahe jeden Tag gingen wir nach der Schule ins Freibad, lagen auf der Wiese und Marla hörte mir zu, wenn ich immer wieder die gleichen Fragen stellte.

Aber irgendwann wurde ihr meine schlechte Laune zu viel und sie stauchte mich nach allen Regeln der Kunst zusammen. Das war am letzten Schultag vor den großen Ferien und erstaunlicherweise zeigte ihre Standpauke Wirkung. Ich beschloss, die Ferien zu genießen, auch wenn sie nicht so werden würden, wie ich sie mir vorgestellt hatte. Und ich wollte auf der Stelle damit anfangen.

3.

Um meinen Entschluss in die Tat umzusetzen, feierten Marla und ich den ersten Ferientag im Sleeping Giant Café, wo es die gigantischsten Eisbecher aller Zeiten gab. Die Sonne brannte vom Himmel, kein Wölkchen war zu sehen.

Die Terrasse des Cafés war voll besetzt. Aber wir hatten alle Zeit der Welt und warteten, bis zwei Plätze frei wurden. Von hier aus hatten wir einen schönen Blick auf den Lake Superior und den Sleeping Giant, eine lang gezogene Halbinsel, das Wahrzeichen von Thunder Bay.

Seinen Namen hatte die felsige Halbinsel von den Ojibwa-Indianern bekommen, weil sie in ihrer Form an einen schlafenden Riesen erinnerte. In unserer Klasse gab es zwei Ojibwa-Mädchen, Lisa und Theresa, die uns einmal im Geschichtsunterricht die Legende vom Schlafenden Riesen erzählt hatten.

Nanna Bijou, der Geist des Tiefen Wassers, hatte einem Ojibwa-Stamm den Weg zu einer reichen Silbermine gezeigt, als Belohnung für ihren Fleiß, ihr friedvolles Leben und ihre Güte. Er gebot ihnen, das Geheimnis niemals an die Weißen zu verraten, sonst würde er zu Stein.

Die Ojibwa wurden schnell reich und berühmt für ihre kunstvollen Silberornamente. Bald benahmen sie sich überheblich und gingen leichtfertig mit ihrem Geheimnis um. Ein betrunkener Indianer verriet den Weg zur Silbermine an die Weißen und die Prophezeiung bewahrheitete sich: *Nanna Bijou* wurde zu Stein.

Schon merkwürdig: Wir Weißen redeten schlecht über die Indianer und die Indianer dachten nichts Gutes über uns Weiße. Es gab eine ganze Menge Indianer in Thunder Bay, auch in unserem Block lebten welche. Aber ich hatte nie etwas mit ihnen zu tun. Es schien, als würden Weiße und Ureinwohner in einer Art Parallelwelt leben. Selbst mit den beiden Ojibwa-Mädchen aus meiner Klasse hatte ich bisher kaum mehr als ein paar belanglose Sätze gewechselt.

»Was denkst du?«, fragte Marla.

»Ach nichts«, erwiderte ich.

»Träumerin.« Kopfschüttelnd verdrehte sie ihre eidechsengrünen Augen.

Endlich wurden unsere Eisbecher gebracht. Vor mir stand ein eleganter Turm aus Schokoladeneiskugeln, Schlagsahne und glänzender Schokosoße.

»Na, dann mal los.« Marla hatte einen Früchtebecher mit frischen Erdbeeren bestellt, auf dem ein glimmerndes Schirmchen steckte. Sie griff nach dem Löffel. »Auf die Ferien!«

»Auf die Ferien«, sagte ich.

Einfach himmlisch, so ein Schokoladeneis mit Sahne. Es gab Menschen, die konnten Dingen widerstehen, von denen sie wussten, dass sie nicht gut für sie waren. Ich nicht. Zwar plagte mich für einen Augenblick das schlechte Gewissen, aber dann gab ich mich ganz ungeniert der köstlich-schokoladigen Kälte auf meiner Zunge hin.

»Hmmm«, seufzte ich und schloss genüsslich die Augen, »so ähnlich muss küssen sein. Küssen mit Tim.«

Marla lachte. »Dann solltest du lieber küssen, statt Eisbecher zu essen. Ein Zungenkuss verbraucht nämlich eine Menge Kalorien. Küssen ist besser als jede Diät.«

Was Marla alles wusste! Dabei war es pure Theorie, denn im Gegensatz zu mir war Marla noch ungeküsst. Mein erstes Mund-zu-Mund-Erlebnis mit einem Jungen war allerdings auch nicht sonderlich berauschend gewesen. Küssen mit Philip Ashley war wie eine tote Schnecke im Salat. Ashley ging schon in die Zehnte und hatte vor einiger Zeit Interesse an mir bekundet. Eines Tages hatte ich seinem Drängen nachgegeben, einfach, weil ich es endlich wissen wollte. Das war ein Fehler gewesen. Er hatte mir seine Zunge in den Mund geschoben und dann nicht mehr weitergewusst. Sie lag wie etwas Totes zwischen meinen Zähnen. Ich hatte kaum noch Luft bekommen und zugebissen, weil ich seine Zunge wieder loswerden wollte. Philip hatte einige Tage Schwierigkeiten mit dem Sprechen gehabt und überall herumerzählt, dass es lebensgefährlich sei, mir zu nahe zu kommen.

Marla und ich redeten viel über Sex, wobei unser Mangel an Erfahrung durch übergroße Phantasie ersetzt wurde. Während ich dem ersten Mal mit fieberhafter Neugier entgegensah (natürlich mit Tim), hatte Marla allerhand Bedenken. »Wenn du es zu *der* großen Sache machst, die dein Leben verändern soll«, sagte sie, »wirst du enttäuscht sein.«

Woher sie diese geniale Weisheit wohl hatte?

Natürlich phantasierten wir stets nur ins Blaue hinein, denn Sex war bei weitem kein akutes Problem bei uns. Marla hatte keinen

Freund und war nur theoretisch bestens informiert. Ich hatte Tim, aber der lebte fast 1000 km von mir entfernt (sozusagen auf einem anderen Stern). Für mich war klar, dass er es sein sollte, mit dem ich mein erstes Mal erlebte. Er meinte es ernst mit mir, da war ich mir sicher. Ich würde mich eben noch eine Weile gedulden müssen.

Wenigstens hatte ich jemanden, von dem ich träumen konnte.

Es wurde ein perfekter Tag für uns beide. Marla und ich löffelten unser Eis, wir lachten viel und ein bisschen war es wie früher, als alles noch in Ordnung war. Aber das änderte sich schlagartig, als ich nach Hause kam. Ich merkte sofort, dass etwas nicht stimmte. Mom hatte einen schuldbewussten Ausdruck in den Augen und Nicci schlich in der Wohnung herum wie ein Geist, dem die Tarnkappe abhanden gekommen war.

»Was ist denn los?«, fragte ich. »Ist was mit Dad?«

Meine Mutter schüttelte den Kopf. »Mein Auto ging heute auf dem Weg zur Arbeit kaputt, ich bin ziemlich fertig.«

Moms alter Nissan war eine Schrottkiste und gab ständig seinen Geist auf. Das war keineswegs eine umwerfende Neuigkeit. Achselzuckend verzog ich mich in mein Zimmer, doch kaum hatte ich es betreten, erstarrte ich vor Schreck. Das war doch . . . Das konnte sie mir nicht antun . . . Mir blieb fast das Herz stehen: Mein Laptop war weg.

Ich lief in die Küche. »Mom?«

Sie stand rücklings gegen die Spüle gelehnt, ein Glas mit einer bernsteinfarbenen Flüssigkeit in der Hand. »Ich wusste nicht, wie ich die Reparatur bezahlen sollte, Jodie. Es tut mir Leid. Aber wir müssen alle verzichten.«

»Verzichten?«, rief ich. »Du hättest mich wenigstens fragen können.«

»Es ist Dads Laptop, Jodie, nicht deiner.«

»Dann hättest du eben Dad fragen müssen.« Ich kriegte kaum Luft vor Wut und Tränen standen in meinen Augen.

»Dad ist nicht da.« Nun schrie Mom.

»Ja, weil *du* ihn weggetrieben hast. Mit deinen ständigen Nörgeleien bist du ihm so auf die Nerven gegangen, dass er es nicht mehr bei uns ausgehalten hat. Du bist an allem schuld«, schrie ich zurück, »und bist doch nicht viel besser als er, wenn du jetzt auch noch anfängst zu trinken.«

Im selben Augenblick erntete ich eine schallende Ohrfeige.

Voller Entsetzen starrte ich meine Mutter an, durch einen trüben Tränenschleier hindurch. Meine Wange brannte wie Feuer, mir wurde so übel, dass ich schwankte. Das hatte meine Mutter noch nie getan: mich geschlagen.

Ich konnte sehen, wie erschrocken sie war, aber das tröstete mich wenig. Wortlos drehte ich mich um und ging in mein Zimmer, wo ich eilig ein paar Sachen zusammensuchte und in meinen Rucksack stopfte.

»Wo willst du denn hin?«, fragte Nicci mit kläglicher Stimme.

»Zu Marla. Ich schlafe heute bei ihr.«

Als ich wieder aus dem Zimmer kam, stand Mom direkt vor der Tür. »Es tut mir Leid, Jodie, ich wollte das nicht. Die Nerven sind mit mir durchgegangen.«

Ich schob sie zur Seite und verließ die Wohnung. Mit einem Krachen fiel die Tür hinter mir ins Schloss.

Marla guckte verdattert, als ich mit verheulten Augen und meinem Rucksack vor ihrer Tür stand. Sie zog mich ins Haus.

»Ich haue ab«, sagte ich.

»Was?«

»Ich gehe weg, gleich morgen.«

»Aber warum? Und wo willst du denn hin, Jodie?«

Ich erzählte ihr alles und sie hörte stumm zu. Als ich fertig war, sagte sie: »Tu es nicht, Jodie.«

»War ja zu erwarten, dass du das sagen würdest. Aber mein Entschluss steht fest. Kann ich mal eine Mail schicken von deinem Computer?«

Sie zuckte die Achseln. »Ja, klar.«

Während Marla uns ein paar Sandwichs schmierte, schrieb ich eine Mail an Tim und fragte ihn, ob ich zu ihm kommen könnte. Ich hätte Zoff mit meiner Familie und bräuchte dringend etwas Abstand.

Zugegeben, abzuhauen war nicht sonderlich originell, Kids in meinem Alter machten das andauernd. Leider fiel mir im Augenblick nichts Besseres ein. Ich wollte meiner Mutter einen Denkzettel verpassen. Für ein paar Tage zu verschwinden war zumindest eine wirksame Idee, wenn auch keine neue.

Drei Minuten, nachdem ich die Nachricht abgeschickt hatte, kam die Antwort. Klar könnte ich kommen, er freue sich und erwarte mich. Darunter stand die Anschrift seiner Eltern und die Telefonnummer.

Gleich ging es mir etwas besser. Marla kam mit den Sandwichs und zwei Gläsern Limonade. Sie war so kalt, dass mein Hals brannte. Hustend weihte ich Marla in meinen Plan ein.

»Und du bist dir sicher, dass du auch wirklich bei Tim wohnen kannst?« Wie skeptisch ihre Stimme klang. Und diese Falten auf ihrer Stirn ...

»Ja. Er hat es mir angeboten. Er wartet auf mich. Ich kann dir seine E-Mail zeigen.«

»Ich dachte ja nur, dass du ihn überhaupt nicht richtig kennst ...« Marla war jemand, der sich nichts vormachte. Ich dagegen schon.

»Wieso sollte ich ihn nicht kennen? Wir schreiben uns seit fast einem Jahr.«

»Ja, aber du bist ihm noch nie persönlich begegnet, hast ihn noch nicht mal am Telefon gesprochen.«

»Na und? Das kann ich ja jetzt machen.«

»Vielleicht solltest du das.«

Das klang beinahe beleidigt, aber irgendwie schien Marla begriffen zu haben, dass es mir ernst war. Ich ging nach draußen und wählte Tims Nummer, doch es meldete sich keiner. Als der Anrufbeantworter ansprang, legte ich auf. »Niemand da. Ich kann es ja später noch mal versuchen. Vielleicht ist er mit seiner Großmutter spazieren.«

Marla nickte, einen merkwürdigen Ausdruck in den Augen.

Mein Plan war, dass ich gleich am nächsten Morgen Thunder Bay mit dem Bus verlassen würde, nur ein Stück, bis Nipigon vielleicht, sodass ich aus der Stadt war, bevor ich mich an die Straße stellte und per Anhalter weiterfuhr. Für mehr reichte mein Geld nicht.

Mom würde mich frühestens am Nachmittag des nächsten Tages vermissen, so hatte ich genügend Vorsprung. Ich wollte ihr einen Brief schreiben, sie darin bitten, nicht die Polizei nach mir suchen zu lassen. Marla sollte den Brief bei uns in den Kasten stecken.

Die Nacht über schlief ich schlecht vor Aufregung und am Morgen sah ich müde und blass aus. Für die Reise wählte ich mein blaues Lieblings-T-Shirt und die helle Khakihose mit den vielen Taschen. Danach packte ich meinen Rucksack noch einmal mit etwas mehr Sorgfalt, um zu sehen, was ich in der Eile hineingestopft hatte. Zwei Paar Socken, dreimal Unterwäsche, einen warmen Pullover, meine Jeans, den zu kleinen Bikini, einen Abdeckstift für die Pickel und meine Zahnbürste.

Als wir an der Bushaltestelle standen, versuchte Marla es ein letztes Mal.

»Bist du dir ganz sicher, Jodie?« Mit ihren großen grünen Augen sah sie mich an, den Blick voller Zweifel.

»Ja, ich bin ganz sicher«, antwortete ich mit fester Stimme. »Ich kann meiner Mutter nicht verzeihen, dass sie Dad mit ihren Nörgeleien aus dem Haus getrieben hat. Sie hat den Laptop verkauft und mich geschlagen.« *Geschlagen* – oh Mann, wie das klang. Aber die Ohrfeige war bitter gewesen. »Vielleicht denkt sie mal über ihre blöde Streiterei nach, wenn ich nicht mehr da bin.«

Marla umarmte mich spontan. »Ich mach mir Sorgen um dich, Jodie«, sagte sie, »aber ein bisschen beneide ich dich auch. Du wirst eine Menge erleben, das wette ich.«

»Ich rufe dich an, okay?«

»Ja, das musst du.«

»Und wenn sie dich fragen, sag ihnen, ich bin bei einem Freund. Sag einfach, ich hätte dir seinen Namen nicht verraten und auch nicht, wo er wohnt.«

»Versprochen.«

Ich schulterte meinen Rucksack und umarmte Marla noch einmal. »Mach's gut«, sagte ich, einen dicken Kloß im Hals. »Und vergiss den Brief nicht.«

Sie nickte. »Viel Glück, Jodie. Und versprich mir, dass du wieder da bist, bevor ich in den Urlaub fahre.«

»Ist versprochen«, sagte ich und stieg in den Bus.

Ich sah aus dem Fenster, und als der Bus mit einem Ruck anfuhr, winkte ich Marla. Sie winkte zurück. Mir war auf einmal mulmig zu Mute, aber ich dachte, dass ich ja nur für ein paar Tage weg sein würde.

Schon bald beschlich mich das unangenehme Gefühl, man müsse mir ansehen, was ich vorhatte. Als ob in Leuchtbuchstaben auf meiner Stirn stand: »Hey Leute, ich bin dabei abzuhauen!« Aber niemand beachtete mich und meinen Rucksack. Schließlich waren Ferien.

Der Bus fuhr durch die Vororte von Thunder Bay, vorbei an riesigen Supermärkten, Tankstellen und Fastfood-Restaurants. Als wir am *Big Thunder* vorbeikamen, in dem Mom arbeitete, befielen mich die Zweifel wie ein Bienenschwarm. Das schlechte Gewissen stach und zwickte überall und ich dachte: Noch kannst du aussteigen, Jodie, und so tun, als wäre nichts gewesen.

Aber das wollte ich nicht. Ich wollte nicht feige sein. So schloss ich die Augen und machte sie erst wieder auf, als wir raus waren aus der Stadt. Der Highway führte direkt am Lake Superior entlang und seine glitzernde Wasseroberfläche funkelte wie eine wunderbare Verheißung.

Ich fuhr bis Nipigon, das war fürs Erste weit genug weg von Thunder Bay. Hier teilte sich die Straße. Der Highway 17 führte weiter am Superior entlang über Sault Ste. Marie nach Sudbury. Der Highway 11 verlief nördlich über Longlac, Hearst und Smooth Rock Falls, aber die Entfernung war letztendlich die gleiche und so war es egal, für welche Richtung ich mich entscheiden würde.

Auf einem Rastplatz mit Tankstelle fragte ich nach einer Mitfahrgelegenheit, natürlich nicht, ohne mir die Leute genau anzusehen, die ich ansprach. Marla hatte mich inständig gebeten, vorsichtig zu sein. So hielt ich nach Leuten Ausschau, die harmlos aussahen, mich aber auch nicht gleich an der nächsten Polizeistation abliefern würden.

Und ich hatte Glück. Ein junges Hippiepärchen war bereit, mich in seinem bunt bemalten VW Bus mitzunehmen. Lilian und Ricky waren auf dem Weg von der Westküste zur Ostküste, eine Reise, für die sie den ganzen Sommer Zeit hatten. Ihr nächstes Ziel war Kormac, dort hatten sie Bekannte, bei denen sie eine Weile bleiben wollten.

Auf ihrem Bus stand mit dickem rotem Pinselstrich geschrieben: *»Erst wenn der letzte Baum gerodet, der letzte Fluss vergiftet, der letzte Fisch gefangen ist, werdet ihr feststellen, dass man Geld nicht essen kann!«*, und in Blau: *»Wer einen Baum fällt, stört einen Stern.«*

Die beiden waren Ökofreaks und hatten mit Sicherheit an der Boykottaktion gegen Dads Pappfabrik teilgenommen. Aber in meiner Situation konnte ich nicht wählerisch sein. Ricky (mit Spitzbärtchen und John-Lennon-Brille) zeigte mir Kormac auf der Karte, die ich bei mir hatte. Es war die nördliche Variante, und bevor sie vom Highway abbiegen mussten, würde ich schon fast in Hearst sein.

Ich stieg in ihren Bus.

Lilian fragte mich ein bisschen aus. Ich gab vor, schon siebzehn zu sein und auf dem Weg zu meiner Großmutter, bei der ich einen Teil der Ferien verbringen wollte. Ich log etwas zusammen von tollen, verständnisvollen Eltern, die früher selbst durch die Gegend getrampt seien und deshalb auch kein Problem damit hatten, wenn ich es tat.

Ich weiß nicht, ob die beiden mir glaubten. Auf jeden Fall gaben sie sich mit meiner Geschichte zufrieden und ließen mich in Ruhe. Ricky schob eine CD nach der anderen ein. Wir hörten Neil Young, die Stones, Bob Dylan und Jimi Hendrix. Ich kannte die meisten Songs, denn es war die Musik, die auch meine Eltern hörten. Jedenfalls früher, als sie noch gut drauf gewesen waren.

Ich erinnere mich an einen Abend, als sie ihre alten Platten aufgelegt und zu Neil Young getanzt hatten. Eng umschlungen zu *Heart of Gold*. Wie zwei frisch Verliebte. Das war noch vor der Schließung der Fabrik gewesen. »Stoppt Neil Young« hatten Nicci und ich im Chor gerufen und uns halb totgelacht.

Der Blick aus dem Fenster zeigte zu 90 Prozent Grün, nämlich endlose Wälder zu beiden Seiten der Straße. Die hypnotisierende Wirkung war verblüffend. Irgendwann wurde ich müde und nickte ein. Ich wachte erst wieder auf, als Lilian mich am Arm rüttelte.

»Hast du Lust, mit uns was essen zu gehen?«, fragte sie.

Wir machten Rast an einem Coffee Shop und danach ging es gleich weiter. Ricky und Lilian wechselten sich mit dem Fahren ab. Wir erzählten und waren lustig und bald hatte ich nicht mehr das Gefühl, zu Fremden ins Auto gestiegen zu sein. Ich lauschte gespannt, auch wenn hin und wieder etwas dabei war, das sich für meine Begriffe zu abgefahren anhörte.

Zum Beispiel, als Lilian behauptete, Bäume würden über elektrische Felder miteinander kommunizieren. »Man kann das mit einem speziellen Gerät messen«, erklärte sie. »Und wenn irgendwo in der

Nähe ein Baum gefällt wird, dann sind beim Testbaum heftige Reaktionen zu verzeichnen. Daran kann man sehen, was Bäume für empfindungsfähige Wesen sind.«

Irgendwann unterhielten sich die beiden über alte Freunde und dabei muss ich wieder eingeschlafen sein. So tief und fest wie schon lange nicht mehr.

4.

Es war die Stille, die mich weckte. Das Motorengeräusch fehlte. Der Van stand, Lilian und Ricky schliefen zusammengekauert auf ihren Sitzen. Die Scheiben des Busses waren beschlagen, und als ich die Feuchtigkeit wegwischte, sah ich, dass wir uns auf einem kleinen Parkplatz befanden, ganz allein.

Ich stieg aus, davon wurden die beiden wach. Ein kurzer Blick auf meine Armbanduhr: Es war acht Uhr morgens und die Sonne begann schon zu wärmen. Ich streckte mich und sah mich um. Bizarre weiße Wolkenfetzen hingen unbeweglich am Horizont und die endlose Reihe sonnenbeschienener Tannenspitzen wurde nur durch das graue Asphaltband der Straße unterbrochen.

Die Morgenluft war würzig frisch und auf dem großen Holztisch am Parkplatz jagten sich zwei kleine Streifenhörnchen, die vermutlich darauf warteten, dass wir endlich unser Frühstück auspackten.

Lilian stieg aus. Sie gähnte, und als sie die beiden Chipmunks sah, beugte sie sich noch einmal in den Van und holte eine offene Tüte Cornflakes hervor. Sie fütterte die drolligen Tiere und wir sahen ihnen eine Weile zu, wie sie die Cornflakes zwischen ihren Pfötchen hielten und fraßen.

»Nicht weit von hier ist eine Raststätte«, sagte Lilian. »Da können wir frühstücken und dann musst du dich nach einer anderen Mitfahrgelegenheit umsehen. Bald zweigt die Straße nach Kormac vom Highway ab.«

Es ging also weiter, bis zur Raststätte, wo die beiden mir ein Frühstück spendierten. Danach verabschiedeten wir uns.

Ricky umarmte mich, seine Bartstoppeln kratzten an meinem Kinn.

»Danke fürs Mitnehmen«, sagte ich.

Lilian umarmte mich auch. »Pass auf dich auf, Jodie, und steig nur zu freundlichen Menschen ins Auto, okay?«

»Mach ich«, erwiderte ich. »Und vielen Dank für alles.«

Die beiden stiegen in den Van, winkten und fuhren davon.

Ich sah mich an der Tankstelle um, wer für die Weiterfahrt in Frage käme. Aber es war wohl noch zu früh am Morgen, denn ich fand niemanden, der gen Osten fuhr. So setzte ich mich auf meinen Rucksack und dachte an Mom und Nicci und an meinen Dad, von dem ich nicht wusste, ob er inzwischen wieder zu Hause war. Wenn nicht, wo schlief er dann? Wie ging es ihm? Ob wir ihm fehlten?

Heimweh hatte ich nicht, aber der Gedanke an meine Familie ließ Tränen in mir aufsteigen. Es kam mir so vor, als wäre ich schon tagelang unterwegs und nicht erst seit 24 Stunden. Die Gespräche mit Ricky und Lilian geisterten in meinem Kopf herum. So viele neue Gedanken, die wie Kugeln ins Rollen gekommen waren, sich an Hindernissen stießen und in immer neue Richtungen kullerten.

»Hey«, sagte plötzlich eine Männerstimme über mir, »suchst du eine Mitfahrgelegenheit?«

Ich sah abgewetzte braune Arbeitsstiefel vor mir und blickte an ausgewaschenen Jeans, einem schlabberigen grünen T-Shirt nach oben in ein wettergegerbtes, bärtiges Gesicht.

Der Mann grinste breit. »Wo willst du denn hin, Kleine?«

»Sudbury«, antwortete ich.

»Ich fahre bis Kapuskasing, muss dort eine Ladung Holz holen. Wenn du willst, kannst du mitkommen.«

Der Trucker hatte mein Zögern bemerkt, denn auf einmal wurde er ernst und meinte: »Schon richtig, dass du misstrauisch bist. So ein hübsches Mädchen wie du sollte nicht zu jedem ins Auto steigen. Aber vor mir brauchst du keine Angst haben. Ich hab selber eine Tochter in deinem Alter und ich bin auch keiner, der sich an Kindern vergreift. Außerdem bin ich nicht allein, ich hab schon einen Mitfahrer.« Er zeigte auf einen metallic blauen Truck, vor dem ein Junge stand und rauchte. »Ich gehe jetzt noch einen Kaffee trinken und du kannst dir überlegen, ob du mit willst oder nicht. Ich heiße übrigens John.«

»Okay«, sagte ich. »Danke für das Angebot, John.«

Ich schulterte meinen Rucksack und lief hinüber zu dem Jungen. Er war älter als ich, mindestens 18 oder 19, und es sah so aus, als wäre er schon eine Weile unterwegs. Seine roten Haare standen verfilzt vom Kopf und er hatte eine Menge Schlaf in den Augen. Wahrscheinlich hatte er sich am Morgen weder gewaschen noch die Zähne geputzt. Wenigstens lächelte er, als ich ihn ansprach.

»Hi, ich heiße Jodie. John hat mir angeboten, bis Kapuskasing mitzufahren.«

»Na, dann rein mit dir.«

»Und wie heißt du?«

»Kip.«

»Ist John okay, Kip?«, fragte ich.

»Na klar. Ich bin schon seit Thunder Bay mit ihm unterwegs.«

Als der Junge den Namen meiner Heimatstadt erwähnte, durchzuckte mich das schlechte Gewissen wie ein Blitz. Vielleicht hatte Mom meinen Brief schon gefunden? Ich rätselte, ob sie tun würde, worum ich sie gebeten hatte: nämlich nicht die Polizei zu informieren.

Kip nahm mir den Rucksack ab und ich kletterte in die Fahrerkabine. Dann kam er nach. Als er so dicht neben mir saß, merkte ich, dass er ein bisschen roch, aber sein Lächeln machte das wieder wett. Wahrscheinlich hatte er nur eine Weile keine Gelegenheit gehabt, sich zu waschen.

»Bist du schon lange unterwegs?«, fragte ich ihn.

»Seit zwei Monaten.«

»Wow. Wo kommst du her?«

»Aus Colorado.«

Ein Amerikaner also. Ich hatte mir schon so etwas gedacht. »Und was machst du hier oben in Longlac?«

»Ich suche ein Mädchen, Tanya. Sie ist Kellnerin. Hab sie in Boulder kennen gelernt. Sie war ganz allein unterwegs und wir taten uns eine Weile zusammen. Eines Tages war sie auf einmal weg. Sie fehlte mir und da wurde mir klar, dass ich mich verliebt hatte.« Er lächelte schief. »Ich weiß nur, dass sie aus Hearst kommt. Vielleicht finde ich sie dort. Oder wenigstens eine Spur von ihr.«

»Du hast den ganzen weiten Weg von Boulder hier rauf nach Kanada gemacht, obwohl du gar nicht weißt, ob diese Tanya auch was für dich übrig hat?« Ich sah Kip zweifelnd an.

Was würde das Mädchen wohl sagen, wenn er plötzlich vor ihrer Tür stand? So ungewaschen und zerzaust.

»Ja«, sagte er, »das habe ich. Wie sie sich auch entscheiden wird, wenn ich sie finde: Ich muss es wissen. Sie ist toll.« Er zog ein zerknittertes Foto aus seiner Hemdtasche und reichte es mir. Auf dem Foto war er Arm in Arm mit einem Mädchen zu sehen, das auf den ersten Blick völlig unscheinbar wirkte. Jedenfalls hatte ich etwas ganz anderes erwartet. Diese Tanya sah nicht aus wie eine, für die man tausende Kilometer weit reiste. Aber dann nahm mich ihr Lachen doch gefangen, das Leuchten in ihren Augen. Und auf einmal verstand ich Kip.

»Hübsch«, sagte ich und gab es ihm zurück.

»Sie ist eine Wahnsinnsfrau.« Sein Blick verklärte sich.

In diesem Moment wurde mir plötzlich klar, was ich eigentlich vorhatte: Ich war unterwegs zu einem jungen Mann, den ich überhaupt nicht kannte, den ich nur auf einem Foto gesehen hatte. Kip war mit seiner Tanya richtig zusammen gewesen. Er hatte zwar keine Adresse, so wie ich, aber wenigstens einen Menschen aus Fleisch und Blut vor Augen.

War es verrückt, was ich da machte? Hätte ich auf Marla hören sollen? Nein, diesmal nicht. Es würde funktionieren, es musste einfach funktionieren. Ich liebte Tim, und ich war mir sicher, dass er meine Gefühle erwiderte. Hätte er mich sonst so spontan eingeladen? Ich konnte es kaum erwarten, ihn endlich zu sehen. Auch wenn ich ihn mit seiner Oma Louise teilen musste.

John, der Trucker, kam über den Rastplatz zurück, der sich langsam mit Fahrzeugen füllte. Er schwang sich auf den Fahrersitz.

»Du hast dich also entschieden«, sagte er zu mir und lachte gutmütig. »Wie heißt du denn?«

»Jodie.« Ich reichte ihm die Hand und er drückte sie kräftig.

»Na, dann mal los ihr beiden. Auf geht's!«

Es wurde eine lustige Fahrt mit John, der pausenlos von seinen Kindern erzählte. Außer der Tochter, die in meinem Alter war, hatte er noch zwei kleine Jungen, die ständig irgendwelche Streiche ausheckten.

Als er nach meinem Ziel fragte, gab ich wieder meine Geschichte von der Großmutter zum Besten, bei der ich die Ferien verbringen wollte. Ich fürchte, weder John noch Kip glaubten mir auch nur ein Wort, aber sie akzeptierten meine Story und die Tatsache, dass ich ihnen die Wahrheit nicht erzählen wollte.

In Hearst stieg Kip aus und wir wünschten ihm beide, dass er seine Tanya finden möge. Er sah ein bisschen verloren aus, wie er am Straßenrand stand und uns winkte.

In Kapuskasing spendierte mir John noch einen Hotdog in einer Imbissbude, dann verabschiedeten wir uns. »Warst eine nette Gesellschaft, Kleine. Und besser gerochen als der Junge hast du auch.«

Er zwinkerte mir zu. »Sei vorsichtig, ja? Steig nicht zu jedem in den Wagen, schau dir die Leute vorher genau an.«

»Mach ich. Danke fürs Mitnehmen, John.«

Er hob zwei Finger an die Stirn und fuhr davon.

Ich sah mich auf dem Rastplatz um. Bisher war alles gut gelaufen und ich ein großes Stück vorwärts gekommen. Mittlerweile kam es mir ganz selbstverständlich vor, dass alles gut lief. Ich war durchweg netten Menschen begegnet, und das stimmte mich euphorisch. Wie einfach es doch war, unterwegs zu sein, ohne dafür bezahlen zu müssen.

Inzwischen war später Nachmittag und die Zeit gekommen, zu Hause anzurufen. Ich suchte mir ein Telefon und wählte unsere Nummer. Nicci war dran, darüber war ich froh.

»Hallo Nicci, ich bin's, Jodie.«

»Jodie, wo bist du? Mom weint die ganze Zeit. Sie hat deinen Brief gefunden.«

»Hat sie die Polizei gerufen?«

»Sie sitzt ständig vor dem Telefon, hebt immer mal wieder den Hörer ab und tut es dann doch nicht. Wir waren bei Marla, aber die behauptet, sie weiß nicht, wo dein Tim wohnt. Mom hat den Mann angerufen, dem sie den Laptop verkauft hat, aber der hatte all deine Daten schon gelöscht.«

Ein merkwürdiges Gefühl von Genugtuung durchströmte mich, als ich das hörte. »Wo ist Mom denn jetzt?«

»Auf der Toilette. Gleich kommt sie, ich höre schon die Klospülung rauschen. Wo bist du, Jodie?«

»Es geht mir gut, Nicci. Sag Mom, dass es mir gut geht. Sag ihr, dass sie mich nicht suchen soll und dass ich bald wiederkomme.«

»Was ist *bald,* Jodie?«

»Nicci, mit wem sprichst du?« Das war meine Mutter.

»Jodie? Jodie, bist du das? Wo bist du? Was hast du dir eigentlich dabei gedacht, einfach abzuhauen? Weißt du, was für Sorgen ich mir mache? Ich dreh hier noch durch deinetwegen. Komm sofort nach Hause, hörst du, oder ich rufe die Polizei. Ich will, dass du nach Hause kommst, Jodie!«

Ich hängte den Hörer ein. *Ich, ich, ich.* Dachte sie auch einen Augenblick mal daran, wie es mir ging? Wie ich mich gefühlt hatte nach der Ohrfeige? Sollte sie doch die Polizei rufen, ich würde nicht zurückkommen. Jedenfalls jetzt noch nicht. Vielleicht auch nie wieder. Vielleicht konnte ich bei Tim wohnen und in Sudbury zur Schule gehen. Der Schreck sollte Mom so richtig in die Glieder fahren. Und Dad genauso, wenn er davon erfuhr. Ich wollte sie beide aufwecken, sie zur Besinnung bringen. Ich wollte, dass es wieder anders wurde zu Hause. So wie früher.

»Ist alles in Ordnung mit dir?«, fragte mich eine weißhaarige Dame im pinkfarbenen Hosenanzug.

»Ja«, sagte ich, »alles in Ordnung. Ich bin bloß allergisch gegen Pollen.«

Tränen liefen über meine Wangen und ich hatte es gar nicht gemerkt. Mit dem Handrücken wischte ich sie weg, hob meinen Rucksack auf die Schultern und lief hinüber zum Parkplatz, um mich nach einer neuen Mitfahrgelegenheit umzusehen. Ich fragte zwei Ehepaare, aber beide fuhren in die andere Richtung. Ein Mann mit seinem kleinen Sohn war aus dem Ort und bedauerte. An einer Zapfsäule stand ein Indianerjunge in grünem T-Shirt, schwarzen Cordhosen und gelben Trekkingboots. Nach indianischer Art trug er das lange Haar in der Mitte gescheitelt.

Er beugte sich nach vorn, um den Zapfhahn in den Tank seines grünen Pick-ups zu schieben. Sein Haar fiel vornüber und verbarg sein Gesicht.

Ich war nicht wild darauf, zu einem Indianer ins Auto zu steigen, aber dann beschloss ich doch, ihn zu fragen. Er war vermutlich nicht viel älter als ich, vielleicht 17, höchstens 18. Und die Aussicht, in seinem Pick-up mitzufahren, war immer noch besser, als einen von den Truckern fragen zu müssen, die allesamt wenig vertrauenswürdig aussahen.

Als ich auf den Jungen zuging, hob er den Kopf und sah mich mit dunklen Augen prüfend an. Seine Stirn verfinsterte sich, je näher ich kam, und in seinem Blick lag so viel Ablehnung, dass ich verunsichert einen Bogen um ihn machte. Er hätte Nein gesagt, so viel war schon mal klar, selbst wenn er geradewegs bis Sudbury gefahren wäre. Und weil er gar nicht erst gefragt werden wollte, hatte er mich so angesehen.

Mit Magendrücken begab ich mich zu den Truckfahrern auf dem hinteren Teil des Parkplatzes. Es waren derbe, braun gebrannte Männer, sie gestikulierten, lachten und redeten laut durcheinander. Alle sechs starrten mich grinsend an, als ich fragte, ob einer von ihnen vielleicht nach Sudbury fuhr.

Fünf Männer schüttelten den Kopf, aber ein Trucker mit einem runden Schmerbauch sagte: »Ich muss heute noch nach Fraserdale. Morgen fahre ich von dort weiter nach Sudbury. Ich kann dich bis Smooth Rock Falls mitnehmen und morgen steigst du dann wieder bei mir ein. Wir können eine Zeit ausmachen.«

Ich musterte ihn kurz. Er war untersetzt, hatte eine Halbglatze und seine Zähne waren gelb von Kautabak. Aber mit seinem Kullerbauch sah er harmlos aus und ich nickte.

»Na, dann mal los, Kleine. Hast Glück gehabt, mich hier noch anzutreffen. Ich bin nämlich spät dran.«

Die Männer verabschiedeten sich und stiegen in ihre Trucks. Wagentüren knallten zu, Motoren heulten auf und blaue Dieselwolken fegten über den Platz. Der Dicke öffnete mir die Beifahrertür seines Lastwagens. In der schmuddeligen Fahrerkabine roch es nach Schweiß und Tabakqualm. Kaum waren wir losgefahren, steckte er sich auch schon eine Zigarette an.

»Rauchst du?« Er hielt mir die Schachtel hin.

Ich schüttelte den Kopf.
»Und wie heißt du?«
»Jodie.«
»Ich bin Bob.«
»Danke fürs Mitnehmen, Bob.«
Er drehte die Musik auf, sang sämtliche Countrysongs mit und paffte eine nach der anderen. Dann fragte er mich ein bisschen aus und ich erzählte zum dritten Mal die Geschichte von meiner Großmutter in Sudbury, bei der ich die Ferien verbringen wollte. Langsam wurde ich immer besser, schmückte die Geschichte ganz beiläufig mit Details aus. Anschließend fragte ich ihn nach seiner Familie, obwohl ich eigentlich gar keine Lust hatte, mich zu unterhalten.
Bob hatte eine Frau und zwei große Jungs, die schon nicht mehr zu Hause wohnten. Der Trucker erzählte mir von ihnen. Er machte ununterbrochen Späße und irgendwann legte sich mein Misstrauen. Einige seiner Scherze waren so daneben, dass ich laut lachen musste.
Als wir Smooth Rock Falls erreichten, war es schon nach acht. Bob fragte mich, ob ich aussteigen oder doch mit ihm nach Fraserdale kommen wollte. Er hatte dort eine Kusine, bei der wir übernachten konnten.
»Emma hat bestimmt was Leckeres gekocht, das macht sie immer, wenn ich komme. Und du kannst im Zimmer von ihrer Tochter Kelly schlafen, sie studiert in Toronto.«
Ich überlegte krampfhaft. Fraserdale lag im Norden, etwa 80 km von Smooth Rock Falls und dem Highway entfernt. Es würde bald dunkel werden. Allerdings wusste ich nicht, wo ich hier in der Stadt unterkommen sollte. Und der Gedanke, im Bett von dieser Kelly zu schlafen, war immer noch verlockender, als von der Polizei eingesammelt zu werden, weil ich mich irgendwo verbotenerweise zum Schlafen hingelegt hatte.
»Ich komme mit«, sagte ich.
Bob grinste breit. »Eine weise Entscheidung, Kleine.«

5.

Dass es ganz und gar keine weise Entscheidung war, begriff ich erst später. Nämlich als wir schon fast 60 km auf einer einsamen Straße unterwegs waren, seit einer Stunde zu beiden Seiten nichts als dichter Wald. An manchen Stellen wuchs er sogar bis über den Rand des Asphalts.

Klar, ich war mit Mom, Dad und Nicci schon mal in den Wäldern um Thunder Bay zelten gewesen, aber das hier machte mir doch langsam Angst. Da kam ja *nie* ein Haus, kein noch so kleines Zeichen von Zivilisation. Seit wir uns auf dieser einsamen Straße gen Norden befanden, waren uns erst zwei Fahrzeuge entgegengekommen. Das letzte vor einer halben Stunde.

Langsam senkte sich die Dämmerung über die Wipfel der Bäume. Bob hatte schon seit einiger Zeit aufgehört, Witze zu erzählen. Nur die Musik lief noch. Mir war auf einmal unheimlich zu Mute und zum ersten Mal hatte ich das Gefühl, einen Fehler gemacht zu haben, indem ich zu diesem Mann in den Truck gestiegen war

Dazu kam, dass ich dringend musste. Und zwar schon seit einer ganzen Weile. Meine Blase drückte so furchtbar, dass ich es kaum noch aushalten konnte. Ich fürchtete, jeden Augenblick in die Hose zu machen. Aber ich sagte nichts; ich wollte nicht, dass der Trucker am Waldrand anhielt. Irgendwie würde ich es schon noch bis Fraserdale aushalten.

Doch auf einmal bog Bob nach rechts auf einen Schotterweg, der zu einem Wendeplatz für LKW-Fahrer führte. Belaubtes Strauchwerk und hohe Fichten verdeckten den Blick zur Straße. Hier gab es ein einsames Dixie-Klo und sonst nichts als Wald, wohin ich meinen misstrauischen Blick auch wendete.

»Pinkelpause«, verkündete Bob und stieg aus.

Nun konnte ich es doch keine Minute länger aushalten. Ich kletterte aus der Fahrerkabine und flitzte zum Dixie-Häuschen. Mann, war das vielleicht eine Erleichterung.

Doch kaum hatte ich die Plastikbox verlassen, packte mich jemand von hinten an der Schulter und zog mich grob zu sich herum. Bobs kurze kräftige Finger bohrten sich in meinen Oberarm und ich stieß einen überraschten Laut aus.

»Na, Kleine, wie sieht's denn aus mit uns beiden? Der gute Bob hat dich mitfahren lassen und dich blendend unterhalten. Wie wär's, wenn du dich ein klein wenig dankbar zeigst dafür.«

Der Schreck ließ mich erstarren und mir wurde plötzlich kalt. In Sekundenschnelle rasten die Gedanken durch meinen Kopf und auf einmal wusste ich, dass er gelogen hatte. Es gab keine Kusine Emma und auch keine Kelly, die mir ihr Bett überlassen würde. Die beiden existierten genauso wenig wie meine Großmutter in Sudbury. Bob hatte mich reingelegt und nun saß ich in der Falle. Wir waren mitten im Nirgendwo. Hier würde um diese Zeit keiner vorbeikommen, erst recht nicht auf diesem Platz abseits der Straße. Ich war einem fremden Mann ausgeliefert, ohne Chance, zu entkommen. Denn es gab nur zwei Fluchtmöglichkeiten: die Straße oder den Wald. Lief ich auf die Straße, würde er mich schnell einholen mit seinem Truck. Und in der Wildnis war ich verloren, da machte ich mir nichts vor.

Bob umklammerte mich fester und drückte mich an seinen prallen Bauch. Er stank nach Schweiß und Zigarettenqualm. Panik erfasste mich, verlieh mir ungeahnte Kräfte. Reflexartig ließ ich mein rechtes Knie nach oben schnellen und rammte es zwischen seine Beine. Der Trucker krümmte sich vor Schmerz und lockerte seinen Klammergriff. Ich schrie, riss mich los und rannte ziellos in die Büsche, in der Hoffnung, mich irgendwo verstecken zu können.

Zweige schlugen mir ins Gesicht, Dornen verhakten sich in meiner Haut und meiner Kleidung. Plötzlich umgab mich das Dunkel des Waldes. Ich blieb mit meinem T-Shirt an einem Ast hängen und hörte, wie der Stoff riss. Halb blind vor Angst stolperte ich über eine Wurzel, schlug lang hin, rappelte mich auf und lief weiter.

Nur *wohin?* Hier im Wald war es schon dunkel und überall lauerten geisterhafte Schatten. Ein Vogel flog mit lautem Flügelschlag aus dem Geäst eines Baumes und ich erschrak so heftig, dass ich erstarrte. Sekundenlang verharrte ich in einer Art Lähmung, während das Blut in meinen Schläfen hämmerte. Dann hörte ich Bob, wie er fluchend nach mir suchte. Er hatte eine Taschenlampe aus dem Truck geholt. Ihr heller Strahl leuchtete über den Waldboden, glitt über die dunklen Stämme der Bäume.

»Was soll der Scheiß?«, rief Bob laut. »Komm raus oder willst du als Abendbrot für die Bären herhalten?«

Bären? Ich verbarg mich hinter einem Baumstamm. Versuchte, mich unsichtbar zu machen, nicht zu atmen. Doch mein Herz klopfte so laut, dass er es hören musste.

Bobs Stimme kam näher, schon hörte ich die Äste unter seinen schweren Schritten knacken. »Nun versteck dich doch nicht, Kleine, ich hab bloß Spaß gemacht«, sagte er auf einmal mit honigsüßer Stimme. »Ich tue dir nichts. Lass uns nach Fraserdale fahren, Emma wartet mit dem Essen.«

Lügner, dachte ich. Verdammtes Schwein. Tränen der Verzweiflung rannen über meine Wangen und brannten dort, wo Dornen die Haut aufgerissen hatten. Was sollte ich nur tun? Gleich würde er mich entdecken und dann . . .

Er kam von hinten. Plötzlich legte sich eine Hand fest auf meinen Mund. Ein starker Arm umfing meine Hüften. Ich wurde zu Boden gezogen und auf den feuchten Waldboden gedrückt. In meiner Kehle braute sich grollend ein Schrei zusammen, da flüsterte eine dunkle Stimme dicht an meinem Ohr: »*Ka-ma-chee*. Sei schön still oder willst du, dass er dich findet?«

Ich sackte in mich zusammen, als hätte ich keine Knochen im Leib. Vor Angst gab ich keinen Mucks von mir, meine Gedanken überschlugen sich. Wer immer hier in der einsamen Dunkelheit herumstrich, konnte nur noch verrückter sein als dieser Bob. Mir blieb die Wahl zwischen zwei Verrückten, wobei der, dessen Herzschlag ich in meinem Rücken spürte, eindeutig angenehmer roch.

Der Strahl der Taschenlampe wanderte wie ein Irrlicht durch den Wald, bevor er schließlich in eine andere Richtung schwenkte und sich entfernte. Wahrscheinlich hatte Bob keine Lust mehr, nach mir zu suchen, und lief nun zu seinem Truck zurück. Ich hätte erleichtert sein müssen, aber das war ich nicht. Der Fremde, der wie ein Geist aus dem Nichts gekommen war, hielt mich so fest umklammert, dass ich kaum atmen konnte. Mir wurde bewusst, dass seine Hand auf meiner nackten Hüfte lag (oder besser auf diesem Rettungsring über meiner Hüfte), und mit Schrecken erinnerte ich mich an das reißende Geräusch. Keine Ahnung, was von meinem T-Shirt noch übrig war.

Erst als die Fahrertür des Trucks zuschlug und der Motor aufheulte, lockerte sich der Griff um meine Mitte und die Hand gab meinen Mund frei.

Langsam drehte ich den Kopf zur Seite. Meine Augen hatten sich inzwischen an die Dunkelheit im Wald gewöhnt und nun erkannte ich ihn ganz deutlich, den Indianerjungen von der Tankstelle. Der mit dem finsteren Blick.

»Ganz schön naiv von dir, zu so einem in den Truck zu steigen«, sagte er verächtlich und rückte von mir ab. »Was glaubst du wohl, was passiert wäre, wenn er dich gefunden hätte?«

Ich zog an meinem T-Shirt, das quer über dem Bauchnabel eingerissen war, und brachte kein Wort hervor. Mein ganzer Körper pochte vor Angst.

»Nun starr mich nicht so an, verdammt noch mal, ich tue dir schon nichts. Ich bin nicht so ein Schwein wie dieser Idiot.«

Das klang überzeugend und ich entspannte mich ein wenig.

»Danke«, stammelte ich. Das Motorengeräusch des Trucks wurde immer leiser und nun war es unheimlich still im Wald. Nicht mal ein Vogel war zu hören. Ich war mit dem fremden Jungen allein.

Der Indianer stand auf und strich sich das glatte Haar über die Schulter. Er war einen Kopf größer als ich und trug jetzt ein wattiertes Holzfällerhemd über seinem T-Shirt.

»Willst du da unten hocken bleiben?«, fragte er ungeduldig.

Zitternd kam ich auf die Beine. Meine Knie fühlten sich an, als wären sie aus Gummi. Mit einer Hand hielt ich den Riss in meinem T-Shirt zusammen. Vor Schreck war ich noch immer wie gelähmt und jede Bewegung, jeder Gedanke machte mir ungeheure Mühe. Hatte ich Glück oder Pech gehabt? War dieser Junge so harmlos, wie er behauptete? Wenn nicht, dann hatte ich schlechte Karten.

Unschlüssig standen wir einander gegenüber. »Wohnst du hier in der Nähe?«, fragte ich, endlich doch froh darüber, nicht allein zu sein.

Der Indianer stieß kopfschüttelnd Luft durch die Zähne. »Hier wohnen? Niemand wohnt hier, außer Bären vielleicht.«

Ich schluckte beklommen. Moskitos kamen aus dem Gebüsch. Das Summen wurde immer lauter. Dabei fiel mir siedend heiß ein, dass mein Rucksack im Truck lag. Meine Sachen waren weg, aber wenigstens das Geld hatte ich noch. Sicherheitshalber hatte ich es in eine meiner vielen Hosentaschen gesteckt.

»Wo ist denn dein Pick-up?«, fragte ich. »Kannst du mich nach Smooth Rock Falls zurückbringen?« Vielleicht konnte ich Tim von dort aus eine E-Mail schicken.

»Auf keinen Fall«, kam es wie aus der Pistole geschossen.

»Aber warum nicht?« Ein dicker Kloß bildete sich in meinem Hals und in meiner Brust wuchs ein Gefühl der Enge. »Ich habe Geld. Ich kann dich dafür bezahlen.«

»Geld?« Er sah mich an, als hätte ich den Verstand verloren. »Lass dein Geld stecken, ich brauche es nicht. Tut mir Leid, aber ich habe schon so verdammt viel Zeit verloren, dass ich jetzt keine Extratour mehr machen kann. Schon gar nicht 60 km hin und wieder zurück.«

Tränen schossen mir in die Augen, obwohl ich versuchte, sie zu unterdrücken. »Willst du mich hier allein im Wald zurücklassen?«, piepste ich. Dem schmierigen Trucker war ich entkommen, aber nun würden mich die Bären fressen. So hatte ich mir das Ende meiner Reise nicht vorgestellt.

Lass das alles nur einen bösen Traum sein, wünschte ich inbrünstig. *Lass mich die Augen aufmachen und in meinem Bett liegen*. Aber es funktionierte nicht. Es war kein Traum. Ich war wirklich hier.

Der Junge starrte mich an, mit derselben finsteren Miene, mit der er mich schon an der Tankstelle bedacht hatte. Aber ich entdeckte auch noch etwas anderes in seinen Augen. Panik oder Verzweiflung, ich wusste es nicht. Er schien krampfhaft zu überlegen, was er mit mir machen sollte.

»Verdammter Mist«, schimpfte er schließlich. »Mir bleibt nichts anderes übrig, als dich mitzunehmen.«

»Mich mitnehmen?« Ich schnappte nach Luft. »Wohin denn?«

»Das wirst du schon noch früh genug erfahren.«

Er packte mich am Arm und zog mich zwischen den Bäumen hindurch, bis zu einem Waldweg, auf dem sein Pick-up stand. Mit einem Ruck riss er die Beifahrertür auf. »Na los, steig schon ein!«

Ich gehorchte mechanisch und kletterte auf den Beifahrersitz. Als die Moskitos und die Dunkelheit der Wildnis hinter Blech und Glas verbannt waren, wurde mir ein wenig leichter ums Herz.

Keine Ahnung, was ich damals dachte. Wahrscheinlich war ich einfach nur froh, dem Truckfahrer entkommen zu sein. Froh, der Dunkelheit und der summenden Wildnis nicht mehr unmittelbar ausgesetzt zu sein. Und irgendein Ziel musste der Indianer ja haben.

Der Junge drehte den Zündschlüssel um und fuhr los. Doch er wendete nicht auf dem unbefestigten Waldweg, um wieder auf die Straße zurückzukommen. Stattdessen ging es immer tiefer in die Wildnis hinein. Der Kleinlaster schlingerte und holperte durch tiefe Löcher. Zweige schlugen gegen die Scheiben, so dicht wuchsen die Sträucher über den Wegesrand. Manchmal schien es, als wolle die Schwärze des Waldes über den Fahrweg quellen und den Pick-up samt Inhalt verschlingen.

Ich wandte den Kopf und versuchte, den Jungen genauer zu mustern, ohne ihn anzustarren. »Wie hast du mich eigentlich gefunden? Ich meine, was hast du dort im Wald gemacht?«

»Dasselbe wie du, nehme ich an.«

Die Erklärung war also ganz einfach. Er war ausgestiegen, um zu pinkeln, hatte den Truck gehört und meinen Schrei. Ich musste ihm direkt in die Arme gelaufen sein. Was für ein ungeheurer Zufall. Nur ein paar Minuten später, dann wäre er weg gewesen und ich hätte allein in der Wildnis gestanden. Oder Bob hätte mich gefunden.

Dieser fremde Junge war mein Retter.

»Hast du auch einen Namen?«, fragte ich.

»Jay«, sagte er nach einigem Zögern.

»Nur Jay?«

»Nur Jay.«

»Ich heiße Jodie. Jodie Thomson.«

Der Junge nickte knapp, als hätte er etwas erfahren, das er sowieso schon wusste. Mir war klar, dass er nicht erfreut war über meine Gesellschaft. Deshalb beschloss ich, lieber zu schweigen und ihn nicht unnötig zu reizen. Dass er nicht reden wollte, war offensichtlich. Die Antworten auf meine 150 Fragen würde ich entweder in den nächsten Stunden oder nie bekommen.

Wir holperten eine Ewigkeit durch die Dunkelheit und langsam bezweifelte ich, dass dort, wo wir hinfuhren, jemand sein würde. Aus meiner anfänglichen Erleichterung wurde Unwohlsein und aus dem Unwohlsein schließlich Angst. Es wurde Nacht und wir befanden uns mitten in einer menschenleeren Wildnis. Keine Zäune, keine Schilder, nirgendwo Telefonmasten. Nur schwarzer Wald und dieser unbefestigte Fahrweg.

Schon wollte erneut Panik in mir aufsteigen, da endete der Weg mit einem Mal auf einer Lichtung. Im Scheinwerferlicht tauchte ein kleines Blockhaus mit einem windschiefen Schuppen auf, dessen Brettertor weit offen stand. Die Fenster der Hütte waren dunkel. Niemand zu Hause.

Was hatte ich eigentlich erwartet?

Konnte es sein, dass ich mit diesem Jay noch schlimmer dran war als mit dem Truckfahrer? Was hatte der Indianer vor? Würde ich die Nacht mit ihm allein in der Hütte verbringen müssen? In den Gesprächen meiner Eltern hatte ich ein paar Sachen über Indianer gehört, die mir nun jäh in den Sinn kamen. Dass sie unsauber waren und Krankheiten hatten. Dass sie klauten, was sie brauchten, und nur arbeiteten, wenn es unbedingt notwendig war. Viel zu holen gab es bei mir allerdings nicht. Ich besaß ja nur noch, was ich am Leibe trug. Und mein Geld schien Jay überhaupt nicht zu interessieren.

Er hielt vor dem Schuppen. »Steig aus!«

Ich tat, was er sagte, und er fuhr den Pick-up in den Holzverschlag, wo er gerade so hineinpasste. Die Scheinwerfer erloschen, aber inzwischen war der Mond aus den Wipfeln der Bäume gestiegen und warf lange Schatten. Jay kam mit einem großen Rucksack und einem zusammengerollten Schlafsack aus dem Schuppen und ließ beides ins Gras gleiten. Er tauschte seine Trekkingstiefel gegen ein paar Mokassins ein und stellte die Stiefel auf die Ladefläche. Dann schloss er das Holztor hinter dem Kleinlaster.

Ich stand da und schlang fröstelnd die Arme um meinen Körper. Zwei Minuten später schlotterte ich, obwohl die Luft immer noch warm vom Tag war. Und dann kamen sie, die Moskitos. Ganze Geschwader stürzten sich angriffslustig auf jedes Stück nackte Haut. Ich schlug um mich, aber das nützte nicht viel. Beim Atmen krochen sie mir in die Nase. Überall krabbelte und summte es.

Jay holte eine Taschenlampe aus dem Rucksack und eine Fleecejacke. »Hier«, sagte er und hielt mir die Jacke hin. »Zieh das an.«

Ich zögerte nur einen winzigen Moment, doch er bemerkte es. »Nur keine falsche Bescheidenheit. Oder willst du dich von den Moskitos auffressen lassen?«

Rasch zog ich die Jacke über, die wunderbar warm war und angenehm nach Holzfeuer roch. Nun blieben den Moskitos nur noch mein Gesicht und die Hände zum Stechen übrig. Außerdem musste ich mir keine Gedanken mehr um den Riss in meinem T-Shirt machen.

»Danke«, sagte ich.

»Hör auf, dich ständig zu bedanken«, brummte Jay ungehalten, »es gibt nichts, wofür du mir dankbar sein müsstest. Und nun los. *Macha*. Lauf mir einfach nach.«

Er hob den Rucksack, der schwer zu sein schien, auf den Rücken, hängte die Rolle mit dem Schlafsack über seine Schulter und lief los, geradewegs in die schwarze Wildnis hinein.

»He«, rief ich, »wohin gehst du?« Eben noch hatte ich befürchtet, dass ich die Nacht mit diesem wildfremden Jungen in einer einsamen Hütte verbringen musste, da wurde mir klar, dass er überhaupt nicht vorgehabt hatte, hier zu bleiben. Der Schuppen war bloß seine Garage. Von nun an hieß es: laufen!

Jay wandte sich um und leuchtete mir ins Gesicht. »Nach Hause. Du kannst mitkommen, wenn du willst, oder du kannst hier bleiben. Aber entscheide dich *jetzt*.«

Er drehte sich wieder um und trabte weiter. Hatte er nicht vorhin erst gesagt, dass er nicht hier wohnen würde? Was bedeutete für einen wie ihn: *nach Hause?* Er fuhr Auto, trug ganz normale Kleidung (nicht der neuste Schrei, aber na ja . . .) und redete auch nicht so, als ob er von gestern wäre. Ein Wilder war er jedenfalls nicht, aber vielleicht war die Wildnis ja sein Zuhause? Ich hatte von Indianerdörfern im Norden gehört, zu denen keine Wege führten. Man konnte sie nur mit dem Boot oder einem Wasserflugzeug erreichen.

Der Strahl der Taschenlampe war kaum noch zu sehen. Wenn ich nicht allein in der Dunkelheit zurückbleiben wollte, blieb mir nichts anderes übrig, als Jay zu folgen.

6.

Auf einem schmalen Pfad liefen wir in den Wald hinein, einen dunklen Tunnel aus Bäumen. Hier drang das Mondlicht nur selten bis auf den Boden und ich musste dicht an Jay dranbleiben, um überhaupt zu sehen, wo ich hintrat. Das träge Gesumme der Moskitos verfolgte uns ständig. Sie warteten nur darauf, dass wir stehen blieben, um erneut zuzuschlagen.

»Wie weit ist es denn noch?«, fragte ich nach einer Weile.

»Das wirst du schon sehen.«

»Ich hab Durst.«

Er blieb stehen, holte mit einem Griff hinter sich eine Wasserflasche aus der Seitentasche seines Rucksackes und reichte sie mir. Ich trank ein paar große Schlucke. »Danke.«

Die Moskitos ließen sich nieder und stachen zu. Jay schien sie gar nicht zu bemerken. Er verstaute die Flasche wieder und lief eilig weiter.

»Warum kannst du mir nicht sagen, wo wir hingehen und wie dein Nachname ist?«, fragte ich. »Ich würde mich viel besser fühlen, wenn ich es wüsste.«

»Ich aber nicht.«

Der Indianer lief schnell und hatte lange Beine. Ich hatte Mühe, mitzuhalten.

»Wenn du es mir nicht sagst, gehe ich keinen Schritt mehr weiter.« Ich blieb stehen und verschränkte trotzig die Arme vor der Brust.

Jay drehte sich nicht einmal um. *»Wa-chee-ye«*, sagte er.

»*Was?*«

»Auf Wiedersehen.«

Sehr schnell wurde der Abstand zwischen uns größer. Das Moskitogeschwader ging zum Angriff über. Ich schlug wie eine Furie um mich und begann zu rennen, um Jay wieder einzuholen.

»Man wird nach mir suchen.«

»Mach dir da mal keine allzu großen Hoffnungen.« Er blieb erneut stehen und drehte sich zu mir herum. »Okay, Jodie Thomson«, sagte er, einen Anflug von Verzweiflung in der Stimme. »Ich kann nicht behaupten, dass ich erfreut bin, dir begegnet zu sein. Aber es ist nun mal so gekommen. Und jetzt halt einfach den Mund und lauf weiter, ja? Ich muss mich auf den Weg konzentrieren, und das kann ich nicht, wenn mich ständig jemand von hinten voll quasselt.«

Von da an liefen wir schweigend. Unheimliche Gestalten wuchsen aus der Nacht. Tiere huschten durchs Unterholz und scheuchten Vögel von ihren Schlafplätzen auf. Den Indianer brachte das nicht aus der Ruhe, aber ich zuckte jedes Mal erschrocken zusammen, weil ich die verschiedenen Schatten und ihre Geräusche nicht einzuordnen vermochte.

Was hätte ich darum gegeben, jetzt in meinem Zimmer in meinem Bett zu liegen, von mir aus mit Nicci drin. Stattdessen lief ich durch die dunkle Wildnis einem fremden Jungen hinterher, ohne zu wissen, wo die Reise hinging. Was hatte ich mir da bloß eingebrockt? Einfach abzuhauen, bloß weil es mal ein bisschen schwierig geworden war! Kaum zu glauben, dass ich mich selbst in diese Lage gebracht hatte.

Dieser Jay hatte es verdammt eilig und langsam fragte ich mich nach dem Grund dafür. Was sollte einer wie er so spät in dieser abgelegenen Gegend für einen wichtigen Termin haben? Mir fiel keine harmlose Erklärung ein. Ich musste an diesen Artikel denken, den ich vor ein paar Tagen in der Zeitung gelesen hatte. Es gab Indianer, die sich als Zigarettenschmuggler betätigten. Sie brachten Zigaretten aus den USA heimlich über die Grenze nach Kanada, um sie hier mit Gewinn zu verkaufen. Vielleicht war der Junge einer von ihnen, das würde einiges erklären. Vielleicht war der Rucksack voller Zigaretten und irgendwo im Busch warteten zwielichtige Gestalten auf ihn. Männer, die von meiner Anwesenheit wenig begeistert sein würden.

Jodie, dachte ich, jetzt bist du schon wie Marla, die immer das Schlimmste vermutet. Wahrscheinlich würde sich in der nächsten halben Stunde alles aufklären. Mit etwas Phantasie sah ich mich in einem gemütlichen Blockhaus sitzen und die Gastfreundschaft von Jays Familie genießen. Vielleicht war seine Mutter nett und er hatte ein paar Schwestern. Da gab es dann sicherlich auch etwas zu essen. Ich hatte nämlich inzwischen ein großes Loch im Bauch, das schon anfing wehzutun.

Aber es kam kein Haus. Der Weg schien endlos.

Jay lief voran in einem merkwürdig trabenden Gang, wie ein Raubtier. Nach einer Weile fiel es mir immer schwerer, seinen langen Schritten zu folgen. Nun machte sich schmerzhaft bemerkbar, was für eine Niete ich im Sport immer gewesen war. Mir fehlte die Ausdauer, und weil ich einige überflüssige Pfunde mit mir herumzuschleppen hatte, ging mir schnell die Puste aus. Inzwischen war mir vom Laufen auch elend warm geworden, aber wegen der Mücken und meinem neuerdings bauchfreien T-Shirt wollte ich Jays Fleecejacke nicht ausziehen.

Das Brennen in meinen untrainierten Muskeln nahm zu. Es war, als würden Gewichte an meinen Beinen hängen. Irgendwann konnte ich nicht mehr und wurde langsamer. Der Indianer merkte es, wahrscheinlich hatte er auch hinten Augen im Kopf. Er verringerte sein Schritttempo, bis ich ihn wieder eingeholt hatte. Im Gegensatz zu mir schien er überhaupt nicht erschöpft zu sein, obwohl er den schweren Rucksack und die Schlafrolle trug. Sehnsüchtig hoffte ich darauf, dass er endlich sagte: »Wir sind da.«

Aber das passierte nicht. Noch lange nicht.

Mein Magen meldete sich in immer kürzer werdenden Abständen. Einmal erschrak ich richtig, weil er so laut knurrte, dass ich an ein wildes Tier denken musste.

Gerade wollte ich Jay fragen, ob wir nicht eine kurze Verschnaufpause einlegen könnten, da blieb der Indianer plötzlich so abrupt stehen, dass ich ungebremst gegen seinen Rucksack prallte und beinahe gefallen wäre.

»Was ist denn los?«, fragte ich keuchend, als ich mein Gleichgewicht wieder gefunden hatte.

Jay antwortete mir nicht, aber auf einmal begann er leise in einer fremden Sprache zu reden, in singendem Tonfall, wobei immer wieder das Wort *muskwa* fiel. Fasziniert lauschte ich seiner dunklen, melodischen Stimme, bis ich sah, mit *wem* er sprach. Auf dem Pfad, kaum fünf Meter von uns entfernt, hockte im Lichtkegel der Taschenlampe – ein Bär.

Mir stockte der Atem, ein Angstschrei blieb mir im Halse stecken. Ich konnte nicht erkennen, wie groß das Tier war, aber meine Phantasie arbeitete auf Hochtouren. Der Bär hatte ein dunkles fast schwarzes Fell und schien über unser Auftauchen wenig erfreut zu sein.

Flugs versteckte ich mich hinter Jays Rücken, während er auf den Bären einredete (wahrscheinlich in Bärensprache) und mit den Armen fuchtelte. Keine Ahnung, wieso, aber ich dachte, dass er schon wissen würde, was zu tun war. Schließlich war es seine Idee gewesen, im Dunkeln mitten durch die Wildnis zu laufen.

»Zeig dich«, herrschte Jay mich an, »damit er sieht, dass wir zwei sind.«

Was sollte denn das? Ich glaubte nicht, dass Bären zählen können, und lugte nur zaghaft hinter Jays Rücken hervor. Da trat er einen Schritt zur Seite: »Heb die Arme, mach Krach!«

Lahm hob ich meine Arme, bekam aber kein Wort heraus, geschweige denn Krach. Jay leuchtete den Bären ab und in diesem Augenblick sahen wir beide, dass er auf einem gerissenen Elchkalb kauerte, die blutige Schnauze witternd nach vorn gestreckt. Aus seinem Inneren kam ein dumpfes Grollen und er schlug mit einer krallenbewehrten Tatze ins Leere. Das war eindeutig eine Drohgebärde, so viel wusste sogar ich. Wir hatten den Bären bei seinem Abendmahl gestört, das nahm er uns übel.

Ich war nicht in der Lage, zu denken oder mich zu bewegen. Mein Hirn entsendete das Signal: »Weglaufen!«. Doch meine Beine fühlten sich an, als würden sie an der Erde festkleben.

»Wir müssen hier weg«, sagte Jay erstaunlich ruhig. »Lauf langsam den Weg zurück und warte irgendwo, bis ich bei dir bin.«

Ich wollte, aber es ging nicht.

»Was ist?«, zischte Jay ungeduldig.

»Ich kann nicht.«

Er packte mich am Arm und drückte seine Fingerkuppen grob in meine Armmuskeln. Der jähe Schmerz holte mich aus meiner Erstarrung.

Plötzlich schlug der Bär drohend mit beiden Vordertatzen und brüllte zornig. Ein Laut, der mir durch Mark und Bein ging.

»Lauf!«, rief Jay.

Ich drehte mich um und rannte ins Dunkel.

Keine Ahnung, wie weit ich gekommen war, als mein linker Fuß sich in einer Wurzel verfing und ich der Länge nach hinflog. Mein Kopf stieß gegen einen Ast, als ich auf dem Waldboden aufschlug, doch viel schlimmer war der Schmerz, der wie ein Blitz in meinen Knöchel fuhr. Ich krümmte mich am Boden mit jagendem Herzen und lauschte in die Nacht. Mein Puls dröhnte in meinen Ohren. Es dauerte eine ganze Weile, bis ich wieder etwas anderes hören konnte als das Klopfen meines eigenen Blutes. Aus der Ferne vernahm ich immer noch das wütende Brüllen des Bären, aber dann verstummte es plötzlich und es war still. So still, dass mir die Angst wie ein eiskalter Finger über den Rücken strich.

Was, wenn der Bär Jay erwischt und getötet hatte?

Nicht dass mir etwas an ihm lag. Schließlich hatte sich mein Retter als Entführer entpuppt. Doch er hatte mich vor dem handgreiflichen Trucker bewahrt und mir seine Fleecejacke geliehen, als die Moskitos dabei waren, mich aufzufressen. Im Bauch des Bären zu landen war bestimmt nicht das, was ich ihm wünschte. Außerdem hatte ich nicht die geringste Lust, ganz allein in der Wildnis zurückzubleiben. Die Nacht war noch lang und an meinen schmerzenden Knöchel wollte ich gar nicht denken. Vielleicht war er gebrochen. Ich nahm an, dass es für den Bären keine Kunst war, mich hier zu finden. Der Angstschweiß kroch mir aus allen Poren. Das Tier würde nur dem Geruch nachzugehen brauchen.

Mühsam zog ich mich an einem Baumstamm nach oben. Der Schmerz im Knöchel ließ zwar langsam nach, aber wenn ich mit dem linken Fuß auftrat, war er wieder da, schlimmer als zuvor.

Während ich noch nach Atem rang und verzweifelt überlegte, was ich als Nächstes tun sollte, sah ich auf einmal den Strahl der Taschenlampe und hörte, wie Jay leise meinen Namen rief.

»Hier bin ich«, krächzte ich.

Als er endlich vor mir stand, fiel ich ihm, vor Erleichterung schluchzend, um den Hals. Er klopfte mir einige Male beruhigend auf die Schulter, dann machte er sich behutsam von mir los. »Ist alles noch dran, Hasenfuß?«

Hasenfuß? Ein Grollen wie von dem Bären kam aus meiner Kehle.

Meine Wut war grenzenlos. »Bring mich sofort zurück, du Idiot!«, brüllte ich Jay an. Ich schlug ziellos nach ihm, trommelte mit den Fäusten auf ihn ein und hörte auch nicht auf, als er plötzlich vor Schmerz aufschrie. Aber da hatte er schon die Taschenlampe fallen lassen und mich mit eisernem Griff an den Handgelenken gepackt.

»Bist du verrückt geworden?«, herrschte er mich an. »Was soll denn das?«

»Ich schaffe das nicht«, wimmerte ich. »Bring mich zurück!«

»*Was* schaffst du nicht?«

»Das Laufen, die Bären, die Moskitos, die Dunkelheit, einfach alles. Du musst mich zur Straße zurückbringen.« Schlagartig war mir klar geworden, wie ausgeliefert ich der Wildnis war. Mein kleines Abenteuer hatte sich in einen Alptraum verwandelt. Zu viele Dinge, denen ich nicht gewachsen war, stürzten auf mich ein und das letzte bisschen Mut verließ mich, wie Luft aus einem aufgeschlitzten Reifen entweicht.

»Das geht nicht«, sagte Jay und seine Stimme klang jetzt etwas sanfter. »Atme mal tief durch und beruhige dich, okay?«

Ich wand mich aus seinem Klammergriff, lehnte mich gegen den rissigen Baumstamm und begann hemmungslos zu schluchzen. Meine Wut war verbraucht. Jetzt fühlte ich mich nur noch kaputt und hungrig und unglücklich.

Jay bückte sich nach der Taschenlampe und beleuchtete mich von oben bis unten, wahrscheinlich, um sich mit eigenen Augen zu vergewissern, ob alles noch dran war. Dabei sah ich, dass meine rechte Hand blutverschmiert war. Erschrocken hielt ich sie in den Lichtkegel. Hatte ich mich irgendwo verletzt und es nicht gemerkt?

»Es ist mein Blut«, sagte Jay. »Der Bär hat mich angegriffen.«

»Angegriffen?« Ich riss ihm die Taschenlampe aus der Hand und leuchtete in sein Gesicht. Er schloss die Augen und drehte geblendet den Kopf zur Seite.

Mit dem Strahl der Taschenlampe tastete ich über seinen Körper. Da entdeckte ich, dass sein kariertes Hemd am linken Oberarm zerfetzt war. »Oh mein Gott«, stammelte ich, »du bist verletzt.«

»Es war nur eine kurze Attacke, ein Scheinangriff«, wiegelte er ab. »Ich habe mich auf den Boden geworfen und mir den Schlafsack in den Nacken gehalten. Er hat mich am Arm erwischt mit seiner Pranke, aber ich glaube, es ist nicht schlimm. Ich werde es mir später ansehen. Wir müssen hier weg.«

»Ich kann nicht laufen.«

»Was sagst du da?« Bestürzt sah er mich an, einen Anflug von Panik in den Augen.

»Ich bin über eine Wurzel gestolpert und umgeknickt. Es tut höllisch weh.«

»Ist was gebrochen?«

»Woher soll ich das wissen?«

»Auch das noch.« Jay machte eine ärgerliche Handbewegung. In diesem Augenblick schien ihm auf einmal wieder klar zu werden, was er sich mit mir aufgehalst hatte. Ich war eine Last für ihn, ein Klotz am Bein. Ein Fünkchen Hoffnung keimte in mir auf, dass er mich nun doch zurückbringen würde.

Aber als ich Jays Gesicht sah, wusste ich, dass diese Hoffnung vergeblich war. Ich schluckte und eine unbestimmte Angst machte sich in mir breit. Wie wichtig war es ihm, sein Ziel so schnell wie möglich zu erreichen? Würde er mich einfach hier zurücklassen, wenn ich nicht mehr laufen konnte?

»Wie geht es jetzt weiter?«, würgte ich hervor.

»Ich muss nachdenken«, herrschte Jay mich an.

Obwohl ich wusste, dass es Situationen gibt, in denen man lieber die Klappe hält, konnte ich nicht anders. Ich ließ Jay genau zehn Sekunden Zeit, dann fragte ich: »Wird der Bär uns verfolgen?«

Wenn der Indianer beschließen sollte, mich hier im Wald zurückzulassen, war das eine lebenswichtige Frage für mich.

»Ich glaube nicht«, brummte er missmutig. »Er hat ja seine Beute. Aber wir können auch nicht hier bleiben, das wäre zu gefährlich.«

Wir? Hatte er wirklich *wir* gesagt? Große Steine purzelten mir vom Herzen und ich atmete erleichtert auf. »Wo sollen wir denn hin, wo es nicht gefährlich ist? Und wie soll ich hier wegkommen, wenn ich nicht laufen kann?«

Jay stöhnte gequält auf. »Kennst du auch Sätze ohne Fragezeichen am Ende, Jodie Thomson?«

Ich biss mir auf die Lippen.

»Nicht weit von hier ist ein See, dort müssen wir hin. Auf dem direkten Weg sitzt der Bär mit seiner Beute. Also werden wir ihm durch den Busch ausweichen.«

Der *Busch,* das war weglose Wildnis. »Aber ich kann nicht laufen«, flüsterte ich.

»Du musst. Versuch es noch mal. Es muss gehen. Bis zum See ist es nicht mehr weit.«

Ich setzte meinen Fuß auf und machte zwei kleine Schritte. Es tat höllisch weh, als ob jemand ein Messer in meinen Knöchel bohren würde. Der Schmerz flutete bis ins Hirn, eine rot glühende Welle. Ich biss die Zähne zusammen. Lieber den Schmerz aushalten, als allein in der Dunkelheit zurückbleiben.

»Okay.«

»Du gehst voran«, sagte Jay. Er gab mir die Taschenlampe. »Da entlang.«

Jeder Schritt, den ich machte, tat so weh, dass es mir Tränen in die Augen trieb, aber ich setzte ein Bein vor das andere und irgendwie funktionierte es. Spinnweben legten sich über mein Gesicht. Ich streckte den linken Arm schützend nach vorn, um nicht von überhängenden Ästen verletzt zu werden.

Jay trieb mich zur Eile an und doch kamen wir nur langsam voran, weil wir uns durch Büsche schlagen, Felsbrocken umgehen und über umgestürzte Bäume steigen mussten. Abgesehen von dem beißenden Schmerz in meinem Knöchel, fühlten sich meine Beine taub und schwer an. Mein Gang war schleppend und mein Kopf tat weh. Manchmal blieb ich stehen, weil Jay in seinen Mokassins so leise war, dass ich ihn nicht hörte.

»*Awas*, lauf weiter«, sagte er. »Ich bin hinter dir.«

Als Jay mir über einen umgestürzten Baumstamm half, trug er für einen Augenblick mein ganzes Gewicht, die kompletten 73 Kilo. Er ächzte leise und vor Scham wäre ich am liebsten im Erdboden versunken. Warum musste das alles ausgerechnet mir passieren? Was hatte ich mir eigentlich dabei gedacht, einfach abzuhauen und zu jemandem wie diesem Bob in den Truck zu steigen? Ich konnte immer noch nicht glauben, dass ich so naiv gewesen war.

Eine Woge des Selbstmitleids überschwemmte mich. Wenn man von zu Hause wegläuft, weiß man nie, was als Nächstes kommt. Diese Lektion hatte ich inzwischen gelernt. Ich war hungrig, vollkommen erschöpft und mein Knöchel tat furchtbar weh. Nur mit Mühe konnte ich die Tränen zurückdrängen, die erneut in mir aufstiegen.

Doch auf einmal lichtete sich das Dickicht und wir waren da. Ich stand auf einer großen, glimmernden Felsplatte. Vor uns lag der See. Der Mond beschien die Oberfläche. Sein kaltes Licht brach sich in den schwarzen Wellen, als wären Sterne ins Wasser gefallen.

Ich neigte den Kopf in den Nacken und blickte in den Himmel. Da waren sie: Millionen pulsierende Lichtpunkte. Ich staunte mit offenem Mund. So etwas hatte ich noch nie gesehen. Der Sternenhimmel war hier draußen viel klarer und überwältigender als in der Stadt, wo künstliches Licht ihn verschleierte.

»Wir müssen weiter«, mahnte Jay. Seine Gesichtszüge waren nur undeutlich zu erkennen, aber seine Zähne blitzten im Mondlicht auf.

Bis zum Ufer hinab war es eine kleine Kletterpartie, die noch bewältigt werden musste. Eine Herausforderung für jemanden, der kaum laufen konnte. Aber hier wuchsen keine hohen Bäume mehr und das weiße Licht des Halbmondes ersetzte die Taschenlampe, sodass wir jeder zwei Hände zum Festhalten hatten. Jay kletterte voran und kam mir zu Hilfe. Seine Hände waren warm und kräftig und ich mochte es, sie zu halten, weil sie mir ein Gefühl von Sicherheit gaben.

Endlich war es geschafft. Erschöpft ließ ich mich in den feuchten Ufersand sinken. Zuckte erschrocken zusammen, als etwas Großes die Wasseroberfläche durchbrach und ein glucksendes Geräusch machte.

»Was war das?«

Jay lächelte über meine Schreckhaftigkeit. »Keine Ahnung. Ein Geist vielleicht.« Er nahm die Schlafrolle ab, ließ den Rucksack vorsichtig zu Boden gleiten und streckte seine Glieder.

Geister. Auch das noch. Ich glaubte nicht an Märchenwesen und Gespenster. Mit solchem Gerede über Geister würde ich mich nicht beeindrucken lassen.

»Und was nun?«, fragte ich, als mir klar wurde, dass der See keinesfalls das Ende der Reise bedeutete.

»Ich muss das Kanu finden«, sagte Jay. »Die Stelle, an der ich es versteckt habe, kann nicht weit sein.«

»Ein *Kanu?«*

»Ja.«

»Wo bringst du mich denn hin?«

»Ich dachte, das hätten wir geklärt.«

Resigniert ließ ich den Kopf hängen. Ich war fix und fertig und zu keinem klaren Gedanken mehr fähig.

Jay kniete neben mir nieder und schob mit seiner rechten Faust mein Kinn ein Stück nach oben, sodass ich ihm ins Gesicht sehen musste. Es sah wieder freundlicher aus. Wahrscheinlich war er froh, dass wir es bis zum See geschafft hatten, ohne dass er mich tragen musste. Ich konnte es ihm nicht verdenken.

»Hey Hasenfuß«, sagte er. »Vertraust du mir?«

Ich schniefte. »Werd ich wohl müssen.«

»Dir passiert nichts. Indianerehrenwort.« Jay erhob sich. »Warte einfach hier auf mich, okay? Ich bin gleich wieder da.« Er lief am Ufer entlang, und während ich ihm nachsah, musste ich an Mom und Dad denken. Ich erinnerte mich an Streit und Tränen. Dachte an das hässliche Wort *Scheidung*. Ob mein Vater wieder bei uns wohnte und meine Eltern sich nun wenigstens gemeinsam Sorgen um mich machten?

Vielleicht hatten sie sich in den letzten Stunden alles Mögliche ausgemalt. Wo ich sein könnte und wie es mir gerade erging. Doch bestimmt kamen sie nicht einen einzigen Augenblick auf die Idee, dass ich beinahe von einem Bären verspeist worden war und demnächst mit einem Indianerjungen im Kanu auf einem See in der Wildnis unterwegs sein würde. Und das war auch ganz gut so.

Warte hier auf mich, hatte Jay gesagt. Wo sollte ich denn hingehen? Beinahe musste ich lachen, so absurd erschien mir das Ganze.

Dads sorgenvolles Gesicht, Moms Gezeter, ihre Tränen, an die ich lieber nicht denken wollte; Niccis Gequengel, unsere enge Wohnung, Marla, die Schule . . . das alles war so weit weg, dass es mir schon gar nicht mehr wahr erschien. Sogar Tim, der in Sudbury auf mich wartete, kam mir wie ein Traum vor.

Real war nur das hier: die Nacht mit Millionen Sternen am Himmel. Der zerbrochene Mond im schwarzen Wasser des Sees; der raue, feucht-schwere Sand, in den ich meine Finger grub. Und Jay natürlich, der irgendwo nach einem versteckten Kanu suchte, das uns noch tiefer in die Wildnis hineinbringen würde.

Was das anging, machte ich mir keine Illusionen. Was auch immer Jay sein *Zuhause* nannte, wir würden es in dieser Nacht nicht mehr erreichen.

7.

Schon bald hörte ich, wie ein Motor angeworfen wurde, und wenig später kam das Kanu knatternd über den See. Es war ein schmales Aluboot, ungefähr vier oder fünf Meter lang. Jay stellte den Außenbordmotor ab und hob den Propeller aus dem Wasser. Er stieg auf einen Stein und zog das Kanu ein Stück auf den Strand.

Ich sah, wie er sich über seinen Rucksack beugte, ihn öffnete und mit der Taschenlampe hineinleuchtete. Das Geräusch eines Reißverschlusses drang an meine Ohren, ich bemerkte Jays sorgenvolle Miene. Irgendetwas schien ihn zu bedrücken. Etwas, das ihn schon den ganzen Abend und die halbe Nacht zur Eile trieb. Er untersuchte den Inhalt seines Rucksackes mit großer Vorsicht. Vielleicht fürchtete er, seine kostbare Fracht (was immer es auch sein mochte) könnte durch die Attacke des Bären Schaden genommen haben?

Aber schließlich schnürte er seinen Rucksack wieder zu und verstaute ihn sorgfältig unter der Sitzbank im Heck des Kanus. Ich kletterte ins Boot, froh, nicht mehr laufen zu müssen. Abgesehen von meinem lädierten Knöchel, hatte ich inzwischen auch noch Blasen an den Füßen.

Jay setzte sich auf die Heckbank. Mit einem Paddel stieß er das Kanu in den See zurück. Bevor er den Motor wieder anwarf, holte er ein Päckchen aus der Brusttasche seines Hemdes, murmelte ein paar Worte in seiner merkwürdigen Sprache und streute etwas in den See.

»Was machst du denn da?«, fragte ich.

»Tabak opfern für die *Manitus,* die Geister des Sees. Besser, sie sind uns heute Nacht wohlgesonnen.«

Ich schluckte. Fing er schon wieder damit an?

»Und was passiert, wenn sie uns nicht wohlgesinnt sind?«

Jay seufzte. »Denk doch einfach mal nach«, sagte er. »Die Fragestunde ist nämlich jetzt zu Ende.«

Er steuerte das Boot auf den mondbeschienenen See. Auf der anderen Seite konnte ich das schwarze Ufer erkennen, aber das schien nicht sein Ziel zu sein. Ab und zu blickte ich verstohlen auf meine Armbanduhr. Es war eine Timex, das Zifferblatt leuchtete im Dunkeln, wenn ich auf das Rädchen drückte. Schon kurz vor Mitternacht. Sollte es etwa die ganze Nacht durch so weitergehen? Ich war hungrig und sterbensmüde, aber das Geknatter des Motors und die frische Nachtluft hielten mich wach.

Manchmal rückte die finstere Schwärze des bewaldeten Ufers so nah an unser Kanu heran, dass ich darin die Bewegung von Tieren zu erkennen glaubte. Eine Wurzel oder doch ein Elch? Zu schnell waren wir vorüber. Eiliges Huschen an der Wasserlinie. Otter vielleicht, oder Bisamratten. Der See wurde wieder breiter und Jay steuerte vom Ufer weg, wo immer die Gefahr bestand, in zu flaches Wasser zu geraten.

Ungefähr eine Stunde waren wir unterwegs, als Jay endlich einen Uferstreifen ansteuerte. Das Ganze sah aus wie eine weit in den See ragende Landzunge. Sie war dicht bewachsen mit Nadelbäumen und belaubten Sträuchern, deren Blätter im Mondlicht wie Silbertaler leuchteten. Jay stellte den Motor aus, klappte die Motorschraube nach innen und paddelte das letzte Stück, bis der Bug des Kanus auf dem Ufersand knirschte. Dann sprang er heraus und zog das Boot auf den Strand. Ich wollte nett sein und ihm seinen Rucksack reichen, aber er war schwer wie Blei und ich so kraftlos, dass ich ihn kaum von der Stelle bewegen konnte.

Was schleppte er da bloß mit sich herum? Steine vielleicht? Für Zigaretten war die Fracht eindeutig zu schwer. Die Frage lag mir auf der Zunge, ich hielt jedoch lieber meinen Mund. Schließlich hatte

Jay mir deutlich gemacht, dass er keine Fragen mehr beantworten würde.

Natürlich hatte ich nicht damit gerechnet, dass er Gedanken lesen konnte.

»Ist ein Benzinkanister drin«, sagte er. »Für den Außenbordmotor.«

Aha. Aber ein Benzinkanister konnte kaum der Grund für seine Eile und Sorge sein. Es musste noch etwas anderes in seinem Rucksack stecken, dass er ihn mit solcher Vorsicht transportierte.

Jay half mir aus dem Kanu. Mein Knöchel schmerzte höllisch beim Auftreten und ich sackte nach drei Schritten in den kühlen Sand.

»So schlimm?«

Ich nickte, verzog das Gesicht.

Jay ging vor mir auf die Knie. »Zeig mal her!«

Er öffnete den linken Turnschuh und zog ihn ab, danach den Socken. Behutsam legte er meinen Fuß in seinen Schoß und reichte mir die Taschenlampe, bevor er sich meinem Fuß zuwandte.

Der Indianer hatte dunkle Hände, lang und schmal und doch kräftig. Ich zuckte zurück, noch bevor er meinen Knöchel überhaupt berührt hatte.

»Halt still«, sagte er. »Dann tu ich dir auch nicht weh.«

Vorsichtig betastete er das geschwollene Gelenk. Aus meiner Kehle kam ein unterdrücktes Wimmern.

Jay runzelte die Stirn. »Keine Ahnung, ob was gebrochen ist oder nicht. Vielleicht wäre es gut, du würdest den Knöchel ein bisschen kühlen.«

Er fand eine Stelle am Ufer, wo ich bequem auf einem Fels sitzen und meine Füße ins Wasser halten konnte. Dort brachte er mich hin.

»Bei der Gelegenheit kannst du dir auch gleich die Kriegsbemalung aus dem Gesicht waschen, ich bekomme sonst noch Angst vor dir.«

Der Spott in seiner Stimme war unüberhörbar. *Kriegsbemalung?*

Ich tastete über mein Gesicht, spürte die erhabenen Moskitostiche und Kratzer, auf denen sich Schorf gebildet hatte. Wahrscheinlich hatte ich geblutet und es nicht bemerkt. Auf der Stirn fühlte ich eine dicke Beule, die wehtat.

Mit beiden Händen schöpfte ich Wasser aus dem See und wusch mein Gesicht. Die Kratzer und Pusteln brannten, aber das ging schnell vorbei. Ich kostete das Wasser. Es war erfrischend und schmeckte gut. Ich trank, bis es in meinem Bauch gluckste. Danach ging es mir etwas besser.

Das laute Geknatter des Außenbordmotors war noch in meinem Kopf, während ich auf diesem Stein saß, meine Füße kühlte und darüber nachdachte, was ich mir eingebrockt hatte. Es wäre einfach gewesen, meinen Eltern die Schuld an allem zu geben, doch das konnte ich nicht. Schließlich war ich kein Kind mehr. Dass ich in diesem Dilemma steckte, hatte ich allein mir selbst zuzuschreiben.

Ich sah Jay wieder ins Boot steigen, um den Kanister aus dem Rucksack zu holen und unter der Sitzbank im Heck zu verstauen. Er hatte ihn den ganzen Weg von der Hütte bis zum See geschleppt. Es war ein großer Kanister, bestimmt 15 Liter. Vielleicht dauerte es noch Tage, bis wir Jays Zuhause erreichen würden.

Vertraust du mir?, hatte er mich gefragt. Keine Ahnung, was er außer Diesel noch in seinem Rucksack transportierte. Irgendetwas, das ihm sehr wichtig zu sein schien und gleichzeitig so schlimm, dass er es mir nicht sagen konnte.

Doch selbst wenn Jay Verbotenes im Sinn hatte – mir gegenüber benahm er sich anständig und ich war ihm dankbar dafür. Er hatte keinen Hehl daraus gemacht, dass ich ihm eine Last war. Aber er hatte mich auch nicht im Stich gelassen.

Jay sammelte trockenes Schwemmholz, das überall zwischen den Steinen am Ufer lag, und entfachte ein Feuer. Das ging verblüffend schnell, anscheinend hatte er Übung darin. Funken wirbelten an seinem Gesicht vorbei und verglühten in der Nacht. Ich sah, wie er ein

Stück stoffbeschichtete Plane aus seinem Rucksack holte und sie auf dem Sandboden neben der Feuerstelle ausbreitete. Nach einer Weile holte er mich. Vorsichtig fasste er mich um die Taille und stützte mich beim Laufen.

Ich ließ mich auf der Decke nieder, rieb den Sand von meinen Füßen und zog die Socken wieder an. Die Moskitos schienen sich in das belaubte Gesträuch in unserem Rücken zurückgezogen zu haben. Vielleicht schliefen sie um diese Zeit. Oder es war der Rauch des Feuers, der sie vertrieb.

Misstrauisch beobachtete ich die dunklen Sträucher an der Uferböschung. Ich fragte mich, welchen Tieren sie möglicherweise Schutz boten. Das wird eine unruhige Nacht werden, dachte ich, in meiner Angst vor Bären und Wölfen. Feuer war bekanntlich ein Schutz vor wilden Tieren, aber würde Jay das Feuer auch die ganze Nacht am Leben halten?

Auf einmal verkrampfte sich mein Magen knurrend, unangekündigt und peinlich laut.

»Hunger?«, fragte Jay.

Ich nickte beiläufig. In Wahrheit war ich einer Ohnmacht nahe. Es war eine Ewigkeit her, seit ich mit Trucker John diesen Hotdog gegessen hatte. *Wie* lange eigentlich? War das wirklich heute gewesen? Nein, gestern. Ich hatte jegliches Zeitgefühl verloren. Es kam mir so vor, als wäre ich seit einer Woche unterwegs, dabei waren es gerade mal zwei Tage.

Saß meine Mutter noch immer vor dem Telefon – allein und unschlüssig? Oder war mein Vater zurückgekommen und sie hatten gemeinsam die Polizei verständigt?

Jay holte eine zerkratzte Tupperbox aus seinem Rucksack, öffnete sie und reichte mir einen flachen, altbackenen Teigfladen. Misstrauisch schnupperte ich daran.

»Bannock«, sagte er. »Ist nicht mehr ganz frisch, aber was anderes haben wir nicht.«

Ich hielt das Brot in den Schein des Feuers und besah es mir genauer. Aus irgendeinem Grund zögerte ich immer noch, in den Fladen hineinzubeißen.

»Hast du nun Hunger oder nicht?«, fragte Jay ungeduldig. *»Meechee-soo*, iss! Du kannst es dir nicht leisten, wählerisch zu sein.«

Ich biss in den trockenen Fladen, der nach nichts schmeckte, kaute und schluckte tapfer. Währenddessen quälte Jay sich mit schmerzverzerrtem Gesicht aus seinem karierten Hemd.

Bis dahin hatte ich erfolgreich verdrängt, dass der Bär ihn verletzt hatte, aber nun sah ich die Bescherung. Der linke Ärmel seines T-Shirts war zerrissen und blutgetränkt. Der ganze Arm rot von angetrocknetem Blut. Ein wenig hilflos versuchte Jay, das T-Shirt auszuziehen, gab es aber leise fluchend auf, weil er seinen verletzten Arm dabei zu sehr verrenken musste. Und das tat offensichtlich sehr weh.

»Kannst du mal . . .?« Er hob beide Arme über den Kopf wie ein kleines Kind. Nicci hatte das immer so gemacht, als sie noch klein war und jemand ihr helfen sollte.

Ich würgte den letzten Bissen vom krümeligen Brotfladen hinunter, rutschte auf Knien an Jay heran und zog ihm das T-Shirt über den Kopf.

Ein kleiner, speckiger Lederbeutel mit Fransen baumelte auf seiner nackten Brust. Bestimmt war da irgendein Zauber drin, aber die Frage danach blieb mir im Halse stecken. Die Klauen des Bären hatten vier tiefe Kratzer in Jays linkem Oberarm hinterlassen. Die Wunden hatten stark geblutet, doch sein T-Shirt und das gefütterte Hemd hatten das Blut aufgesaugt.

Mir wurde flau in der Magengegend, als ich die blutigen Risse im Schein des Feuers begutachtete. Das musste höllisch wehtun. Und Jay hatte nichts gesagt, die ganze Zeit nicht. Er hatte sich zuerst um mich und das Feuer gekümmert. Ratlos nagte ich an meiner Unterlippe.

»Ich gehe mal das Blut abwaschen«, sagte er, ein Zittern in der Stimme. Auf einmal war er blass geworden und ich hatte Angst um ihn.

Jay verschwand in der Dunkelheit. Kurz darauf hörte ich es plätschern. Er kniete auf dem Stein und spülte das angetrocknete Blut von seinem Arm und seinen Händen. Ich hörte ihn leise fluchen, in dieser Sprache, die mich an Zauberformeln denken ließ.

Erst nach einer Weile kam er zurück und setzte sich nah ans Feuer, damit die Wunden trocknen konnten. Im Schein der Flammen tanzten Schatten über seine nackte Brust. Jay hatte lange, sehnige Muskeln und kein Gramm Fett auf den Rippen. Nun, nachdem er das Blut abgewaschen hatte, sah sein Arm nicht mehr ganz so schlimm aus. Er presste sein T-Shirt auf die Wunde und jetzt bemerkte ich auch, dass er tätowiert war. Mehrere Reihen dunkler Punkte zogen sich in Zickzacklinien um seinen rechten Oberarm – wie ein Perlenband.

Eigentlich hielt ich wenig von solcherart Körperschmuck, aber bei Jay wirkte das tätowierte Band ganz natürlich. Als er das T-Shirt von der Wunde nahm, sah ich an seinem linken Arm dasselbe Muster. Nur dass die Bärenklauen das Band aus schwarzen Punkten vier Mal zerrissen hatten.

Mit seiner Rechten griff Jay in den Rucksack, holte eine kleine Plastikdose und ein Päckchen mit eingeschweißten Mullbinden heraus. In der Dose war ein braunes Pulver und er bat mich, etwas davon in die offenen Wunden zu streuen. Ich tat es fraglos.

Er reichte mir eine Mullbinde. »Schön fest, okay?«

Ich hatte Mühe, den Verband aus seiner Verpackung zu holen. Plötzlich war ich nervös und wusste nicht, warum. Mit Hilfe der Zähne schaffte ich es schließlich. Jay legte die linke Hand auf sein angewinkeltes Knie, spreizte den Ellenbogen vom Körper weg und nickte mir aufmunternd zu. Ich begann, den Mull um seinen verletzten Arm zu wickeln.

»Fester«, sagte er, als er merkte, dass ich zu zaghaft war, weil ich ihm nicht wehtun wollte. Er ließ mich nicht aus den Augen.

Sein ovales Gesicht, das vom Feuerschein beleuchtet wurde, war meinem jetzt ganz nah. Jay hatte ein längliches Kinn, hohe Wangenknochen und schmale Augen, die sich an den Winkeln leicht verengten. Während ich ihn verband, traten ihm Schweißperlen auf die Stirn. Seine kräftigen Nasenflügel blähten sich, wenn er versuchte, den Schmerz ohne einen Laut auszuhalten, die sonst vollen Lippen zu einem Strich zusammengepresst. Sein kräftiges, glattes Haar, sein ganzer Körper roch nach dem Rauch des Holzfeuers.

»He«, sagte er plötzlich. »Seit wann bist du eigentlich stumm?«

Ich sah weg und spürte, wie ich rot wurde. Meine Wangen brannten. »Du ... ich ... du hast gesagt, ich soll nicht reden«, stotterte ich verlegen.

»Ich hab nicht gesagt, dass du nicht reden sollst. Ich hatte bloß keine Nerven mehr, deine Fragen zu beantworten.«

»Aber mein ganzer Kopf ist voller Fragen.«

Ein müdes Lächeln wanderte über Jays Gesicht. »Na, dann schieß los, Hasenfuß. Was willst du denn wissen?«

Noch war ich mir nicht sicher, ob ich beleidigt sein sollte, weil er mich Hasenfuß nannte, aber eigentlich sagte er es jedes Mal mit einem netten Unterton. Außerdem war ich froh, dass Jay jetzt in richtigen Sätzen zu mir sprach und nicht mehr nur zwei oder drei Worte zu Befehlen aneinander reihte.

»Was war das für ein Pulver?«

»Kröteneier und gemahlene Mäusepimmel.«

Ich hielt inne und Jay amüsierte sich über mein entsetztes Gesicht. »Das war ein Scherz, Hasenfuß. Es ist Bovistpulver. Wir gewinnen es aus trockenen Pilzen. Es wirkt entzündungshemmend und ich habe immer welches dabei.«

Das Lächeln verschwand. Jay schloss die Augen und grub die Zähne in die Unterlippe, als ich die beiden Enden der Mullbinde auf seinem Arm verknotete. Obwohl ich nichts dafür konnte, denn irgendwie musste ich den Verband ja befestigen, fürchtete ich, dass er plötzlich wieder ungehalten reagieren könnte. Einfach weil er Schmerzen hatte.

»Tut es sehr weh?«, fragte ich kleinlaut.

Er wischte sich mit dem Handrücken den Schweiß von der Stirn. »Es lässt sich aushalten. Dein Knöchel macht mir mehr Sorgen.«

»Ich glaube nicht, dass er gebrochen ist«, beeilte ich mich zu sagen. »Wenn ich den Fuß nicht bewege, spüre ich gar nichts mehr.« Das war eine Lüge, aber nachdem ich die Spuren der Bärenklauen in Jays Arm gesehen hatte, erschien mir der Schmerz in meinem Fuß wie eine Lappalie.

Jay lächelte schief.

»Was ist?«, fragte ich.

»Ich dachte immer, weiße Mädchen wären zickig. Du bist zwar ein Hasenfuß, aber jammern tust du nicht.«

Nun brachte auch ich ein Lächeln zu Stande. Jay hatte genauso über mich nachgedacht wie ich über ihn. Nur dass er kaum Fragen stellte und ich gleich mit der nächsten herausplatzte. »Wie alt bist du eigentlich? Oder ist das genauso ein Geheimnis wie dein Nachname?«

»Ich bin vor ein paar Wochen 17 geworden«, sagte er. »Und mein Familienname ist Muskalunge.«

»Muskalunge?«

»Ja, wie der Fisch.«

Muskalunge waren riesige Hechte, die über zwei Meter lang werden konnten. Gefürchtete Jäger in den Tiefen der Seen. Mein Vater hatte mir erzählt, dass er sogar mal eine tote Maus im Magen eines solchen Hechtes gefunden hatte. Ich dachte, dass der Name gut zu Jay passte.

»Und was ist da drin?« Ich deutete mit dem Zeigefinger auf den kleinen Lederbeutel an seiner Brust.

Jay griff nach meinem Zeigefinger und schob ihn von sich weg. »Das werde ich dir ausnahmsweise nicht verraten.« Er holte ein langärmeliges T-Shirt aus seinem Rucksack und zog es ohne meine Hilfe über. »Aber mach dir nichts draus. Niemand weiß, was da drin ist, nur ich.«

Ich nickte, riskierte aber noch eine Frage. Natürlich war es nicht die, die mir auf der Zunge brannte: Was zum Teufel er sich eigentlich dabei gedacht hatte, mich einfach in die Wildnis mitzunehmen, auf eine Reise, deren Ziel er mir beharrlich verschwieg.

Ich verkniff sie mir, denn im Augenblick war Jay mir freundlich gesinnt und ich hielt es für besser, diese Stimmung nicht aufs Spiel zu setzen. Stattdessen fragte ich: »Was ist das für eine Sprache, die du da sprichst? Bärensprache vielleicht?«

Jay lächelte in sich hinein. »Das ist Cree. Es ist die Sprache meines Volkes.«

»Hört sich ziemlich kompliziert an.«

»Für mich nicht.« Er legte neue Scheite aufs Feuer und ein leiser Windstoß ließ blaue Flämmchen das Holz hinaufzüngeln. Jetzt erst griff auch er zu einem Stück des Fladenbrots. Dazu trank er Wasser aus der Plastikflasche.

»Heißt *muskwa* Bär?«, fragte ich

»Ja.« Er war überrascht. »Na siehst du. Ist doch nicht so schwer.«

In diesem Augenblick bereute ich, dass ich so wenig über die Ureinwohner unseres Landes wusste. Natürlich waren sie immer mal wieder Gegenstand des Geschichtsunterrichtes gewesen, aber was ich da gelernt hatte, half mir jetzt wenig weiter. Die beiden Mädchen in meiner Klasse gehörten zum Stamm der Ojibwa-Indianer. Über das Volk der Cree wusste ich beinahe überhaupt nichts. Nur dass sie früher als nomadisierende Jäger durch die Wälder gezogen und den Karibuherden gefolgt waren. Wie sie heute lebten, davon hatte ich keine Ahnung.

»Du musst müde sein«, sagte Jay. »Leg dich schlafen, morgen wird ein harter Tag. Wir müssen zeitig los.«

Schlafen? Mein Körper war todmüde, die Gedanken jedoch hellwach. »Was ist mit Bären?«

»Hier gibt es keine.«

»Keine Bären?« Ungläubig verzog ich das Gesicht.

»Wir sind auf einer kleinen Insel, Hasenfuß, mitten im See. Hier gibt es keine Bären, nicht mal Kaninchen. Die Einzigen, die uns den Schlaf rauben könnten, sind die *Mannegishi*.«

»Die Manne*was*?«

»Die *Kleinen Leute*. Geister. Sie leben nahe am Wasser zwischen den Steinen, haben lange, dünne Arme, dünne Beine und große Köpfe ohne Nasen. Man kann sie allerdings nur sehen, wenn sie es erlauben. Manchmal treiben sie boshafte Scherze mit Reisenden.«

»Du nimmst mich auf den Arm«, sagte ich.

Er lachte in sich hinein. »Ja, klar. Und nun schlaf. Aber lass mir ein Plätzchen unter der Decke übrig.« Jay legte noch ein paar Äste aufs Feuer, sodass die Flammen hoch aufloderten und Funken in die Nacht tanzten. Dann holte er etwas aus seinem Rucksack und ging zum Wasser. Kurz darauf sah ich seine dunkle Gestalt hinter der Landzunge verschwinden.

Das war die Gelegenheit. Schon die ganze Zeit musste ich dringend. Auf Knien kroch ich vom Feuer weg hinter einen Haufen Schwemmholz. Hoffte, dass nicht plötzlich irgendwelche *Kleinen Leute* mit großen Köpfen und langen Armen auftauchen würden, um Scherze mit mir zu treiben. Denn zum Scherzen war ich nicht aufgelegt.

Wieder zurück auf der Decke, rollte ich den Schlafsack auseinander. An manchen Stellen war der Stoff aufgerissen und das Futter trat hervor. Das waren die Spuren der Bärenkrallen. Wenn Jay den Schlafsack nicht gehabt hätte, um damit seinen Nacken zu schützen, wäre er vielleicht nicht so glimpflich davongekommen. Ich wagte nicht, weiter darüber nachzudenken, sonst würde ich die ganze Nacht kein Auge zumachen können. Dass wir hier vor Bären sicher waren, fühlte sich ungemein gut an. Doch unter freiem Himmel zu schlafen war schon die nächste große Herausforderung für mich.

Ich seufzte tief. War das überhaupt möglich? Konnte an einem einzigen Tag so viel passieren, wie es mir passiert war? Es war das Abenteuer meines Lebens und ich war die Heldin. Unfreiwillig sozusagen. Jodie Thomson aus Thunder Bay auf Entdeckungsreise in der Wildnis. Und zu sich selbst. Alles Neuland und alles wahr. Auch Jay und seine Geister.

Ich streckte mich auf der Plane aus und zog den Schlafsack über meine Schultern, gerade so viel, wie nötig war. Dass Jay auch schlafen musste und logischerweise neben mir liegen würde, damit wir uns beide den Schlafsack teilen konnten, daran hatte ich bisher überhaupt nicht gedacht. Aber so würde es sein.

Obwohl ich tödlich erschöpft war, konnte ich nicht einschlafen in dieser verrückten Nacht, nach diesem verrückten Tag. Das Adrenalin tobte noch durch meinen Körper. Mein Knöchel, der keine Ruhe gab und hämmerte, als ob ein wütender Zwerg darin eingeschlossen wäre, hielt mich genauso wach wie die brennende Frage, ob ich Jay wirklich vertrauen konnte. Merkwürdigerweise hatte ich keine Angst mehr vor ihm, obwohl er sich seltsam verhielt und mir nicht verraten wollte, wohin er unterwegs war und warum er es so eilig hatte.

Was das anging, staunte ich über mich selbst.

Wann hatte ich eigentlich aufgehört, Angst zu haben? Wo war der Punkt, an dem ich begonnen hatte, mich mit meiner Situation abzufinden? Hatte ich mich denn abgefunden? Es sah so aus. Was sollte ich denn auch machen? Einen Schrei ausstoßen? Das war albern und ich viel zu müde dafür. Außer nasenlosen Geistern würde mich sowieso keiner hören.

Ich drehte mich auf die Seite und versuchte, eine bequeme Lage zu finden. Mit geschlossenen Augen dachte ich an Tim. Mühte mich, mir sein Bild ins Gedächtnis zu rufen. Aber sosehr ich mich auch anstrengte, immer war es Jays dunkles Gesicht, das sich davor schob.

Als auf einmal leise Flötentöne erklangen, glaubte ich zuerst an eine Sinnestäuschung. Aber es war keine. Und es war auch kein Geist, der spielte. Es war Jay. Leise, lang gezogene Töne wurden zu einer beruhigenden Melodie. Sie mischte sich mit dem Plätschern des Wassers und vertrieb endlich das Geknatter des Bootsmotors aus meinem Kopf. Das Flötenspiel hörte sich beinahe an wie ein Schlaflied. Doch nun konnte ich erst recht nicht schlafen. Denn Flötenspiel passte überhaupt nicht zu dem Bild, das ich mir von Jay Muskalunge gemacht hatte.

Nach einer Weile verstummte die Flöte und wenig später kroch Jay unter den Schlafsack. Ich war immer noch wach, stellte mich jedoch schlafend. Er rückte ganz nah an mich heran, so nah, dass kein Zentimeter Luft mehr zwischen uns war. Ich wollte schon protestieren, als ich spürte, dass seine Brust meinen Rücken wärmte wie ein kleiner Ofen. Jays verletzter Arm lag reglos und schwer auf meiner Seite. Es war ein merkwürdiges Gefühl, mit diesem Jungen, den ich erst wenige Stunden kannte, so nah zusammen zu sein. Doch die Wärme seines Körpers war angenehm. Sein leises Flötenlied noch in den Ohren, schlief ich auf der Stelle ein.

8.

Am nächsten Morgen wurde ich wach, weil mich jemand vorsichtig an der Schulter rüttelte. Noch mitten in einem süßen Schokoladenriegeltraum, wusste ich zuerst nicht, wo ich überhaupt war, so tief und fest hatte ich geschlafen. Das Feuer brannte. Im Sand stand ein verbeulter Blechkessel. Jay kauerte neben mir und hielt mir einen dampfenden Emailbecher hin. *Oh nein,* dachte ich, als ich den Indianer sah, und wünschte mich in meinen Traum zurück.

»Tee?«, fragte Jay, der unverschämt frisch und munter aussah, trotz seiner Verletzung.

Ich setzte mich auf und strich mir eine Haarlocke aus dem Gesicht. Dann nahm ich den angeschlagenen Emailbecher entgegen und roch daran.

»Lauter gute Sachen«, erklärte Jay. »Wilde Pfefferminze, Schafgarbe, Hagebutten und Melisse.« Seine weißen Zähne blitzten und ich fragte mich, ob er sie regelmäßig putzte oder was der Trick war. Meine hatten jedenfalls einen unangenehm pelzigen Belag, wenn ich mit der Zunge darüber glitt.

Der Indianer konnte wieder einmal Gedanken lesen. Er kramte in seinem Rucksack und förderte eine Tube Zahnpasta und eine nagelneue, eingeschweißte Zahnbürste zu Tage. »Hier«, sagte er. »Die kannst du vielleicht brauchen.«

Ich musste ihn angesehen haben, als hätte er soeben vor meinen Augen ein gestreiftes Kaninchen aus dem Zylinder gezaubert.

»Ich habe sie für mich gekauft«, sagte er, amüsiert über mein verblüfftes Gesicht. »Meine ist schon ein bisschen altersschwach.« Er hob etwas in die Höhe, das mich entfernt an einen Pfeifenreiniger erinnerte.

»Und du bist dir sicher, dass du noch eine Weile damit zurechtkommst?« (Um nichts in der Welt hätte ich die Zahnbürste wieder hergegeben, nicht mal für ein Schokoladeneis.)

»Werd ich wohl müssen.« Er lachte und seine Augen wurden dabei zu kleinen Halbmonden.

Ich kauerte am Wasser, putzte Zähne und wusch mein Gesicht. Die Haut fühlte sich rau an. Die Pusteln juckten und die Beule tat jetzt richtig weh, wenn ich draufdrückte, doch das waren Kleinigkeiten.

Es war schon hell, aber noch früh am Morgen, und auf dem See wogten wilde Nebelschwaden wie tanzende Geister. So etwas hatte ich noch nie gesehen. Fasziniert beobachtete ich das Schauspiel, jederzeit darauf gefasst, im Dunst plötzlich irgendein Wesen zu entdecken, das nicht von dieser Welt war.

»Schön, nicht wahr?« Jay stand auf einmal hinter mir.

Ich blickte zu ihm auf und nickte. Er war ein dunkelhäutiger Indianer, aber vielleicht kam das auch davon, dass er sich viel im Freien aufhielt. Obwohl er schon 17 war, gab es keinerlei Anzeichen von Bartwuchs in seinem Gesicht. Zugegeben, Jay Muskalunge sah gut aus, nur dass ich Indianerjungs noch nie aus diesem speziellen Blickwinkel betrachtet hatte. Ich hatte nie im Geringsten daran gedacht, mit einem von ihnen näher befreundet zu sein. Auf dem Schulhof oder im Supermarkt hätte ich Jay überhaupt nicht wahrgenommen, aus dem einfachen Grund, weil er dunkle Haut und langes Haar hatte.

»Was ist?« Er musterte mich ebenso eindringlich wie ich ihn. Seine Augen waren braun. Wie Schokolade. Sie hatten einen wachsamen Glanz und plötzlich musste ich an sein Flötenspiel denken.

»Nichts«, stammelte ich, stand auf und wollte zum Feuer zurückgehen.

Jays Hand schnellte nach vorn und packte mich am Arm. »Irgendetwas hast du doch gedacht?«

Was ich wirklich gedacht hatte, konnte ich ihm nicht sagen, aber zum Glück hatte ich jederzeit eine Frage auf Lager. »Hättest du mich mitgenommen, wenn ich dich angesprochen hätte, gestern, an der Tankstelle?«

Er ließ mich los. »Nein, Jodie.«

»Und warum nicht?«

»Weil ich keinen Ärger brauchen konnte.«

»Ärger?«

»Weiße Mädchen, die zu einem Indianer ins Auto steigen, bedeuten meistens Ärger. Du bist von zu Hause abgehauen, nicht wahr?«

Ich zuckte zusammen. »Woher weißt du das?«

Er hob die rechte Schulter. »Sie haben es im Radio gebracht.«

»Im Radio?«, fragte ich erschrocken. »Sucht die Polizei nach mir?«

»Nein, ich glaube nicht. Es war ein Aufruf deiner Eltern. Wer dich sieht, soll sich bei ihnen melden.«

»Ach Mist.« Ich ließ den Kopf hängen.

»Wo wolltest du denn hin?«

»Nach Sudbury.«

»Dann warst du gestern aber ziemlich weit vom Weg abgekommen.«

»Der Truckfahrer hat mich angelogen.«

»Und was wolltest du in Sudbury?

»Zu meiner Großm. . .« Ich stockte. Wozu noch lügen? »Zu einem Freund.«

»Zu *einem* Freund oder zu *deinem* Freund?«

»Zu meinem Freund. Er heißt Tim. Ich habe ihn im Internet kennen gelernt. Er ist 18 und hat eine eigene Wohnung. Er wird sich inzwischen Sorgen machen, wo ich bleibe.«

»Ihr seid euch im *Internet* begegnet? Wie kann man sich denn da begegnen?« Jay schüttelte den Kopf. »Ihr weißen Mädchen seid noch merkwürdiger, als ich dachte.«

Ich hob den Kopf und sah ihn an. »Bist du nun sauer?«

»Warum? Weil du von Zuhause abgehauen bist? Du wirst schon deine Gründe dafür haben.«

»Ich meine, weil du jetzt Ärger hast.«

»Es ist nun mal passiert und jetzt lässt es sich nicht mehr ändern«, sagte er. »Aber es wäre nicht schlecht, wenn du dich ein bisschen beeilen könntest. Bist du fertig mit deiner Morgentoilette? Wir müssen los.«

Ich hockte mich neben das Feuer und trank einen Schluck von meinem Tee, der inzwischen kalt geworden war. »Ich hab noch nichts gegessen.«

»Wir haben nichts mehr zu essen.«

»Ich habe aber Hunger.«

»*Hunger?*« Seine breiten Nasenflügel bebten ärgerlich. »Ich glaub nicht, dass du weißt, was Hunger ist. Du wirst es schon noch aushalten, bis ich uns was gefangen habe.«

Was *gefangen?* Ich sah ein kleines, blutiges Fellknäuel mit langen Ohren vor mir. Augenblicklich verging mir der Appetit.

»Warum hast du es eigentlich so eilig?«, fragte ich spitz.

»Frag mich was anderes.«

Wenn ich nur ein bisschen besser hingehört hätte, dann wäre mir der zunehmende Unmut aufgefallen, der in seiner Stimme war. Aber ich dachte nur an mich und dass ich sehr wohl Hunger hatte. Jay hatte mich mitgenommen und nun war er für mich verantwortlich. Auch dafür, dass ich etwas in meinen leeren Magen bekam.

»Ich will es aber wissen«, beharrte ich trotzig. »Wieso war keine Zeit mehr, mich in die Stadt zurückzubringen? Was kann so wichtig sein, dass du in Kauf genommen hast, jemanden wie mich mitzuschleppen?«

»Eine gute Frage«, stieß er wütend hervor. Seine braunen Augen hatten plötzlich einen harten Ausdruck angenommen.

»Dann beantworte sie mir, das kann doch nicht so schwer sein.«

»Hör auf damit, ja? Hör einfach auf!«

»Nein. Ich habe dich etwas gefragt und will eine Antwort. Warum bin ich hier, Jay Muskalunge? Erzähl's mir, na los!«

Jays Augen flackerten wild und auf einmal bereute ich, ihn so in die Enge getrieben zu haben. »Weil ich keine andere Wahl hatte«, brach es aus ihm heraus und seine Hände ballten sich zu Fäusten. Er beugte sich drohend über mich, mit anklagendem Blick.

Ich zuckte erschrocken zusammen und kroch ein Stück von ihm weg. Dass er so ausrasten konnte, hatte ich nicht vermutet. Bisher hatte er immer die Ruhe bewahrt.

Jay hob die Hände und drückte seine Fäuste gegen die Schläfen. Es war eine verzweifelte Geste, eine, die seine innere Not verriet. »Mein Bruder Luke ist krank«, sagte er. »Ich war in der Stadt und habe Penicillin für ihn besorgt.« Seine Stimme zitterte. Auf einmal sah er furchtbar unglücklich aus.

Er tat mir Leid, aber meine Neugier war stärker.

»Penicillin?« Das war also die kostbare Fracht in Jays Rucksack. »Was hat er denn?«

»Ich weiß es nicht.« Jay schüttelte leicht den Kopf. »Er hat sich beim Fischen an der Hand verletzt und die Wunde hat sich entzündet. Luke hat Fieber bekommen, deshalb bin ich los, um Antibiotika zu besorgen. Alles lief glatt, bis du aufgetaucht bist.«

Er rollte den Schlafsack zusammen und begann, die Sachen ins Boot zu tragen. Ich sah ihm fassungslos hinterher.

»Willst du damit sagen, dein Bruder liegt irgendwo da draußen in der Wildnis und wartet, dass du Antibiotika aus der Stadt holst? Warum habt ihr ihn nicht gleich in ein Krankenhaus gebracht?«

»Weil gerade keines in der Nähe war.«

»Aber es gibt doch Wasserflugzeuge. Habt ihr kein Handy?«

»Das Camp liegt in einem Funkloch«, erwiderte er und der bittere Unterton in seiner Stimme verursachte mir eine Gänsehaut.

»Du hättest ihn mitnehmen können, so wie du mich mitgenommen hast.«

Jay drehte sich zu mir um und starrte mich wütend an. »Das wollte Luke nicht.«

»Und warum nicht?«

»Weil er von der Polizei gesucht wird.«

Meine Gedanken überschlugen sich.

Jay packte mich, seine Hand umklammerte mein Handgelenk. »Um das Verhör abzukürzen: Nein, mein Bruder Luke ist kein Verbrecher und ich bin auch keiner.«

»Aber was hat dein Bruder denn getan, dass er von der Polizei gesucht wird?«

Jay sah mich kopfschüttelnd an. »Dir gehen die verdammten Fragen wohl nie aus, Jodie Thomson.« Er ließ mein Handgelenk los.

»Wir verschwenden hier bloß kostbare Zeit«, fuhr er fort. »Du weißt ja jetzt, warum ich es so eilig habe. Ich hoffe, dass ich nicht zu spät komme, sonst ...« Er verstummte mitten im Satz. »Vielleicht kannst du beim Zusammenpacken helfen, dann bin ich schneller bei Luke.«

Der See mündete in einen Fluss, den wir nordwärts fuhren. Der Fluss war breit, die Strömung mäßig. Das Wasser war so klar, dass ich die Steine auf dem Grund sehen konnte. Jay stellte den Motor ab und nutzte die Gegenströmung, um schneller vorwärts zu kommen.

Links und rechts herrschte undurchdringliche Wildnis, die an manchen Stellen bis zum Ufer vordrang. Die Spitzen von Rottannen und Fichten bildeten den Horizont. Birken und weißstämmige Pappeln säumten den Uferrand.

Als der Nebel sich lichtete, umschwärmten Myriaden von Moskitos das Boot, aber als die Sonne höher stieg und zu wärmen begann, verschwanden sie wieder. Dafür kamen nun die Libellen aus den Binsen und dem Schilf am Ufer. Schillernde Kamikazeflieger in allen Größen und Farben. Metallisch grün, Azurblau, Orange. Ich hatte Angst vor Libellen. Mit ihren riesigen Flügeln und den stecknadelkopfgroßen Monsteraugen sahen sie irgendwie bedrohlich aus und ich fürchtete, von einer gestochen zu werden.

Jay schien die Insekten überhaupt nicht zu bemerken. In der Haltung eines lauerndes Tieres hockte er im Boot: hellwach und stark angespannt. Er war wütend auf mich, aber ich dachte trotzig, dass es mein gutes Recht war, ihn nach dem Grund für seine Eile zu fragen. Stand es wirklich so schlimm um seinen Bruder, wie er tat? Ich bezweifelte es. Kein vernünftiger Mensch würde sich weigern, ins Krankenhaus zu gehen, wenn Gefahr für sein Leben bestand.

Jay lenkte das Kanu mit dem Paddel und auch ohne Motor kamen wir erstaunlich schnell voran. Immer weiter nach Norden, immer tiefer in die Wildnis hinein.

Eine dichte Masse aus verschiedenen Grüntönen glitt an uns vorüber. Bäume und Sträucher, die sich im Flusswasser spiegelten. Es war mir unbegreiflich, wie Jay sich hier zurechtfinden konnte. Zumal der Fluss sich unzählige Male verzweigte und das Gewirr aus Wasserläufen und Seen zu einem gefährlichen Labyrinth werden konnte, wenn man sich nicht genau auskannte. Aber Jay schien sich bestens auszukennen, während für mich alles gleich aussah: Wasser, Bäume, Felsen, Gestrüpp und ein See nach dem anderen.

Es war wohl der Stadtblick, der mich täuschte. Damals konnte ich nicht wissen, dass jeder Fels ein eigenes Gesicht hatte, jede Insel einen Namen. Wasserfälle erkannte Jay an ihrem Klang, die Lichtungen am Gesang des Windes, der über sie strich. Und jeder See öffnete oder schloss sich dem Flusslauf auf ganz eigene Weise.

Eine Felsenschlucht tat sich auf, graue Wände, hoch aufragend. Verkrüppelte Fichten suchten Halt in den Spalten, reckten sich über den Fluss. Doch die Landschaft änderte sich ständig. Schon bald wichen die Felswände zu beiden Seiten des Flusses sanften, mit dichten Wäldern bewachsenen Hügeln. Wieder befuhren wir einen See, aus dem vereinzelt felsige Inseln ragten, auf denen Fichten, Farne und Beerensträucher wuchsen.

Eigentlich sah alles ganz friedlich aus. Dass es nicht so war, hatte ich in der vergangenen Nacht schmerzhaft erfahren müssen. Fressen und gefressen werden war das Gesetz der Wildnis. Sieger war der Schnellere, der Stärkere oder der Schlauere.

Jay war schlauer gewesen als der Bär. Aber würde er auch schnell genug sein, um das Penicillin rechtzeitig zu seinem Bruder zu bringen?

Langsam wich mein Trotz und stattdessen verspürte ich Mitleid mit Jay. Plötzlich schämte ich mich für meine bohrenden Fragen.

Was, wenn die Sache mit seinem Bruder doch ernster, war als ich vermutete? Schließlich hatte er letzte Nacht mein Geld ausgeschlagen. Statt mich in die Stadt zurückzubringen, hatte er sich die Bürde aufgeladen, mich mitzunehmen, obwohl ich ihm nur im Weg war.

Die Angst um seinen Bruder musste ihn von Anfang an beherrscht und vorangetrieben haben. Trotzdem war er geduldig mit mir gewesen und hatte immer dafür gesorgt, dass es mir gut ging.

Am liebsten hätte ich ihn in die Arme genommen und um Verzeihung gebeten. Aber das würde nicht funktionieren. Nicht mit Jay Muskalunge.

Es dauerte gar nicht lange, bis der Hunger wie ein wütendes Tier in meinem Magen wühlte. In einer meiner vielen Hosentaschen hatte ich ein klebriges Bonbon gefunden, aber es zu lutschen hatte mich nur noch hungriger gemacht. Mit zusammengedrückten Knien saß ich da, weil sich nach dem Becher Tee meine Blase schon wieder meldete. Aber ich wagte nicht, Jay darum zu bitten, an Land zu gehen. Ich wollte ihm keine Last sein, nicht schuld an einer Verzögerung. Zudem hatte er seit unserem Aufbruch noch immer kein Wort mit mir gewechselt und ich wagte nicht, ihn anzusprechen.

Um die Mittagszeit warf Jay eine Angelleine mit einer Moskitofliege aus. Schon nach kurzer Zeit hatte er eine schillernde Forelle am Haken. Er holte den zappelnden Fisch ins Boot und tötete ihn mit einem Messerstich in die Kiemen. Das meinte er also mit: *was fangen*. Fische. Darüber war ich wirklich froh.

Noch einmal warf er die Angelschnur aus und holte einen zweiten Fisch aus dem See. Danach gingen wir endlich an Land.

Jay legte die toten Forellen auf einen glatten Stein und reichte mir sein Messer. »Nimm du die Fische aus, ich suche unterdessen Holz für ein Feuer zusammen, okay?« Er klang wieder ganz normal, und als ich ihm zögernd ins Gesicht sah, erwiderte er freundlich meinen Blick. Es war, als hätte es unseren Streit nie gegeben. Hatte er mir verziehen?

»Ich mach gleich in die Hose«, presste ich hervor.

Jay seufzte. »Mit dir hab ich vielleicht einen Fang gemacht«, sagte er. »Warum hast du denn nichts gesagt? Wir hätten zwischendurch an Land gehen können.«

Ich hob betreten die Schultern. »Ich hab mich nicht getraut. Ich dachte, du hasst mich.«

»Warum sollte ich dich hassen?« Ungläubig sah er mich an. »Weil du die Wahrheit aus mir herausgeholt hast? Vielleicht musste das sein. Früher oder später hättest du es ja sowieso erfahren.«

»Und du bist mir nicht böse?«

»Nein. Ich bin dir nicht böse. Aber ich bin auch kein Hellseher. Du musst mir sagen, wenn du ein Problem hast, Jodie.«

Mein Problem war 1,80 m groß, schwarzhaarig, dunkelhäutig und hatte schokoladenbraune Augen. Ich nickte.

»Kannst du überhaupt laufen?«

»Ja.« Ich humpelte ins Gebüsch, weit genug weg vom Ufer. Und ich beeilte mich. Denn kaum hatte ich die Hose unten, stürzten sich die Moskitos wie ein wildes Jagdgeschwader auf meinen bloßen Hintern.

Als ich wiederkam, hatte Jay das Feuer bereits in Gang gebracht und war dabei, die Forellen auszunehmen. Die Schneide des Messers blitzte in der Sonne. Jays Hände arbeiteten instinktiv, wahrscheinlich hatte er in seinem Leben schon hunderte Fische ausgenommen.

Mir fiel auf, dass er Schwierigkeiten mit den Bewegungen seines linken Arms hatte, aber er klagte nicht und er schonte ihn auch nicht. Die blutigen Innereien der Fische warf er, nachdem er ein paar Worte auf Cree gesprochen hatte, ins Wasser. Kurz darauf landeten sie in den Mägen eines Seetaucherpärchens, das sich mit schnatterndem Lachen dafür bedankte.

Jay wusch seine Hände und verschwand mit dem Messer zwischen den Bäumen. Nach einiger Zeit kam er mit zwei Kiefernästen zurück, von denen er die Rinde schälte. Die Enden spitzte er mit dem Messer zu und schob die Forellen auf die Holzspieße. Er steckte die Äste in den Sand, sodass der Fisch schräg über dem Feuer hing.

»Es wird ein bisschen dauern, bis sie gar sind. Achte drauf, dass sie nicht verbrennen. Ich muss den Tank auffüllen.«

Die Sonne brannte jetzt unbarmherzig vom Himmel und am Feuer war es noch heißer. Meine Stirn glühte und die Haut im Gesicht spannte unangenehm. Wahrscheinlich hatte ich einen deftigen Sonnenbrand und war rot wie eine Tomate.

Meine Vermutung bestätigte sich, als Jay eine Baseballkappe aus dem Rucksack zauberte und sie mir mit den Worten »Die Rothaut bin hier immer noch ich, klar?« auf den Kopf drückte.

Da war dieses warme Lachen in seinen Augen und in diesem Moment hatte es mich erwischt: Ich verliebte mich in ihn. Es geschah gegen meinen Willen, aber ich spürte es in meinem Inneren. Als hätte sich etwas in mir geöffnet, das pulsierend Wärme verströmte, bis in die Zehen und die Fingerspitzen. Ich schwitzte, und das kam nicht von der Hitze. Verlegen zog ich den Schirm der Baseballkappe tief in mein Gesicht.

In Tim hatte ich mich auch verliebt, aber das war etwas ganz anderes gewesen. Es hatte nur in meinem Kopf stattgefunden. Ich hatte Tim Webster nie in die Augen sehen können, ihn nie berührt oder seinen Atem in der Nacht gehört. Nicht einmal seine Stimme kannte ich, weil wir uns immer nur E-Mails geschrieben hatten. Vielleicht war er nur ein Phantom, ein Produkt meiner Einbildungskraft.

Und Jay? Ich war hier, also gab es ihn wirklich. Der Indianer mutete mir Unglaubliches zu, aber auf nette Art. Er konnte zwar nicht so gut mit Worten umgehen wie Tim, dafür vermochte er einem einfachen Stück Holz wunderbare Töne zu entlocken. Außerdem faszinierte mich, mit welcher Selbstverständlichkeit er sich in der Wildnis bewegte. Sein Orientierungssinn war unerschütterlich. Er konnte klaglos Schmerzen aushalten und fürchtete sich vor nichts. Nicht mal vor dem Bären hatte er Angst gehabt. Was auch passierte, er schien es anzunehmen, bereit, das Beste daraus zu machen.

Ich hob ein Stück den Kopf, um ihn unbemerkt ansehen zu können. Jays Gesichtszüge verschwammen in der flimmernden Hitze des Feuers. Die hohen Wangenknochen, seine Augen, die in diesem

Licht so dunkel wirkten, dass man die Pupillen nicht erkennen konnte. Der Bogen seiner Lippen machte an den Winkeln einen leichten Schwung nach unten.

Bestimmt waren die Mädchen in Scharen hinter ihm her. Wahrscheinlich wartete eine dunkelhäutige, gertenschlanke Schönheit auf ihn, während ich hier saß und versuchte, meine verwirrenden Gefühle unter Kontrolle zu bringen.

Jay spürte meinen Blick und unterbrach seine Arbeit. »Was ist?«, fragte er, den Kopf schief gelegt wie ein Rabe.

»Hast du eigentlich eine Freundin?«, platzte ich heraus und hätte mich am liebsten auf die Zunge gebissen.

Er schüttelte den Kopf. »Nein«, erwiderte er und das Lachen verschwand aus seinem Gesicht. »Im Camp gibt es nur Althea und die ist schon 52. Außerdem fehlen ihr zwei Zähne.« Jay deutete auf eine Stelle in seinem Oberkiefer. »Sie war zwar mal Miss Winnipeg, aber für meinen Geschmack ist sie doch ein bisschen zu alt. Außerdem . . .«, er stockte, und als er fortfuhr, klang seine Stimme ein klein wenig beleidigt, »ich habe dir doch gesagt, dass ich nicht so einer bin. Du musst keine Angst vor mir haben.«

Na toll, dachte ich. Auf den Gedanken, dass ich aus einem anderen Grund gefragt haben könnte, kam er gar nicht. Bestimmt fand er mich hässlich. Weiß und hässlich und fett. Und weit und breit kein einziger Schokoladenriegel, mit dem ich mich darüber hinwegtrösten konnte.

»Ich habe keine Angst vor dir.«

»Na, dann ist es ja gut.«

Vor ihm fürchtete ich mich nicht, aber ich hatte keine Ahnung, was mich am Ende der Reise erwarten würde. Jay hatte von einem Camp gesprochen. Doch was war das für ein Camp und wer lebte dort? »Althea und Luke«, sagte ich. »Wen gibt es da noch, wo du zu Hause bist?«

»Robert, Eric, Henry, Reggie und Mike.«

Jay musterte mein entsetztes Gesicht. »Keine Angst, die Jungs sind alle schwer in Ordnung«, versicherte er mir.

Keine Ahnung, warum, aber irgendwie klang das nicht sehr überzeugend. »Ich dachte, wo du zu Hause bist, ist auch deine Familie.«

»Luke ist meine Familie. Und die anderen sind es auch, obwohl ich mit ihnen nicht blutsverwandt bin.«

»Was werden sie sagen, wenn du nicht allein kommst?«

»Na ja«, druckste er herum, »Robert wird nicht gefallen, dass ich dich mitbringe. So viel ist schon mal sicher.«

»Ist er euer Häuptling?«

Meine Frage entlockte ihm ein Lächeln. »Ja, er ist so etwas wie unser Häuptling. Aber im Grunde tanzen alle nach Altheas Pfeife. Sie kocht für uns und hält uns bei Laune.«

»Und was macht ihr da draußen?«

Er zuckte beiläufig die Achseln. »Jagen und fischen.«

»Bist du auch ein Jäger?«

»Ja, klar. Sehe ich etwa nicht so aus?«

»D. . . doch. Jagen und fischen, das ist alles?«

»Was hast du denn gedacht?«

»Nichts.«

Aus irgendeinem Grund ahnte ich, dass er mir etwas verschwieg, doch mehr würde ich von Jay im Augenblick nicht erfahren. Wenn er nicht mehr reden wollte, dann hatte er diesen ganz bestimmten Frag-nicht-weiter-nach-Blick, der mir inzwischen gut vertraut war.

Bald waren die Forellen gar und Jay reichte mir einen Spieß. Er zeigte mir, wie man das zarte Fleisch am einfachsten von den Gräten löste, und wir aßen schweigend. Ich dachte, dass ich in meinem ganzen Leben noch nie etwas so Köstliches wie diesen über dem offenen Feuer gegarten Fisch gegessen hatte.

9.

Jay erstickte das Feuer mit Sand und drängte zum Aufbruch. Während der Fahrt sprachen wir nicht miteinander, es wäre über den Lärm des Außenbordmotors hinweg auch gar nicht möglich gewesen. Vermutlich waren die Schmerzen in Jays Arm so schlimm, dass er nicht mehr paddeln konnte.

Ich trug die schwarze Baseballkappe mit dem gummierten Aufdruck *Stoppt den Kahlschlag*, um Kopf und Gesicht vor der Sonne zu schützen. Drückende Hitze lag über der Wildnis, doch durch den leichten Fahrtwind blieb sie erträglich. Ab und zu bekam ich ein paar Gischtspritzer ins Gesicht, die für ein wenig Abkühlung sorgten.

Immer tiefer brachte uns das Aluboot in die grüne Wildnis hinein. Meine Gedanken kreisten um das Ziel, auf das wir zusteuerten. Ein Jagdcamp im Busch, mit sieben Männern und einer Frau. Mein Vater, der früher manchmal mit einem Freund auf die Jagd gegangen war, hatte von merkwürdigen Gestalten erzählt, denen man da draußen hin und wieder begegnete. Aussteiger, die das raue Leben in der Wildnis der Zivilisation vorzogen. Verwahrloste Kerle mit verfilzten Haaren und braunen Zähnen, denen man lieber nicht allein begegnete. Manch einer wurde in der Einsamkeit da draußen verrückt. *Bushed,* nannte man das.

Ich fragte mich, was das für eine Truppe war, der Jay und sein Bruder angehörten. Zum Glück gab es diese Frau, Althea, das beruhigte mich ein wenig. Ein weibliches Wesen war immerhin besser als gar keines.

Letztendlich hatte es jedoch nicht viel Sinn, sich den Kopf zu zerbrechen. Irgendwann würden wir dort sein, auch wenn mir das im Augenblick unwirklich erschien.

Wieder ging ein See in den anderen über. Felsige, mit Bäumen bewachsene Inseln täuschten über die jeweilige Größe der Wasserfläche hinweg. Eine Zeit lang steuerte Jay das Kanu auf einem breiten Fluss und stellte den Motor eine Weile ab. Dann erreichten wir den nächsten See. Ich fragte mich, ob all die Seen und Inseln Namen hatten und ob Jay diese Namen kannte. Beruhigenderweise schien er immer zu wissen, wo es langging. Denn wenn es zwei Möglichkeiten gab, sah ich ihn niemals zweifeln.

Am Abend ließ die Hitze merklich nach. Die untergehende Sonne veränderte die Farben der Landschaft. Das Laub der Birken am Ufer begann in einem warmen Rotton zu leuchten. Ihre weißen Stämme und die Lilienblüten am Seeufer schienen sich dem Farbton anzupassen. Das Grün der Fichten und Tannen auf den Hügeln dahinter wechselte zu einem dichten Braun.

Jay stellte den Motor ab, um das letzte Tageslicht zu nutzen und Fische für unser Abendessen zu fangen. Ich genoss die Stille, auch wenn der Lärm des Motors noch in meinen Ohren klang. Endlich konnte ich die Kappe vom Kopf nehmen und nestelte mit den Fingern durch meine wirren Haare, was es allerdings auch nicht viel besser machte. Ich wollte Jay fragen, ob er vielleicht eine Bürste in seinem Rucksack hätte, als ich merkte, wie er mich anstarrte. Wie er meine Haare anstarrte.

»Ist was in meinen Haaren?«, fragte ich erschrocken. »Eine Libelle?« Wild fuchtelte ich mit den Händen über meinem Kopf. Hier gab es welche, die metallisch grün schimmerten und so groß waren wie Spielzeughelikopter.

»Sie leuchten wie Gold.« Jay blickte mit offenem Mund auf meine Haare, als ob ihn der Anblick benommen machte. Haare, die mit Sicherheit alles andere als golden waren. Kleine Zweige, Blätter und Tannennadeln hatten sich darin verfangen, und da ich nichts besaß, womit ich sie auskämmen konnte, hatte sich das Ganze ziemlich verfilzt.

»Dein Kopf sieht aus wie eine kleine Sonne.«

Das Zittern in seiner Stimme verwirrte mich ungemein. Zum Glück wurde Jays Aufmerksamkeit gleich darauf von einem großen Fisch in Anspruch genommen, der anbiss.

Vorsichtshalber setzte ich die Baseballkappe wieder auf den Kopf. Es war das erste Mal, dass ich Jay so aus der Fassung erlebt hatte, und der Grund dafür stimmte mich mehr als nachdenklich.

Wenig später lagen drei große Fische auf dem Boden des Kanus. Jay hatte die Angel ein viertes Mal ausgeworfen, als auf einmal ein Otterpärchen das Boot umkreiste. Die putzigen Gesellen mit den schwarzen Knopfaugen tollten um uns herum, jagten sich spielerisch, schwammen auf dem Rücken und stießen lustige Schreie aus. Mit ihren flinken Pfötchen knackten sie Muscheln auf dem Bauch, während sie schwammen. Ihre langen Barthaare zitterten drollig, als sie schließlich auf dem Rücken davonpaddelten. Einen Fisch bekam Jay danach nicht mehr an die Leine.

Als wir an Land gingen, war die Sonne hinter den bewaldeten Bergen verschwunden und hatte einen rot glühenden Streifen am Himmel zurückgelassen. Wieder befanden wir uns auf einer kleinen Insel, sodass keine Gefahr bestand, von einem Bären überrascht zu werden.

Jay sorgte für alles. Obwohl ich das Gefühl nicht loswurde, dass er Schwierigkeiten mit seinem verletzten Arm hatte, nahm er die Fische aus, kümmerte sich um das Feuer und unser Nachtlager.

Diesmal waren es Weißfische. Sie waren groß wie Karpfen, hatten aber ziemlich viele Gräten. Deshalb verlief das Essen sehr schweigsam. Ich musste mich konzentrieren, während ich das weiße Fleisch von den Gräten löste. Nachdem ich einem Bären entkommen war, wollte ich nicht an einer banalen Fischgräte ersticken.

Jay hatte anscheinend weniger Schwierigkeiten mit den Gräten als ich. »Dass du vor Bären Angst hast, Hasenfuß, kann ich ja verstehen«, sagte er. »Aber warum fürchtest du dich vor Libellen?«

»Ganz einfach: Ich lasse mich eben nicht gerne stechen.«

Jay prustete los und verschluckte sich. »Stechen?«, sagte er, nachdem er wieder normal atmen konnte. »Libellen stechen doch nicht.«

»Hier gibt es ziemlich große«, entgegnete ich beleidigt. Manche hatten die Spannweite einer offenen Hand und ich fand ihre ruckartigen Flugmanöver mehr als bedrohlich.

»Ob groß oder klein, Libellen stechen nicht. Du musst keine Angst vor ihnen haben. Sie sind vollkommen harmlos.«

»So harmlos sehen sie aber gar nicht aus«, schmollte ich.

»Sie sind schön, Jodie. Du musst nur mal die Geduld haben, sie dir genauer anzusehen. Außerdem vertilgen Libellen eine Menge Moskitos.«

»Ich werde daran denken, wenn die nächste Monsterlibelle im Sturzflug auf mich zuhält.« Ich wollte das Thema abschließen. »Kannst du mir jetzt meine Zahnbürste geben? Ich habe lauter Gräten zwischen den Zähnen.«

Jay holte Zahnbürste und Zahnpasta aus dem Rucksack. »Wenn du dich waschen willst«, sagte er und reichte mir auch ein kleines Stück Seife, »ich werde nicht hinsehen.«

Tatsächlich war meine Körperhygiene in den letzten beiden Tagen zu kurz gekommen und ich hatte ein Bad dringend nötig. Trotz Hitze hatte ich den ganzen Tag die dunkle Fleecejacke getragen und war vollkommen verschwitzt. Mein Kopf juckte und meine Haare . . . Vielleicht half es ja, wenn ich sie wusch, auch wenn es nur mit Seife war.

Trotzdem zögerte ich. Dass Jay nicht hinsehen würde, nahm ich ihm nicht ab. Nicht, nachdem er mich heute im Kanu so merkwürdig gemustert hatte. Vermutlich machte er sich nichts aus weißen Mädchen, aber neugierig war er ganz bestimmt.

Ich nahm die Seife. Inzwischen verdeckten Wolken den Mond und es war so dunkel geworden, dass nicht mehr viel zu sehen war. Das

Wasser lockte. Deshalb humpelte ich zum Ufer und begann mich auszuziehen. Zuerst wusch ich mein zerrissenes T-Shirt, BH und Slip, vorsichtig darauf bedacht, dass mir die Seife nicht entwischte. Dann stieg ich ins angenehm kühle Wasser, schrubbte mich von oben bis unten mit Seife und wusch so gut es ging meine Haare.

Um den Seifenschaum von meinem Kopf zu spülen, tauchte ich unter, und als ich wieder hochkam, hatten die Wolken den Mond freigegeben. Mit einer Hand schob ich das nasse Haar aus meinem Gesicht und prustete. Plötzlich tauchte Jay einen Meter vor mir aus dem Wasser auf wie ein Geist. Vor Schreck blieb mir beinahe das Herz stehen. Im Licht des Mondes war es taghell.

»Du hast gesagt, du siehst nicht hin«, fauchte ich ihn an und schlug mit der Hand aufs Wasser, dass es spritzte.

»Tue ich ja auch nicht.«

Tatsächlich hatte er die Augen geschlossen. Zumindest sah es so aus.

»Und was willst du dann hier?«

»Die Seife, Hasenfuß«, sagte er mit fest zusammengekniffenen Lidern. »Nur die Seife.« Er lachte breit.

»Hier.« Ich reichte sie ihm und er tastete danach wie ein Blinder. Beinahe hätte er mich berührt, aber ich wich ihm aus. Schließlich schnappte ich seine Hand und legte das glitschige Stück Seife hinein. Rasch watete ich ans Ufer zurück.

»Ich habe dir ein Handtuch hingelegt«, rief Jay mir hinterher und seine Stimme klang merkwürdig rau. »Aber ich brauche es dann auch noch«, fügte er leise hinzu.

Nachdem ich mich abgetrocknet hatte, zog ich meine Hose und Jays Jacke wieder an. Aus ein paar Stöcken, die ich in den Sand steckte, baute ich neben dem Feuer ein Gerüst aus Zweigen, auf die ich meine nassen Sachen zum Trocknen hängte. Dann versuchte ich, meine Haare mit den Fingern durchzukämmen, aber es gelang mir nur schlecht. Ich brauchte dringend eine Bürste.

Als Jay aus dem Wasser kam, bat er mich, seinen Arm neu zu verbinden. Ich war zwar sauer auf ihn, aber das konnte ich ihm nicht verweigern.

Während ich den nassen Verband löste, sah er mich unverwandt an, was es nicht unbedingt einfacher machte. Ich war immer noch vollkommen durcheinander. Es war ziemlich frech von ihm gewesen, mir ins Wasser zu folgen.

»Du hast an mir gezweifelt«, sagte er beleidigt.

Ich setzte den neuen Verband an und zog straff.

»Au, verdammt«, schimpfte Jay und verzog gepeinigt das Gesicht. »Kannst du nicht ein bisschen vorsichtiger sein?«

»Tut mir Leid.« Es tat mir wirklich Leid, ihm wehgetan zu haben, aber ich war auch verärgert. Vielleicht hielt er sich ja für unwiderstehlich und spielte nur mit mir. Ich war auf ihn angewiesen, er konnte mit mir machen, was er wollte. Das war nicht fair.

»Ich habe nicht an dir gezweifelt. Du hast mich erschreckt.«

»Das wollte ich nicht.«

»Und das soll ich dir glauben?« Ich holte tief Luft. »Du amüsierst dich doch, wenn ich Angst habe. Du spielst den Überlegenen, weil du dich in der Wildnis auskennst. Warum bist du nicht vor dem Bären weggelaufen? Was wolltest du mir beweisen? Dass du der Größte bist, Jay Muskalunge!«

Der Verband war fertig und Jay zog sein T-Shirt über. Meinen Ausbruch nahm er gelassen hin. »Ein Bär duldet nichts Fremdes in der Nähe seiner Beute«, sagte er, »und wenn er gestört wird, gerät er in Wut. Alles, was wegläuft, ist ebenfalls Beute für ihn. Was sich nicht bewegt, ist ebenbürtig. Man muss nur stillhalten, die Angst bezwingen. Mit etwas Glück lässt der Bär nach kurzer Zeit von einem ab. Natürlich darf man kein Hasenfuß sein.«

Natürlich. Ich begriff, dass der Bär mir nur nicht nachgesetzt war, weil Jay sich auf den Weg geworfen und stillgehalten hatte.

»Was, wenn der Bär dich getötet hätte?«

»Er hätte mich nicht getötet.«

Erstaunt sah ich ihn an. »Und was macht dich da so sicher?«

»Weil der Bär mein Schutzgeist ist, Jodie. Er würde mir niemals etwas tun. Er wollte nur seine Beute verteidigen.«

»Dein *Schutzgeist?«*

»Mein spiritueller Helfer. Er hilft mir bei der Jagd. Und wenn ich nicht mehr weiterweiß, erscheint er in meinen Träumen. Er spricht zu mir.«

»Davon verstehe ich nichts«, sagte ich verwirrt. »Ich bin nicht spirituell, jedenfalls nicht so.«

Jay lächelte kopfschüttelnd. »Du atmest doch, oder? Atem ist spirituell.«

»Atem ist Atem«, entgegnete ich brüsk. »Wir atmen, weil Sauerstoff in der Luft ist und unser Hirn, unser Blut und unsere Organe mit Sauerstoff versorgt werden müssen.«

»Tja«, er hob kurz die Hände, »wie du das sagst, klingt es ziemlich banal, aber für mich ist es das nicht. Es ist ein Wunder, ein ewiger Kreislauf. Ohne Wolken kein Regen, ohne Regen kein Wachstum, ohne Wachstum keine Pflanzen, keine Bäume. Ohne Bäume aber, kein Sauerstoff für dein Herz und dein Hirn, Jodie. Auch wenn du in der Stadt lebst, ohne das hier er breitete die Arme aus könntest du nicht existieren.«

Ich musste an diesen Aufkleber auf dem Hippiebus von Ricky und Lilian denken, und – keine Ahnung, was in mich gefahren war – sagte mit leiernder Stimme: »Ja, ja. Erst wenn der letzte Baum gerodet, der letzte Fluss vergiftet, der letzte Fisch gefangen ist, werdet ihr feststellen, dass man Geld nicht . . .!«

»Hör auf!«, sagte Jay scharf. »Ich versuche, ernsthaft mit dir zu reden und du machst dich über mich lustig.«

Beschämt senkte ich den Kopf. Warum hatte ich das gesagt? Vielleicht wollte ich mich einfach nur dafür rächen, dass er mir ins Wasser nachgekommen war.

»So abgedroschen der Spruch auch sein mag, so wahr ist er«, sagte Jay. »Nur dass Leute wie du das anscheinend nicht begreifen wollen. Was ist denn mit deinem Geld, das du in der Tasche hast? Hier draußen kannst du nichts damit anfangen. Bestenfalls kannst du es benutzen, um ein Feuer zu entfachen.«

»Es tut mir Leid.«

»Ach ja?«

»Ja, wirklich. Ich war sauer auf dich, das ist alles.«

»Weil ich mir die Seife von dir geholt habe? Verdammt noch mal, Jodie, wie alt bist du eigentlich? Zehn? Elf?«

Immer wenn er mich bei meinem Namen nannte, war es ihm ernst. Und er hatte Recht. Ich hatte mich benommen wie ein Kind. Mir war nach Schmollen zu Mute und ich sagte, nun wirklich wie eine Zehnjährige: »Ach, lass mich doch in Ruhe.«

Jay schnaubte leise. »Natürlich, euch Weißen fehlt der Humor, wie konnte ich das bloß vergessen. Als *Kitche Manitu* ihn austeilte, da gab es euch hier noch gar nicht.«

Nun reichte es aber. *»Humor?«,* fragte ich aufgebracht. »Ich wurde von einem schmierigen Trucker begrapscht, von einem Wildfremden durch die nächtliche Wildnis gescheucht, beinahe von einem Bären gefressen, von der Sonne verbrannt und du redest von Humor.«

Ich sah, dass er versuchte, ein Lächeln zu verbergen, was ihm nur schlecht gelang. »Anscheinend ist dir entfallen, dass der Bär sich überhaupt nicht für dich interessiert hat.«

Irgendwie fehlte mir die Kraft, dieses Spiel fortzusetzen. Stattdessen erwiderte ich resigniert: »Du weißt gar nichts über mich. Nicht wo ich herkomme, noch wie alt ich bin. Dich interessiert nicht mal, warum ich von zu Hause fortgelaufen bin.« Unwillkürlich musste ich an Mom und Nicci denken und wie es den beiden jetzt wohl ging.

Jay stocherte mit einem Ast im Feuer und Funken stiebten in die Nacht. »Du kommst aus Thunder Bay und bist 15.«

Überrascht blickte ich auf.

Er hob die Schultern. »Das haben sie im Radio gesagt.«

»Und was haben sie noch gesagt?«

»Dass sie dich lieben und du zurückkommen sollst.« Jay legte einen neuen Ast aufs Feuer und es loderte hell auf. »Natürlich interessiert es mich, warum du weggelaufen bist, Hasenfuß. Aber ich werde dich nicht danach fragen. Es ist deine Sache. Vielleicht möchtest du nicht darüber sprechen.«

Ich dachte nach, warum ich von zu Hause weggelaufen war. Und auf einmal erschienen mir die Gründe lächerlich. Meine Eltern stritten sich oft, na und? Millionen andere Eltern taten das auch. Mom hatte den Laptop verkauft, aber er hatte mir nicht mal gehört. Und die Ohrfeige ... Meine Mutter hatte mich noch nie geschlagen, aber ich hatte sie auch wirklich gereizt. Und das in einer Situation, in der ihre Nerven ohnehin bloß lagen. Wie nichtig mir das alles auf einmal vorkam, so furchtbar kindisch.

»Du hast Recht«, sagte ich. »Ich möchte nicht darüber sprechen.«

Jay hob den Kopf und sah mich an. »Ist alles in Ordnung mit dir?«, fragte er. »Bist du jetzt traurig?«

Ich schwieg.

»Ich kann zuhören, Jodie. Hab gerade nichts anderes zu tun.«

Dass er mich nach all dem immer noch ernst nahm, öffnete eine Schleuse in mir. Denn schließlich erzählte ich ihm doch von unseren Geldsorgen und meinen ewig streitenden Eltern. Auch vom verkauften Laptop erzählte ich ihm, von der Ohrfeige und dass mein Vater nicht mehr nach Hause gekommen war.

»Und deswegen bist du auf und davon?« Es hörte sich nicht so an, als ob er auch nur einen Funken Mitleid mit mir hätte. »Man kann vor Problemen nicht weglaufen. Ist dir das schon mal in den Sinn gekommen?«

»Ja. Ich weiß, dass es idiotisch klingt, aber ich wollte meinen Eltern einen Denkzettel verpassen. Während sie sich darüber den

Kopf zerbrechen sollten, warum ich weggelaufen war, wollte ich mit Tim ein paar aufregende Tage verbringen.« Ich seufzte. »Stattdessen sitze ich nun hier, mit dir, auf einer namenlosen Insel in der Wildnis.«

Jays Körper versteifte sich plötzlich. Er starrte in die Flammen, einen düsteren Glanz in den Augen. »Ein schlechter Tausch, das gebe ich zu. Aber lange musst du es mit dem *Indian Boy* nicht mehr aushalten. Morgen werden wir das Camp am Windigo Lake erreichen. Wenn mein Bruder über den Berg ist und du wieder richtig laufen kannst, bringe ich dich zurück nach Smooth Rock Falls. Dann kannst du machen, was du willst: in dein schreckliches Zuhause zurückkehren oder nach Sudbury zu deinem Tim trampen. Ich nehme an, du bist klug genug, dich für das Richtige zu entscheiden.«

Der schroffe Unterton in Jays Stimme ließ mich zusammenzucken.

»Und außerdem«, fügte er hinzu, »diese Insel hat sehr wohl einen Namen. Das ist Otter Island, Jodie.« Er kroch unter den Schlafsack und drehte sich von mir weg.

Ich legte mich auf den Rücken und lauschte auf die Stimmen der Nacht. Der spottende Ruf eines Ziegenmelkers hallte über den See. Ab und zu gluckste es im Wasser und ich musste an die *Mannegishi,* die *Kleinen Leute,* denken. Ob sie sich Jay auf dieser Reise schon mal gezeigt hatten? Ob er wirklich an all diese Dinge glaubte?

Die Wildnis war eine neue Welt für mich, die nicht nur faszinierend, sondern auch unheimlich war. Genau so wie dieser Junge, der neben mir lag.

»Ich hab nichts gegen dich«, sagte ich leise.

»Da bin ich aber froh«, erwiderte Jay nach einer ganzen Weile.

Trotz meiner Müdigkeit war mir das Lächeln in seiner Stimme nicht entgangen.

10.

Das Knacken von Ästen weckte mich am nächsten Morgen. Jay fütterte das Feuer. Als ich mich aufsetzte, sah er mich einen Augenblick mit beunruhigender Eindringlichkeit an, dann brummelte er ein undeutliches »Gut geschlafen?«.

»Hm«, erwiderte ich, rappelte mich auf und humpelte zum Ufer, um mich zu waschen.

Trotz des frühen Morgens war es schon sehr warm. Das Wasser des Sees war glasklar, seine Oberfläche glatt wie ein Spiegel. Ich sah schlimm aus im Gesicht: zerkratzte Wangen und Stirn, ein blaues Horn über dem rechten Auge; ein Dutzend Moskitobisse und sonnenverbrannte Haut. Nicht mehr lange und ich würde aussehen wie eine Pellkartoffel. Auch mit meinen Haaren stand es nicht zum Besten, trotz der Wäsche am vergangenen Abend. Sie standen mir wüst um den Kopf, ein Teil in wilden Kringeln, der Rest zu einem unfreiwilligen Rastalook verfilzt.

Aber das war nun auch schon egal. Jay war anscheinend schlecht auf mich zu sprechen. Ich hatte ihn verletzt. Dabei hatte ich das, was ich gesagt hatte, überhaupt nicht so gemeint. Ich war nicht freiwillig hier. Mein geschwollener Knöchel, die Moskitos, das ständige Hungergefühl und meine Angst vor wilden Tieren setzten mir ganz schön zu. Aber ich fand die Reise auch ungemein aufregend.

In Gedanken sah ich mich schon mit Marla bei einem Wahnsinnseisbecher im Sleeping Giant Café am Lake Superior sitzen und von meinen Abenteuern erzählen. Die Sache mit dem Bären zum Beispiel. Oder die Geschichte zwischen Jay und mir. Dass wir hier draußen eine wilde Romanze gehabt hatten, auch wenn es im Augenblick ganz und gar nicht danach aussah.

Ich putzte Zähne und machte Katzenwäsche. Neben dem Feuer wartete ein Becher Tee auf mich, doch Jay war nicht zu sehen. Das war die Gelegenheit, um unbeobachtet Slip, BH und T-Shirt wieder anzuziehen. Das T-Shirt (oder besser das, was davon übrig war) fühlte sich noch klamm an, aber es versprach, wieder ein sonniger Tag zu werden, und auf meinem Körper würde es schnell trocknen.

Mit Sicherheit wollte Jay so bald wie möglich aufbrechen, deshalb rollte ich Schlafsack und Plane zusammen und verstaute beides im Kanu. Mein Fußknöchel tat immer noch weh. Aber das Stechen war inzwischen einem dumpfen Pochen gewichen, das einigermaßen auszuhalten war.

Als Jay zwischen den Sträuchern der Uferböschung hervorkam, saß ich auf einem Stein neben dem Kanu und zupfte Hautfetzen von meiner Nase.

»Halt mal die Hand auf«, sagte er.

Ich überlegte, ob er mich vielleicht mit einem Frosch erschrecken wollte, das würde ihm ähnlich sehen. Aber dann sah ich seine blauen Lippen und öffnete meine Hände. Heidelbeeren, schwarz und so groß wie Sauerkirschen, wanderten von seinen rot verfärbten Händen in meine. Der fruchtig säuerliche Duft der Früchte stieg mir in die Nase. Jay schob das Kanu ins Wasser und ich schüttete die Beeren in meinen Mund. Sie waren warm von seinen Händen, schmeckten süß und ich wusste, dass er nicht mehr böse auf mich war.

An diesem Tag wurde die Hitze unerträglich. Die Luft war schwülwarm und nur die leichte Brise auf dem Wasser machte das Atmen möglich. Ich musste die warme Jacke ausziehen, sonst hätte ich es nicht ausgehalten.

Während Jay uns zielstrebig nach Norden paddelte, hatte ich viel Zeit, um nachzudenken und mir über einige Dinge klar zu werden. Über meine Familie, mein Zuhause, über Tim. Und über mich selbst natürlich. Bisher hatte sich in meiner kleinen Jodiewelt alles nur um mich gedreht. Was *ich* mir wünschte, was *mich* quälte, Steine, die auf *meinem* Weg zum Glück lagen.

Was war eigentlich Glück? Ein eigenes Zimmer? Genügend Taschengeld? Ein Laptop oder ein neuer Bikini? Etwas Süßes auf der Zunge und mit offenen Augen von einem Phantomjungen oder anderen unerreichbaren Dingen zu träumen?

In meinen Tagträumen hatte ich mir Orte vorgestellt, an die ich mich wünschte, ich hatte Dinge geschehen lassen, die ich gerne erlebt hätte. Alles war perfekt gewesen, ganz wunderbar, ohne Probleme. Eine heile Welt.

Seit ich mit Jay unterwegs war, funktionierte das nicht mehr. Es passierte einfach zu viel, und selbst wenn nichts passierte, so wie jetzt, gelang es mir nicht, etwas anderes heraufzubeschwören.

Jay Muskalunge und seine verflixte Wildnis hatten mein Leben schon nach einem Tag fest im Griff.

Es war kurz vor 12 Uhr, als ich auf einmal spürte, dass wir uns dem Ziel der Reise näherten. Jay paddelte das Kanu über einen lang gezogenen See, auf dem an einer Stelle unzählige weiße Seerosen ihre großen Blüten geöffnet hatten. Ein leichter Duft von Zitrone lag in der Luft, den diese Blüten verströmten.

Rings um den See war die Landschaft hügelig. Berge wuchsen in die Höhe, eine Erhebung folgte der anderen, so gleichförmig wie die Wellen auf dem See. Die Rücken waren mit dunklen Tannen und Fichten bewachsen, deren Spitzen eine gezackte Horizontlinie bildeten. Ab und zu zeigten sich helle Flecken kahlen Gesteins zwischen dem dunklen Teppich des Waldes und hellgrüne Inseln, wo Birken, Pappeln oder anderes Strauchwerk wuchsen.

Obwohl ich nichts sah, was auf die Existenz von Menschen hindeutete, wusste ich doch, dass sie da waren. Jay schien hier jede Wurzel, jeden Stein unter der Wasseroberfläche zu kennen. Das war vertrautes Gebiet für ihn. Hier war er zu Hause.

Auch wenn er versuchte, seine Nervosität zu verbergen, merkte ich ihm an, dass er aufgeregt war. Seine Unruhe übertrug sich auf mich. Es war ein Gefühl aus Angst und banger Erwartung, das mein Herz schneller schlagen ließ.

Und dann sah ich in einer bewaldeten Bucht die bunten Kanus auf dem hellen Strandstreifen. Ein Mann saß am Ufer im Schatten und flickte Netze. Als er uns bemerkte, unterbrach er seine Arbeit, kam zum Ufer und winkte uns zu.

Kurz darauf legten wir an. Der Indianer, er war so groß wie Jay und ich schätzte ihn auf Mitte 30, reichte mir seine Hand und half mir aus dem Kanu. Er sah mir nicht in die Augen und doch spürte ich seinen fragenden Blick. Seine dunklen Wangen waren von Narben zerfressen, trotzdem wirkte er nicht unfreundlich auf mich.

Jay übergab dem Mann den Benzinkanister und schulterte seinen Rucksack. »*Tan-si,* Eric«, sagte er, »Jodie *ana.*«

Der Indianer nickte mir ohne erkennbare Regung im Gesicht zu.

»Wie geht es Luke? Ist er in Ordnung?«, fragte Jay.

»Wird Zeit, dass du kommst, Junge«, erwiderte Eric mit gerunzelter Stirn. »Dein Bruder fragt die ganze Zeit nach dir.«

Jay schnappte meine Hand und zog mich hinter sich her das flache Ufer hinauf. Mein Knöchel tat weh und ich hatte Mühe, humpelnd mit ihm Schritt zu halten. Ein breiter, ausgetretener Pfad führte nach etwa 100 Metern auf eine grasbewachsene Lichtung, auf der mehrere Tipis standen. Im Ganzen zählte ich acht. Sieben kleinere und ein großes, das mit verschiedenen bunten Tierfiguren bemalt war. Es gab eine von Steinen eingefasste, von einer großen Plane überdachte Feuerstelle, mit etwas, das wie ein großer Tisch aussah. Dort wurde vermutlich über offenem Feuer gekocht. Außerdem entdeckte ich neben dem großen Tipi eine Art abgedeckte Halbkugel. Das Gebilde sah aus wie ein riesiger, umgedrehter Weidenkorb und war mit einer dunklen Plane abgedeckt. Ich nahm an, dass das eine *Sweatlodge,* eine indianische Schwitzhütte, war.

Hoch aufragende Fichten und Tannen bildeten einen dichten Wald, der das Camp umgab. Am Rand leuchtete hellgrünes Buschwerk.

Das Camp war ein richtiges Indianerlager wie aus einem Film, der in der alten Zeit spielt. Neben jedem der sieben kleineren Tipis stand ein Holzgerüst mit einer Feuerstelle darunter. Auf einem dörrte Fisch oder Fleisch über einem schwelenden Feuer. Hinter einem anderen Tipi trocknete Wäsche auf der Leine. Hunde liefen umher und bellten träge, als sie uns sahen.

Das Hundegebell hatte die Bewohner des Camps auf unsere Ankunft aufmerksam gemacht. Sie unterbrachen, womit sie gerade beschäftigt waren, und kamen auf der Wiese zusammen. Ich konnte sehen, wie die Blicke der Männer sich verfinsterten, als sie merkten, dass Jay nicht allein zurückgekommen war.

Es waren drei. Ein junger Indianer, vermutlich um die 20, der sein Haar kurz geschnitten trug. Er war mager, hatte ein offenes, hübsches Gesicht und sah mich neugierig an. Ein großer, grimmig aussehender Mann mit Pferdeschwanz im Nacken und Tätowierungen auf den muskulösen Armen, wirkte wie jemand, dem man besser nicht in die Quere kam. Ein kleines graues Hündchen mit zwei weißen Flecken über den Augen sprang zwischen seinen Beinen umher und er schob es unsanft mit einem Fuß beiseite.

Der dritte war alt. Schütteres graues Haar fiel ihm in zwei dünnen Zöpfen über die Schultern. Er ging gebeugt und seine Haut war dunkel und runzlig wie die Schale einer Walnuss. Auch er blickte mich nicht direkt an. Doch ich spürte, dass er alles sah, jede Einzelheit sofort erfasste.

Die Männer trugen fleckige Hosen und T-Shirts und in meinen Augen sah keiner von ihnen sonderlich Vertrauen erweckend aus. Ich drängte mich noch dichter an Jays Seite. Nervös kaute ich auf meinen aufgesprungenen Lippen und hatte den Geschmack von Blut im Mund.

»Jodie *ana,* das ist Jodie Thomson«, sagte Jay, als wir die drei erreicht hatten. »Mike Loomis« (er wies auf den jungen Indianer), »Reggie Mark« (der Grimmige) »und Henry Mukash« (der Alte).

Es schien den Männern nicht zu gefallen, dass er mir ihre Namen genannt hatte, denn ihre Gesichter verdunkelten sich zusehends.

»Ich erkläre euch später, warum Jodie bei mir ist. Jetzt will ich zuerst zu meinem Bruder.«

Jay strebte einem der kleineren Tipis am Waldrand zu, das am dichtesten beim Pfad stand. Auf die fast weiße Segeltuchplane war ein großer, stilisierter Bär gemalt. Reggie, der Finsterling mit dem Pferdeschwanz, hielt ihn am Arm zurück.

»Was ist?«, fragte Jay.

»Vor zwei Tagen kam ein Ojibwa ins Lager und bat um Gastfreundschaft. Wir haben ihm von Luke erzählt und er wollte ihn sich ansehen. Er sagte, er sei Arzt.«

»Ja und?«

Reggie räusperte sich. »Er behauptet, Luke schafft es nicht.«

Jay riss sich los und eilte zum Tipi. So schnell ich konnte humpelte ich hinterher und stieg nach ihm ins offene Eingangsloch.

Das helle Licht der Sonne durchdrang das verblichene Segeltuch und erhellte das Innere des Tipis. Alle Gegenstände waren deutlich zu erkennen: bemalte Tierschädel an den Zeltstangen, Holzkisten neben dem Eingang, eine Kerosinlampe, Fellbündel, eine Leine mit Kleidungsstücken. Ich hatte nur Augen für Jay, der langsam auf die Knie ging. Auf einem dunklen Fell, zugedeckt bis zum Hals, lag sein Bruder Luke.

Ein Indianer mit zwei dicken geflochtenen Zöpfen, ich schätzte ihn auf Mitte 40, vielleicht auch schon 50, hockte neben dem Kranken und kühlte seine Stirn mit einem nassen Lappen. Das musste der Arzt sein, von dem Reggie gesprochen hatte.

Jay stellte sich kurz vor und der Mann nannte ihm ebenfalls seinen Namen. Er hieß Frank Waboon.

»Wie geht es ihm?«, fragte Jay und ich hörte die Bestürzung in seiner Stimme. Er wandte sich wieder seinem Bruder zu. Luke schien nicht bei Bewusstsein zu sein. Sein Gesicht wirkte bleich unter der dunklen Haut. Die Augen waren geschlossen und lagen in dunklen Höhlen. Schweißperlen standen auf seiner Stirn, sobald Waboon den Lappen fortnahm.

»Es sieht nicht gut aus, mein Junge.«

»Ich habe das Penicillin.« Jay öffnete hastig seinen Rucksack und holte die Kühlbox hervor. In Windeseile hatte er eine der Schachteln mit dem Medikament in der Hand. »Spritzen Sie ihm das Zeug, dann wird es ihm besser gehen.«

Waboon schüttelte den Kopf.

»Was soll denn das heißen?« Jay schrie beinahe. Ich sah die Wut in seinem Blick gepaart mit Panik.

»Das heißt, dass es zu spät ist. Dein Bruder wird sterben.«

»Das kann nicht sein.« Jay klang verzweifelt, sein ganzer Körper drückte Hilflosigkeit aus. »Ich habe doch das Penicillin. Wenn Sie es ihm nicht spritzen, dann mache ich es eben.« Mit fahrigen Bewegungen öffnete er eine Schachtel und holte eine Ampulle heraus.

Aber der indianische Arzt legte ihm eine Hand auf den Arm und sagte: »Dein Bruder wird sterben, Junge, ob mit oder ohne Penicillin. Er hat eine Blutvergiftung. Sepsis nennt man das. Vielleicht hätte er gerettet werden können, wenn ihr ihn gleich in ein Krankenhaus gebracht hättet, als diese roten Streifen sich auf seinem Arm zeigten. Aber nun ist es zu spät. Niemand kann ihm mehr helfen. Lass ihn gehen, Junge. Das Gift ist überall in seinem Blut, es hat bereits die Organe geschädigt. Er quält sich. Im Grunde ist es ein Wunder, dass er überhaupt noch lebt. Ich glaube, er hat nur noch auf dich gewartet.«

Einen Moment lang sah es so aus, als wollte sich Jay auf Waboon stürzen, da begann Luke plötzlich zu stöhnen und um sich zu schlagen. Die Decke glitt von seinem schweißbedeckten Körper. Er riss die Augen weit auf, aber ich wusste, dass sie nichts sahen. Sein Gesicht verzerrte sich in fürchterlichen Krämpfen.

Ich hörte, wie mir mein eigener Atem in der Kehle stecken blieb.

Jay beugte sich über seinen Bruder und versuchte, ihn zu beruhigen. »Ich bin da, Luke«, sagte er. »Ich bin da und habe das Penicillin mitgebracht. Du wirst wieder gesund werden, du musst nur durchhalten.«

Luke bäumte sich auf und stammelte wirres Zeug. Die Sehnen an seinem Hals traten hervor, das lange Haar klebte ihm an den nassen Schläfen wie Seegras. Ich sah, dass seine Achselhöhlen dick geschwollen waren und dass sich auf manchen Hautstellen ein blutiger Film gebildet hatte. Wie gelähmt starrte ich auf die beiden Brüder und spürte Jays Verzweiflung ganz tief in mir drin. Sein Bruder lag im Sterben und er war vollkommen machtlos. Was für ein schreckliches Gefühl das sein musste!

Ein Klumpen ballte sich eisig in meiner Magengrube zusammen. Ich wollte davonlaufen, um Lukes Sterben nicht länger mit ansehen zu müssen. Doch ich stand wie erstarrt, konnte mich nicht von der Stelle rühren.

Irgendwie ahnte ich, dass Jay immer noch einen Funken Hoffnung hegte. Dass er Luke das Penicillin spritzen würde, koste es, was es wolle. Aber er kam nicht dazu, weil er seinen Bruder am Boden halten musste, und Frank keine Anstalten machte, ihm zu helfen.

»Halte durch«, sagte Jay immer wieder. »Halte durch, Luke, ich bin ja da.«

Es kam mir so vor, als würde dieser schreckliche Kampf nie enden. Am liebsten wäre ich geflüchtet, aber das wagte ich nicht. Doch dann erhob sich Waboon, fasste mich behutsam an der Schulter und nickte zum Zelteingang.

»Na komm!«, sagte er, als er mein Zögern spürte, »lassen wir sie allein.« Sanft schob er mich durch die Öffnung nach draußen.

Das helle Licht der Sonne blendete mich. Anfangs konnte ich niemanden sehen, nur die Hunde, die ermattet im Schatten lagen und dösten. Als sie uns bemerkten, hoben sie ihre Köpfe, legten ihre Schnauzen aber gleich wieder ins Gras zurück.

Die Männer saßen im Schatten einiger Bäume auf einer Art Versammlungsplatz neben dem großen Tipi und diskutierten. Frank lief auf sie zu, und weil ich nicht wusste, wo ich bleiben sollte, folgte ich ihm.

Jemand hatte hinter der überdachten Kochstelle ein Gemüsebeet angelegt, das durch Netze vor Tieren geschützt war. Das Beet war gepflegt und ich hielt Ausschau nach Althea, der Frau, die für die Männer kochte. Aber sie war nirgendwo zu sehen.

Keine Ahnung, was ich mir von ihr erhoffte. Ein wenig Mitgefühl vielleicht, einen Menschen, mit dem ich reden konnte.

Ich war durcheinander. Noch nie hatte ich jemanden so leiden sehen wie Luke. Er kämpfte, obwohl offensichtlich war, dass er diesen Kampf verlieren würde. Die Qualen, die er durchmachte, konnte ich nur erahnen. Meine Kehle war wie zugeschnürt und mir war nach Weinen zu Mute. Das war kein Abenteuer mehr, sondern bitterer Ernst. Ein junger Mann lag im Sterben, nur weil man ihn nicht rechtzeitig in ein Krankenhaus gebracht hatte. Mir wurde klar, dass es egal war, wie gut Jay sich in den Wäldern auskannte – die Wildnis konnte ein erbarmungsloser Ort sein und eines Tages auch ihm zum Verhängnis werden.

Panik stieg in mir auf und ich wollte nichts wie weg von hier, so schnell wie möglich. Das war der Gedanke, der mich in diesem Augenblick beherrschte.

Aber ich konnte nicht fort, wohin denn auch? Stattdessen humpelte ich, so gut ich eben konnte, hinter Frank Waboon her. Ich wusste nicht, was ich anderes hätte tun sollen. Kurz nach ihm erreichte ich den Versammlungsplatz. Ich schwitzte, obwohl der kalte Klumpen immer noch schwer in meinem Magen lag. Selbst hier, im Schatten der Bäume, war es so schwül, dass es einem die Luft zum Atmen nahm.

Vier dunkle Augenpaare waren erwartungsvoll auf den Arzt gerichtet, aber Frank Waboon hob die Schultern. »Er wird es nicht schaffen.«

Zuerst herrschte drückendes Schweigen, doch dann entstand Gemurmel, fragende Blicke streiften mich. Ich stand dicht hinter Frank, als der sich auf einmal zu mir umdrehte. Er sah mich an, hatte wohl jetzt erst begriffen, dass mein Auftauchen im Camp unerwartet und nicht willkommen war.

»Bist du Jays Freundin?«

Ich schüttelte den Kopf.

»Wie heißt du?«

»Jodie.« Mein Mund war so trocken, dass ich kaum sprechen konnte.

»Und was ist mit deinem Gesicht passiert?«

»Ich . . . wir . . .«

Reggie unterbrach mein Gestammel. »Wenn du *nicht* Jays Freundin bist, wer bist du dann und was willst du hier?«

Meine Zunge klebte am Gaumen und ich brachte kein Wort hervor.

Reggie schnaufte. »Soll ich anfangen zu raten?« Seine steife Haltung verriet seine Missbilligung. »Eine weiße Göre im Camp, das hat uns gerade noch gefehlt.« Verächtlich spuckte er ins Gras. »Was zum Teufel hat eine wie du hier draußen zu suchen?«

»Nun mach mal halb lang, Reggie«, warf Henry ein, der alte Mann mit den dünnen Zöpfen. Er machte auf mich einen freundlichen und besonnenen Eindruck. »Die Kleine ist ja ganz verstört. Ich bin sicher, der Junge wird seine Gründe dafür haben, dass er sie mitgebracht hat.«

Überrascht, dass mir jemand zu Hilfe gekommen war, lugte ich sehnsüchtig hinüber zum Tipi, in der Hoffnung, dass Jay herauskommen und diesen Männern alles erklären würde. Aber er kam natürlich nicht. Vielleicht hatte er Luke das Penicillin geben können? Vielleicht irrte der Arzt und es gab doch noch Hoffnung?

»Setz dich«, sagte Frank und drückte mich auf einen abgesägten Baumstamm. Da hockte ich, die Schultern bis zum Kinn gezogen, die Hände zwischen die Oberschenkel geklemmt. Mir war unbehaglich zu Mute, und das war noch harmlos ausgedrückt. Der Schweiß rann mir am Körper hinab, das T-Shirt klebte nass auf meiner Haut. Aber Jays schwarze Fleecejacke konnte ich schlecht ausziehen, schließlich war ich darunter halb nackt.

Der Mann, der uns am Ufer empfangen hatte, beugte sich vor. Ich erinnerte mich an seinen Namen: Eric. »Nun red schon.« Er nickte mir aufmunternd zu. »Wir sind keine Wilden, auch wenn wir vielleicht so aussehen.«

Der junge Indianer grinste sich eins, aber Reggie schien das nicht witzig zu finden. Er warf Mike einen vernichtenden Blick zu.

»Na los«, sagte er zu mir. »Wir haben nicht den ganzen Tag Zeit.«

Schließlich redete ich. Mit kaum hörbarer Stimme erzählte ich den Männern, dass ich von zu Hause weggelaufen war. Ich erklärte, wie Jay mich vor dem zudringlichen Trucker gerettet hatte und dass er mich mitgenommen hatte, weil keine Zeit mehr gewesen war, mich in die Stadt zurückzubringen. Ich schilderte ihnen den Zwischenfall mit dem Bären, der Jay am Arm verletzt hatte.

Reggie und die anderen drei Männer achteten auf jedes Wort, das aus meinem Mund kam. Frank horchte auf, als ich von Jays Verletzung erzählte, aber er unterbrach mich nicht. Nachdem ich meinen Bericht beendet hatte, tauschten die vier bedeutungsschwere Blicke. Ich kam mir vor wie jemand, der verurteilt werden sollte und nicht wusste, was er überhaupt verbrochen hatte.

»Jay hat gesagt, dass er mich zurückbringen wird, sobald es seinem Bruder besser geht«, bemerkte ich trotzig.

Die Männer sahen mich merkwürdig an. Mein Blick glitt über ihre dunklen, verschlossenen Gesichter und ich erkannte die Ablehnung darin. Sie wollten mich hier nicht haben, daran gab es keinen Zweifel. Aber sie konnten mir meine Anwesenheit auch nicht zum Vorwurf machen, denn schließlich war ich nicht freiwillig hier. Was das anging, hatte ich mich hoffentlich klar genug ausgedrückt.

»Am besten macht ihr euch gleich wieder auf den Weg«, sagte Reggie. »Vielleicht geht es Luke morgen besser, vielleicht braucht er seinen Bruder aber auch nicht mehr.« Die Giftigkeit in seiner Stimme erschreckte mich.

»*Ka-ma-chee.* Sei still.« Eric bedachte Reggie mit einem strengen Blick. »Das Mädchen humpelt, falls dir das noch nicht aufgefallen ist. Frank soll sich ihren Fuß ansehen. Wahrscheinlich braucht sie ein paar Tage, um sich auszuruhen.«

»Ein paar Tage?«, brauste Reggie auf und seine schwarzen Augen funkelten wütend.

»Warten wir, bis Robert zurück ist«, schlug Mike vor. Es war das erste Mal, dass er etwas sagte.

»Ja, warten wir, bis Robert zurück ist«, entschied Henry. »Ich bin sicher, es wird sich eine vernünftige Lösung des Problems finden.«

Das war ein deutliches Schlusswort des Ältesten und die anderen schienen sich damit zufrieden zu geben. Natürlich fragte ich mich, was sie mit *Lösung des Problems* meinten, wobei das Problem ganz offensichtlich ich war.

Wieso diese Aufregung und dieser Groll, bloß weil eine *weiße Göre,* wie Reggie es ausgedrückt hatte, in ihrem Jagdcamp aufgetaucht war? Jagen zu gehen war schließlich kein Verbrechen. Indianer durften das ganze Jahr über jagen, das wusste sogar ich.

Mir kam der leise Verdacht, dass das Penicillin in Jays Rucksack nicht sein einziges Geheimnis gewesen war. Dass er mir etwas Wichtiges verschwiegen hatte, was dieses Camp und seine Bewohner betraf. Vielleicht waren die Männer doch Zigarettenschmuggler und nun fürchteten sie, dass ihr sicheres Versteck durch mich auffliegen könnte?

Der Gedanke, unter Kriminelle geraten zu sein, machte es mir nicht gerade leichter, mich mit den gegebenen Umständen abzufinden. Aber was sollte ich tun? Abhauen konnte ich nicht, das Camp war meilenweit von der Zivilisation entfernt und allein würde ich den Weg zurück niemals finden.

Ich war darauf angewiesen, dass Jay mich nach Smooth Rock Falls brachte. Von dort konnte ich mit dem Bus nach Hause fahren. Die Frage war nur: Wann würde er mich zurückbringen und was passierte bis dahin mit mir?

Die Männer erhoben sich einer nach dem anderen und verließen den schattigen Platz. Nur Frank Waboon blieb zurück.

»Nimm es ihnen nicht krumm«, sagte der indianische Arzt in versöhnlichem Tonfall. »Dass der Junge dich mitgebracht hat, kam für sie völlig überraschend. Sie wissen nicht, was sie davon halten sollen. Außerdem sind sie den Umgang mit jungen Damen nicht gewöhnt.«

Ich hob den Kopf und blickte in das offene, freundliche Gesicht des Mannes.

Mir fiel auf, dass er eine angenehme Stimme hatte, der man gerne zuhörte. Seine Worte waren ehrlich gemeint und ich nahm an, dass er keine Ahnung davon hatte, wenn im Camp tatsächlich Illegales vonstatten ging. Er war schließlich auch nur ein Gast. Aber seinetwegen war mit Sicherheit nicht so ein Theater veranstaltet worden. Er war schließlich Indianer.

»Sie hassen mich, weil ich weiß bin«, sagte ich.

»Sie hassen dich nicht«, entgegnete Frank. »Aber es sind die Weißen, die die Wälder abholzen, in denen sie jagen. Der Wald, die Jagd, das ist ihr Leben. Kann schon sein, dass sie ungehalten reagieren, wenn ein Bleichgesicht in ihrem Camp auftaucht. Obwohl . . .«, er streckte die Hand aus, griff nach meinem Kinn und drehte meinen Kopf leicht hin und her. »Von Bleichgesicht kann keine Rede sein.« Er schmunzelte. »Die Sonne hat dich ganz schön verbrannt.«

»Wir waren die ganze Zeit auf dem Wasser«, erklärte ich. »Und am Anfang hatte ich das Basecap noch nicht.«

Er nickte. »Ich werde dir etwas zum Einreiben geben. Aber zuerst will ich mir deinen Fuß ansehen, okay?«

Ich zog meinen Turnschuh und den Socken aus, der einen unangenehmen Geruch verströmte. Frank schien das nicht weiter zu stören.

Er kniete vor mir im Gras und tastete meinen stark geschwollenen Knöchel ab. Obwohl er vorsichtig war, tat er mir weh. Es waren die kundigen Griffe eines erfahrenen Arztes und ich fragte ihn, was ihn in diese abgelegene Gegend verschlagen hatte.

Er erzählte mir, dass er in Timmins in einem Krankenhaus arbeitete. Er hatte sich eine Auszeit von zwei Monaten genommen, um sich in der Wildnis über ein paar Dinge klar zu werden. Ins Camp war er durch Zufall geraten und geblieben war er wegen Luke.

Behutsam stellte er meinen Fuß wieder ins Gras zurück. »Wie ist denn das passiert?«

»Ich bin an einer Wurzel hängen geblieben.«

»Wann war das?«

»Vorgestern. Als ich vor dem Bären weggelaufen bin.« War das tatsächlich erst vorgestern gewesen? Ich konnte es kaum glauben.

Frank diagnostizierte einen Bänderriss. »Es ist zum Glück nur angerissen, sonst hättest du nicht mehr gehen können. Aber dadurch, dass du weitergelaufen bist, hat sich ein Bluterguss gebildet. Wie Eric richtig gesagt hat, wäre es besser, du würdest dem Knöchel ein bisschen Ruhe gönnen.«

»Und wie lange?«

»Eine Woche mindestens. Dann dürfte der Bluterguss abgeklungen sein und die Schmerzen nachlassen.«

Eine Woche. Das war eine lange Zeit, wenn man sie unter Leuten verbringen musste, bei denen man nicht willkommen war. Jay würde sicher ebenso wenig erfreut sein. Ich nahm an, dass er mich so schnell wie möglich loswerden wollte. Genau so wie dieser leicht reizbare Reggie und alle anderen im Camp.

»Du brauchst Krücken, dann kannst du den Fuß ein wenig entlasten.«

»Krücken?«

Frank nickte lächelnd. »Ich sehe mal zu, was sich machen lässt. Übrigens, was ist eigentlich mit Jay? Hat der Bär ihn schwer verletzt?«

»Er behauptet, es wäre nur ein Scheinangriff gewesen. Aber sein Arm sieht schlimm aus. Ich habe ihn verbunden.«

»Bärenklauen sind voller Keime«, bemerkte Waboon mit sorgenvoller Miene. »Ich denke, ich sollte mir die Wunde so schnell wie möglich ansehen.«

In diesem Augenblick kam ein markerschütternder Schrei aus Jays Tipi, lang gezogen und so voller Qual, dass sich alles in mir schmerzhaft zusammenkrampfte. Danach Stille. Nicht einmal ein Vogel war zu hören. Der Schrei schien in der Luft zu schweben und für einen Moment die Zeit anzuhalten.

Ich schob mich an Waboon vorbei, der noch etwas sagte wie »Geh nicht« und humpelte so schnell ich konnte zu Jays Tipi. Einen Augenblick zögerte ich, weil das Schluchzen im Inneren des Tipis mir Angst machte. Aber dann fasste ich mir ein Herz und stieg in das Eingangsloch.

Jay saß am Boden und hielt seinen Bruder fest an sich gepresst, das Gesicht verzerrt in einem unsagbaren Schmerz. Luke rührte sich nicht mehr. Sein Herz hatte aufgehört zu schlagen. Es war vorbei.

11.

Es gibt Situationen, da fühlt man das Leid eines anderen, als wäre es das eigene. So erging es mir in diesem Moment. Voller Mitgefühl sah ich Jay an. Gleichzeitig erkannte ich instinktiv, dass meine Anwesenheit fehl am Platz war. Ich konnte nichts tun, geschweige denn Jay helfen. Ich störte.

Auf Zehenspitzen trat ich ins Freie und ließ Jay mit seinem Bruder allein. Frank Waboon war mir nachgekommen, und als er mich fragend ansah, schüttelte ich nur den Kopf. Er ging an mir vorbei ins Zelt und ich setzte mich neben der Feuerstelle auf einen Stein. Die anderen Männer schauten zu mir herüber, aber niemand kam. Man ließ mich in Ruhe.

Einige Zeit war vergangen, als verhaltene Stimmen aus dem Tipi drangen, und auf einmal stolperte Jay heraus. Ich erschrak, als ich ihn ansah. Sein Gesicht war schwarz verschmiert. Er strauchelte über die Wiese wie ein Betrunkener, ohne Notiz von mir zu nehmen.

Wenig später kam Frank.

»Das war kein schöner Tod«, sagte er. »Aber nun ist er von seinem Leiden erlöst.«

Ich schaute hinüber zu Jay, der sich am Waldrand auf einen umgestürzten Baumstamm gesetzt hatte. Waboon folgte meinem Blick.

»Auch wenn das kein passender Moment ist«, bemerkte er, »ich muss mir Jays Verletzung ansehen.«

Frank lief hinüber zu Jay, der zusammengesunken auf dem ausgeblichenen Baumstamm saß und mit leerem Blick ins Gras starrte. Ich folgte ihm humpelnd.

Aus der Nähe bemerkte ich, dass Jay sein Gesicht mit Holzkohle geschwärzt hatte. Auf der rechten Seite fehlten ihm zwanzig Zentimeter seiner Haare, sie reichten ihm dort nur noch bis zur Schulter. Er sah furchtbar aus.

Ich ließ mich in einigem Abstand neben ihm nieder und Frank setzte sich ebenfalls.

»Alles in Ordnung?«, fragte Waboon.

Jay hob den Kopf und ich sah helle Spuren von Tränen auf seinem schwarzen Gesicht. Die Augen waren gerötet und hatten ihren Glanz verloren. »*In Ordnung?*« Ungläubig kniff er die Lider zusammen. »Nichts ist in Ordnung, verdammt noch mal. Mein Bruder ist tot. Er war der einzige Mensch, den ich noch hatte.«

Daraufhin sagte Frank lange nichts.

Nach einer Weile räusperte sich der Arzt und meinte: »Du darfst dir keine Vorwürfe machen, Junge. Du hast getan, was du konntest.«

Jay schüttelte den Kopf. »Alles ist schief gelaufen. Ich bin zu spät gekommen.«

»Nein, Jay. Auch wenn du drei Tage eher da gewesen wärst, hättest du ihn nicht retten können. Sein Immunsystem hat versagt. Nur dem starken Willen deines Bruders war es zu verdanken, dass er überhaupt so lange überlebt hat.«

»Er hätte in ein Krankenhaus gemusst, das haben Sie selbst gesagt.« Jays Hände waren zu Fäusten geballt, sodass die Fingerknöchel weiß hervortraten. »Ich hätte nicht auf ihn hören dürfen. Dann hätten sie ihn eben eingesperrt, irgendwann wäre er auch wieder rausgekommen.«

»Dein Bruder hat Drogen genommen, Jay, deshalb war sein Immunsystem zu schwach, gegen die Bakterien zu kämpfen. Er ist gestorben, weil er Drogen genommen hat, und nicht, weil du mit dem Penicillin zu spät gekommen bist.«

»Er war sauber«, sagte Jay, er schrie es fast. »Er war seit über einem Jahr sauber. Seit wir hier im Camp sind, hat er nichts mehr genommen. Er hatte es geschafft.«

Frank legte Jay eine Hand auf die Schulter, aber er schüttelte sie ab.

»Mag schon sein, dass er nichts mehr genommen hat. Aber die Drogen haben seinen Körper geschwächt. Er hatte nicht genug Abwehrkräfte.«

»Er wollte nicht sterben.« Es klang so kläglich, dass ich eine Gänsehaut bekam.

»Nein, ganz sicher nicht«, entgegnete Frank. »Aber als er noch klar war im Kopf, hat er zu mir gesagt, dass er lieber sterben würde, als im Gefängnis zu landen. Jetzt ist er frei. Das klingt furchtbar, ich weiß. Aber du musst lernen, mit diesem Gedanken zu leben.«

»Mein Bruder ist tot, verdammt.«

Ich hörte Jay schluchzen und drehte den Kopf weg, weil er bestimmt nicht wollte, dass jemand wie ich ihn weinen sah. Das war alles wie ein böser Traum: der tote Luke im Tipi, Jay mit seinem schwarzen Gesicht und den abgeschnittenen Haaren, die Männer, das Camp.

Waboon ließ sich nicht beirren. »Jodie hat erzählt, dass du von einem Bären angegriffen und verletzt worden bist.«

»Halb so schlimm.«

»Das Mädchen sagt etwas anderes.«

Jays Blick streifte mich kurz. »Na und? Ich kann was aushalten.«

»Das bezweifle ich nicht«, erwiderte Frank mit sanfter Stimme. »Trotzdem würde ich mir die Wunde gerne ansehen.«

»Wozu? Meinem Bruder konnten Sie ja auch nicht helfen.«

Ich staunte, wie ruhig Frank blieb. »Nein, ich konnte ihm nicht helfen. Wie denn auch, ohne Antibiotika und moderne Medizin? Aber vielleicht kann ich dir helfen. Wir haben ja jetzt das Penicillin.«

»Es geht mir gut.«

»Ja, im Augenblick noch.« Franks Stimme klang nun nicht mehr sanft. »Aber vielleicht ziehen auch schon rote Streifen zu deinem Herzen. Du warst dabei, als dein Bruder starb, Jay. Willst du genauso qualvoll enden wie er?«

Ich sah, dass Jay am liebsten genickt hätte. Aber dann zog er in ruckartigen Bewegungen sein T-Shirt über den Kopf, sodass der kleine Lederbeutel wütend über die nackte Brust tanzte. Seine Haare waren zerzaust und mit dem kohleverschmierten Gesicht, aus dem die Augen weiß hervorstachen, kam er mir vor wie ein Geist.

Er hielt Frank seinen Arm hin. Der indianische Arzt löste den nicht mehr ganz weißen Verband und besah sich die Wunde. Auf den vier parallelen Rissen hatte sich dunkler Grind gebildet. Frank schnupperte daran.

»Heb mal die Arme«, bat er.

Unerwartet gehorsam hob Jay seine Arme und Frank tastete die Achselhöhlen ab. Schließlich hellte sich das Gesicht des Arztes auf. »Scheint alles in Ordnung zu sein«, sagte er voller Erleichterung. »Die Wunden heilen gut. Du hast Glück gehabt.«

Jay ließ die Arme sinken. »War's das?«

»Du brauchst einen neuen Verband.«

»Das ist nicht nötig.«

»Wie du meinst.«

Jay stand auf, zog sein T-Shirt wieder an.

»Wenn du Hilfe brauchst . . .«, Frank zuckte die Achseln.

Die ganze Zeit schon hatte Jay so getan, als ob ich ein Teil der Landschaft wäre, und auch jetzt lief er wieder an mir vorbei, als wäre ich gar nicht da. Ich konnte nachfühlen, wie furchtbar das alles für ihn sein musste, aber war es wirklich notwendig, mich völlig zu ignorieren? Er musste doch begreifen, dass ich auf ihn angewiesen war und mich ohne seinen Schutz völlig verloren fühlte.

Mehr als alles wünschte ich, seinen Schmerz zu lindern, wenn er das zugelassen hätte. Ich hätte ihn getröstet. Aber er wollte nichts von mir wissen. Alles, was auf dem Weg hierher zwischen uns passiert war, schien plötzlich ausgelöscht. Ausgelöscht von Jays übergroßem Kummer, der alle anderen Gefühle überdeckte. Mit hängenden Schultern saß ich da und sah ihm hinterher.

»Du musst ihm Zeit lassen«, sagte Frank. »Er wird darüber hinwegkommen, aber das braucht eine Weile. Eric hat mir erzählt, dass Jays Eltern schon einige Jahre tot sind. Sein Bruder hat ihn großgezogen. Jetzt hat er niemanden mehr. Das muss er erst mal verkraften.«

Ich nickte, als hätte ich verstanden, was Frank meinte, aber im Grunde verstand ich gar nichts. Mir war elend zu Mute, ich fühlte mich schwach vor Hunger, alles drehte sich. Ich kam mir vor wie in einem Strudel, der mich unerbittlich in die Tiefe zog. Nur dass ich in Wahrheit immer noch am selben Fleck saß.

»Kann ich denn gar nichts für ihn tun?«, fragte ich traurig.

»Doch. Im Tipi liegt Verbandszeug. Es wäre gut, wenn du seinen Arm verbinden würdest, damit kein Schmutz an die Wunde kommt. Vielleicht lässt er dich nicht so abblitzen wie mich.«

Ich humpelte zurück zum Tipi und blieb vor dem Eingang stehen. »Jay«, rief ich leise.

Er antwortete mir nicht. Es hatte vermutlich auch keinen Zweck, auf eine Antwort zu hoffen. Obwohl ich nicht wild darauf war, Luke wieder zu sehen, stieg ich in das Eingangsloch.

Jay kauerte reglos neben seinem toten Bruder. Jemand hatte Luke die Augen geschlossen und er sah jetzt ganz friedlich aus. Nun konnte ich auch die Ähnlichkeit zwischen den Brüdern erkennen. Dieselben vollen Lippen, die hohe Stirn und die weit auseinander liegenden Augen. Lukes Körper war mit einer roten Wolldecke zugedeckt bis zum Hals.

Jay blickte starr auf die kalte Asche im Feuerloch, als ob er darin etwas sehen könnte, das ihm weiterhalf. Ich kniete mich neben ihn und wieder musste ich den Impuls unterdrücken, ihn in die Arme zu nehmen. Aber das hätte er mit Sicherheit nicht zugelassen.

Eine Mauer aus kalter Ablehnung umgab Jay. Mich fröstelte, obwohl es warm und stickig war im Tipi. Doch je mehr er sich von mir entfernte, um so näher fühlte ich mich ihm. Was ich für ihn empfand, ließ sich nicht mehr zurückdrängen. Er hatte bereits einen Platz in meinem Inneren. Ich litt mit ihm, auch wenn ich begriff, dass er mein Mitleid nicht wollte.

Als sich Männerstimmen dem Tipi näherten, krabbelte ich auf die andere Seite der Feuerstelle, drückte mich mit dem Rücken gegen die Zeltplane und versuchte, mich so unsichtbar wie möglich zu machen.

Der alte Henry trat als Erster ins Eingangsloch, eine verzierte Pfeife in der Hand. Er trug jetzt ein Hemd und eine Hose aus weichem Leder und das Fransenhemd war kunstvoll mit bunten Glasperlen und Blumenmustern bestickt. Kleidung, die ich bisher nur im Museum gesehen hatte. Mit einem Ächzen ging er neben dem Toten auf die Knie und ich hörte seine alten Knochen knacken.

Nacheinander kamen Reggie, Mike und Eric herein und nahmen im Schneidersitz auf den Fellen und Decken am Boden Platz. Reggie nickte mit dem Kopf in meine Richtung und sagte etwas auf Cree, das sehr ungehalten klang. Wahrscheinlich wollte er mich nicht bei dem dabei haben, was nun in diesem Tipi stattfinden sollte. Ich hielt den Atem an.

Da hob Jay den Blick und sagte ein einziges Wort, in einem harten, unerbittlichen Tonfall: »*Pastahowin.*« Und von da an taten alle so, als wäre ich überhaupt nicht vorhanden.

Henry – er schien der Medizinmann des Camps zu sein – zündete ein Salbeibündel an und begann Lukes Leichnam zu beräuchern, während er mit der Linken eine Rassel schlug, die aus einem Schildkrötenpanzer gefertigt war. Dabei verfiel er in einen monotonen Singsang, eine rhythmische Aneinanderreihung von Worten, die er immer wieder abrupt abbrach und kurz darauf von Neuem begann.

Ich wagte immer noch kaum zu atmen, so angespannt und verkrampft saß ich mit dem Rücken an der Zeltwand. Der wogende Gesang und der monotone Rhythmus der Rassel wirkten unheimlich und beruhigend zugleich. Im Räucherduft der Kräuter glitten meine Gedanken weg von Jay, seinem toten Bruder und diesen Männern, von denen ich nicht wusste, was sie im Schilde führten.

Tim kam mir in den Sinn, der jetzt wahrscheinlich schon ganz verzweifelt war. Verdammt, was, wenn er meine Eltern anrief und ihnen erzählte, dass ich mich zwar auf den Weg zu ihm gemacht hatte, aber nie angekommen war? Mit Sicherheit würden Mom und Dad die Polizei nach mir suchen lassen. Ich versuchte, mir ihre Angst und Aufregung vorzustellen, doch es gelang mir nicht. Das alles war weit weg, viel zu weit weg von dem, was hier passierte. Der Medizinmann stopfte seine Pfeife mit Tabak und zündete sie an. Zuerst hielt er sie in Richtung Osten (zumindest vermutete ich, dass es Osten war), zog daran und blies kleine Rauchwolken aus. Dann wanderte die Pfeife reihum, wobei immer wieder Gebete gesprochen wurden, die man mit einem gemeinsamen »Hoo« bekräftigte.

Ich beobachtete die Männer, war froh, dass sie meine Anwesenheit vergessen zu haben schienen. *Pastahowin* war das Zauberwort gewesen. Irgendwann würde ich Jay nach seiner Bedeutung fragen.

Als Henry die Zeremonie beendete, schien eine Ewigkeit vergangen zu sein. Die Männer wickelten den Leichnam in die rote Decke und trugen ihn hinaus. Nur Jay und der alte Henry blieben zurück. Und ich natürlich. Inzwischen waren meine Beine eingeschlafen, und als ich sie bewegte, fingen sie an zu kribbeln, als würden hunderte Ameisen durch meine Adern rennen.

Der alte Mann beräucherte die Felle, auf denen Jays Bruder gelegen hatte. Er erhob sich ächzend und mithilfe der Adlerfeder schickte er Salbeirauch in jeden Winkel des Tipis. Auch mir wedelte er den beißenden Rauch ins Gesicht. Meine Augen brannten und ich musste husten. Dann verschwand Henry. Er ließ eine Stille zurück, die mir Angst machte.

Obwohl Jay nur wenig mehr als drei Meter von mir entfernt zusammengesunken auf dem Boden kauerte, schien es doch, als sei er Lichtjahre entfernt. Ich versuchte, in Gedanken zu ihm durchzudringen, ihn spüren zu lassen, dass ich da war. Doch es gelang mir nicht. Es schien, als würde alles um ihn herum überhaupt nicht existieren.

Irgendwann rappelte er sich auf und verließ das Zelt. Ich folgte ihm, hatte Angst, dass er mich allein lassen könnte. Auf einer Holzkiste vor dem Eingang sah ich die Mullbinden, von denen Frank gesprochen hatte. Ich steckte zwei davon in die Hosentasche und trat ins Freie.

Die Sonne stand jetzt schon etwas tiefer, aber es war immer noch brütend heiß. Ich nahm an, dass Luke so schnell wie möglich beerdigt werden würde, und fragte mich, wie die Cree-Indianer ihre Toten bestatteten. Würden sie Luke verbrennen? Oder ihn auf einem Gerüst in einen Baum binden, wie ich es manchmal im Film gesehen hatte?

Ich hielt mich an den Trockenstangen vor Jays Tipi fest, als ich Frank Waboon mit zwei Gabelstöcken auf mich zukommen sah, gefolgt von dem kleinen Hündchen mit dem grauen Fell. Was er in der Hand hielt, waren offensichtlich die Krücken, die er mir versprochen hatte. Er musste nach geeigneten Stöcken gesucht haben, während die Zeremonie im Tipi stattgefunden hatte.

Als er bei mir angelangt war, reichte er mir die Gabelstöcke. »Hier. Versuch mal, ob es funktioniert.«

Der Welpe, der offensichtlich Wolfsblut in den Adern hatte, sprang bellend um mich herum. »Mikik«, sagte Frank und bückte sich, um den kleinen Kerl zu beruhigen. Er winselte, als er gestreichelt wurde.

Ich klemmte mir die Gabeln unter die Achseln und stützte jede meiner Hände auf ein Stück Ast, das genau in Armeslänge aus dem jeweiligen Stock wuchs. Perfekt. Mithilfe dieser Krücken konnte ich mich schmerzfrei bewegen und würde meinen geschwollenen Knöchel schonen.

»Ich danke Ihnen«, sagte ich. Obwohl es hier Bäume im Überfluss gab, musste es einige Mühe gemacht haben, geeignete Hölzer zu finden. Stark genug, damit sie nicht brachen, und doch nicht zu schwer für mich. Eine geeignete Gabel am Ende und ein Ast zum Festhalten an der richtigen Stelle. Bewundernd sah ich den Mann an.

Frank lachte. »Du hattest Glück, ich bin ein Meister im Krückenbauen. Als ich noch ein Junge war, musste ich jeden in unserem Dorf, der Gehprobleme hatte, mit den passenden Hilfen versorgen. Wie du siehst, habe ich es nicht verlernt.«

Er gab mir noch einen kleinen, abgegriffenen Lederbeutel. Als ich ihn öffnete, fand ich darin eine Dose mit einer rötlichen Salbe, die angenehm fruchtig duftete.

»Die ist für dein Gesicht. Und nenn mich einfach Frank, okay?«

Ich nickte dankbar, als ich plötzlich Jay entdeckte, der mit einem Spaten in der Hand dem Waldrand zustrebte. Hastig verstaute ich die Dose in meiner Hosentasche, griff nach meinen Krücken und sah zu, dass ich hinterherkam.

Mikik folgte mir, sprang auf seinen tapsigen Pfoten wie verrückt um mich herum. Er wollte spielen, aber dafür hatte ich jetzt keine Zeit. Nach einer Weile hatte ich den Dreh heraus und kam mit meinen Gehhilfen ganz gut voran. Jay lief einen ausgetretenen Pfad entlang, der in nördlicher Richtung aus dem Lager in den Wald führte. Er ging so schnell, dass ich ihm zwar folgen, ihn aber nicht einholen konnte. Mit Sicherheit wollte er nicht reden, aber wenigstens duldete er meine Anwesenheit.

Mikik blieb bellend am Waldrand zurück. Vermutlich traute er sich nicht weiter.

Nach ungefähr einer Viertelstunde blieb Jay plötzlich stehen. Ich näherte mich ihm bis auf wenige Meter und sah mich um. Er stand vor zwei länglichen Steinhügeln. Auf jedem steckte ein Ast, in dessen ausgeblichenen Zweigen bunte Stoffbänder und kleine Tabakbeutelchen hingen. Es waren Gräber. Wir befanden uns auf dem Begräbnisplatz des Camps. Hier also würde Jays Bruder seine letzte Ruhestätte finden.

Es war ein friedlicher Ort, umgeben von schattigen Bäumen. Unmittelbar in der Nähe floss ein kleiner Bach, gesäumt von moosbewachsenen Steinen. Sein glasklares Wasser klickerte über bunte, glatt geschliffene Kiesel. An einer Stelle sammelte sich das Wasser in einem großen Stein wie in einem Becken. Ich stakte hin und löschte gierig meinen Durst. Kühlte mit dem Wasser meine glühenden Wangen und die aufgeplatzten Lippen. Dann setzte ich mich unter einen Baum auf einen Felsbrocken und wartete, was weiter passieren würde.

In gebührendem Abstand zu den anderen beiden Gräbern stieß Jay den Spaten in die Erde und begann zu graben. Ich fragte mich, wer hier unter den Steinhügeln ruhte und wie lange sie dort schon lagen. Die Stoffbänder auf einem der Gräber waren von Sonne und Regen ausgeblichen, auf dem anderen jedoch leuchteten sie in kräftigen Farben: Rot, Gelb, Grün und Schwarz. Vielleicht war erst vor kurzem ein Campbewohner gestorben.

Mein Kopf war voller Fragen, doch wenn Jay nicht mehr mit mir redete, dann wusste ich nicht, wer sie mir beantworten sollte. Frank war nett, aber genauso fremd im Camp wie ich. Er würde auf vieles keine Antwort haben.

Insgeheim hoffte ich immer noch auf die Frau, Althea. Aber wo war sie? Und wo war dieser Robert, von dem Jay mir erzählt hatte?

Ich holte die Dose mit Franks Salbe hervor und strich mir Lippen und Gesicht damit ein. Sofort hörte die Haut auf zu spannen, die Lippen wurden wieder geschmeidig. Selbst die gierigen Moskitos machten plötzlich einen Bogen um mich. Das musste die Salbe sein.

Ich scheuchte die lästigen Biester aus meinem Blick und zupfte einen Grashalm aus.

Mit einem Mal rief sich mir mein Magen grollend ins Gedächtnis. Es war ein zerrendes Gefühl der Leere. Bis jetzt hatte ich den Hunger kaum gespürt. Wahrscheinlich, weil andere Gefühle stärker gewesen waren. Doch nun erschienen Bilder von köstlichen Speisen vor meinem inneren Auge und warme Spucke füllte meinen klebrigen Mund.

Gleich darauf schämte ich mich. Wie konnte ich ans Essen denken, während jemand vor meinen Augen ein Grab schaufelte? Jay arbeitete wie ein Besessener. Er hatte das T-Shirt ausgezogen und sein brauner Körper glänzte von Schweiß. Die Sonne stand jetzt so, dass sie genau die Gräber beschien. Ich fragte mich, wie Jay das aushielt. Selbst hier, unter dem schützenden Dach der Bäume, war es stickig und schwül.

Ab und zu unterbrach Jay sein wütendes Schaufeln, stieg aus dem Erdloch, kniete sich an den Bach und trank. Danach arbeitete er verbissen weiter, ohne auch nur ein einziges Mal zu mir herüberzusehen.

Inzwischen kam ich mir selbst wie ein Teil der Landschaft vor. Verwachsen mit dem Felsbrocken, auf dem ich saß. Doch was sollte ich tun? Helfen konnte ich Jay nicht. Trotzdem war ich lieber hier bei ihm als im Camp, wo ich noch mehr das Gefühl hatte, fehl am Platz zu sein.

Während ich Jay beobachtete (ich konnte ihn ganz offen ansehen, da er sowieso nie zu mir herüberblickte), wurde mir klar, dass die schwere körperliche Arbeit ihm half. Seine Wut und den Schmerz konnte er an der Erde auslassen, an den Steinen und Wurzeln, die dem Spaten im Weg waren.

Keine Ahnung, ob es durch die schwere Arbeit kam oder ob Jay beim Schaufeln mit dem Oberarm gegen eine Wurzel gestoßen war, jedenfalls fing nach einer Weile die ungeschützte Wunde wieder an zu bluten. Lange rote Schlangen wanden sich Jays linken Arm entlang bis zu den Fingern, von denen das Blut auf die Erde tropfte.

Ich sah es, sagte aber nichts, weil ich ahnte, dass er mich gar nicht hören würde. Abgesehen davon war ich mir sicher, dass er es längst bemerkt hatte. Jay wollte bluten, weil er sich für den Tod seines Bruders verantwortlich fühlte. Und ich fragte mich, ob jemand im Camp dazu in der Lage war, ihm das auszureden.

Irgendwann nach einer Ewigkeit, das Grab war inzwischen tief genug um drei erwachsene Männer darin zu beerdigen, schleuderte Jay den Spaten mit einem Klagelaut von sich. Er stieg aus dem Erdloch, kam zu mir herüber und hockte sich auf den Boden, mit dem Rücken gegen den Stein gelehnt, auf dem ich saß.

Mit seiner plötzlichen Nähe hatte ich nicht gerechnet. Ich konnte das frische Blut aus seiner Wunde riechen, seinen Schweiß, seine Angst vor dem Alleinsein. Hörte seinen schnellen Atem, der in seiner Brust rasselte. Das Haar klebte ihm an den Schläfen und im Nacken. Der Schweiß war ihm ins Gesicht gelaufen und hatte die Schwärze völlig verschmiert. So mussten indianische Geister aussehen.

Jays Atem wurde ruhiger. Wir saßen eine Ewigkeit, ohne dass auch nur ein einziges Wort fiel. Doch trotz des Schweigens spürte ich, dass er nun wieder erreichbar war für mich.

»Es tut mir alles so Leid.«

»Ja, mir auch.«

Wieder Schweigen.

Mir fielen die Mullbinden ein und ich holte sie aus meiner Hosentasche. »Ist vielleicht besser, wenn ich deinen Arm wieder verbinde.«

»Ja.«

»Du müsstest vorher das Blut und den Dreck abwaschen.«

»Ja.«

Er rührte sich nicht, stierte nur geradeaus auf irgendeinen Punkt zwischen den Steinen. Ich stand auf, stützte mich auf eine meiner Krücken und reichte ihm die Hand. »Jay«, sagte ich, »komm!«

Einen Augenblick lang sah es so aus, als hätte er mich gar nicht gehört. Aber dann reichte er mir seine rechte Hand und ließ sich auf die Beine ziehen. An der Quelle wusch er sein Gesicht und trank, dann spülte er das Blut und den Dreck von seinem verletzten Arm.

Als die Wunde trocken war, legte ich einen neuen Verband an. Inzwischen hatte ich darin schon einiges Geschick und es ging schnell. »Okay«, sagte ich.

Auf einmal sah Jay mich ganz merkwürdig an. Als wäre er aus einer Art Traum erwacht und würde jetzt erst bemerken, dass ich überhaupt da war. Er streckte seinen gesunden Arm aus, griff in meinen Nacken und zog mich zu sich heran. Einen Augenblick lang dachte ich, er wollte mich küssen, und mein Herz überschlug sich fast. Aber dann schloss er die Augen und presste seine Stirn gegen meine. Auf diese Art ließ er mich an seinem Kummer teilhaben. Und ich verstand ihn, es war ganz einfach. Durch Jays heiße Stirn schienen seine Gefühle und Gedanken in meinen Kopf zu strömen. Es war, als würde ich so Dinge über ihn erfahren, die er selbst nicht wusste.

Ich hielt den Atem an. Noch nie hatte ich mich einem anderen Menschen so nahe gefühlt wie Jay in diesem Moment.

Doch plötzlich ließ er mich los und war schnell wie der Blitz auf den Beinen. Jemand kam den Pfad herauf. Es waren ein Mann und eine Frau, die ich zuvor noch nicht gesehen hatte. Althea, dachte ich. Und der Mann in den verwaschenen Armeehosen musste Robert sein. Mit Bangen sah ich den beiden entgegen.

12.

Althea trug ein braun-grün gemustertes Hemd und einen roten Baumwollrock, der fast bis zum Boden reichte. In ihrem langen schwarzen Haar schimmerten graue Strähnen. Die Indianerin war schön, auch wenn Wind und Wetter ihre Haut gegerbt hatten. Wenn ich nicht gewusst hätte, dass sie schon 52 war, hätte ich sie glatt zehn Jahre jünger geschätzt.

Ich suchte ihren Blick und sie nickte mir freundlich zu. Bei Robert hingegen spürte ich sofort, dass ich von vornherein keine Chance hatte. Er war ein hoch gewachsener Mann mit schulterlangem Haar, einer ausgeprägten Adlernase und stechenden schwarzen Augen. Eine grässliche Narbe entstellte die rechte Hälfte seines Gesichts, sie zog sich vom Kinn bis hoch zum Wangenknochen. Da war nichts Sanftes am Gesicht des Indianers, und das lag nicht allein an dieser Narbe.

Ich spürte ein unangenehmes Kribbeln in meiner Wirbelsäule, als die beiden schließlich bei uns ankamen. Althea umarmte Jay und er ließ es widerstandslos geschehen.

Robert kniff die Augen zusammen. Blitzschnell glitten seine Blicke prüfend über mich hinweg und meine Anwesenheit wurde mit einem Nicken zur Kenntnis genommen.

Der Indianer hatte etwas, das mir Angst einjagte, obwohl noch kein einziges Wort über seine Lippen gekommen war. Mich überkam das merkwürdige Gefühl, als würde er direkt neben mir stehen, so intensiv empfand ich die wilde, ablehnende Energie, die von seinem drahtigen Körper ausging.

Schließlich gab Althea Jay aus ihrer Umarmung frei und Robert sprach in Cree auf ihn ein. Als Jay antwortete, hörte ich meinen Namen. Er warf mir einen Blick zu, den ich nicht zu deuten wusste.

»Warum hast du dir beim Graben nicht helfen lassen, Junge?« Altheas Stimme war tief wie die eines Mannes.

»Weil ich es allein tun musste«, antwortete Jay.

Die Indianerin schien das zu akzeptieren.

Wir liefen zurück ins Camp. Jay und Robert vorneweg, ich auf meinen Krücken hinterher. Althea blieb neben mir. Sie bot mir gleich an, sie zu duzen, was ich nett fand. Wenigstens war Althea so, wie ich sie mir vorgestellt hatte.

»Du siehst müde aus«, sagte sie. »Und hungrig bist du bestimmt auch.«

»Ja«, gab ich zu. »Und wie.«

»Jay wird jetzt mit den anderen in die Schwitzhütte gehen und danach die ganze Nacht Totenwache halten. Sie werden so lange fasten.«

Ich seufzte leise und machte mich darauf gefasst, dass ich an diesem Tag nichts mehr in meinen leeren Magen bekommen würde.

Althea lächelte, ich konnte ihre Zahnlücke im Oberkiefer sehen. »Keine Angst, du musst das nicht tun. Geh einfach schlafen, das wird das Beste sein«, riet sie mir. »Ich werde dir etwas zu essen vorbeibringen.«

»Danke, Althea.«

Wir trennten uns im Camp. Aus dem bemalten Tipi, das die anderen überragte und vermutlich ihr Versammlungszelt war, drang der dumpfe Klang einer Trommel und Henrys monotoner Gesang. Ich zog mich in Jays Zelt zurück, das ich für den Augenblick als mein Zuhause betrachtete, und wartete auf Althea.

Natürlich konnte ich nicht vergessen, dass Luke hier gestorben war, auch wenn nichts im Zelt mehr an seinen furchtbaren Tod erinnerte. Der Geruch des verbrannten Salbeis hing noch in der Luft und mischte sich mit dem Duft von frischen Tannenzweigen, mit denen der Boden des Tipis unter den Fellen ausgepolstert war. Jemand musste sie erneuert haben, während Jay und ich auf dem Begräbnisplatz waren.

Als Althea kam, hatte sie kalten Pfefferminztee, Bannock und flache blauschwarze Kuchenstücke dabei. Ich schnupperte daran.

»Das ist Heidelbeerkuchen. Ein bisschen hart und zäh, aber dafür lange haltbar und unerhört gesund.«

»Danke für alles«, sagte ich. »Du bist sehr nett zu mir.«

Althea stellte das Essen vor mir auf den Fußboden. »Nimm dir Roberts raue Art nicht so zu Herzen, Jodie. Er meint es nicht so.«

»Dieser Reggie ist viel schlimmer«, seufzte ich. »Er hasst mich, obwohl ich ihm überhaupt nichts getan habe.«

Althea warf den Kopf in den Nacken und lachte. »Reggie ist vielleicht manchmal ein bisschen ungestüm, aber da musst du dir nichts draus machen. Hunde, die bellen, beißen bekanntlich nicht. Lukes Tod und deine Anwesenheit haben die Männer in Aufregung versetzt. Lass ihnen Zeit, sich an dich zu gewöhnen.«

»Ich weiß nicht, wie ich mich verhalten soll.«

»Sei einfach du selbst, dann kann nichts schief gehen.«

Ich bezweifelte das, aber um eine andere zu sein, fehlte mir die Kraft. Ich war sterbensmüde und mein Magen knurrte wie ein Wolf. In meinem Fußgelenk saß ein böser Zwerg mit einem Hammer, mein einziges T-Shirt war nur noch ein Fetzen und fiel bloß deshalb nicht von meinem Körper, weil es vor Schweiß klebte. Der Anblick des sterbenden Luke ging mir nicht aus dem Sinn, und zugegeben, ich hatte schreckliches Heimweh – ja sogar Sehnsucht – nach meinen Eltern.

Nein, verstellen konnte ich mich nicht. Im Augenblick brauchte ich all meine Energie, um den Rest dieses Tages irgendwie zu überstehen.

Bevor Althea aus dem Eingangsloch stieg, reichte sie mir noch eine kleine Schachtel aus Birkenrinde. »Da sind Nadel und Faden drin. Nicht verbummeln, okay? Und wenn du dich in Ruhe waschen willst, dann ist jetzt eine gute Gelegenheit. Die Männer werden die ganze Nacht beschäftigt sein.«

Ich schlang einen halben Bannockfladen in mich hinein und spülte ihn mit Tee hinunter, als ich auf einmal merkte, dass mein Magen trotz des Hungers wie zugeschnürt war. Der Heidelbeerkuchen entpuppte sich als zähe, süße Masse, auf der man ewig herumkauen konnte. Ich schob mir einen Streifen in den Mund und suchte in Jays Rucksack nach der Seife und dem Handtuch, das er unterwegs mitgehabt hatte. Dabei fand ich die Tupperbox und legte den angebissenen Bannockfladen zusammen mit dem Heidelbeerkuchen hinein. Für später.

Auf dem Weg zum See hatte ich den dumpfen Klang der Trommel und den klagenden Gesang des Medizinmannes im Ohr. Würden die Männer tatsächlich die ganze Nacht wach bleiben? Wie sollte Jay das aushalten nach diesem furchtbaren Tag und der schweren körperlichen Arbeit?

Ich machte mir Sorgen um ihn. Aber dachte er auch mal an mich?

Im klaren Wasser des Sees schrubbte ich mein kaputtes T-Shirt und meine Unterwäsche. Dann wusch ich mich mit Seife, schwamm ein Stück und schlüpfte, gründlich trocken gerieben, wieder in Hose und Fleecejacke.

Anschließend setzte ich mich noch eine Weile in den warmen Sand, um hinter dem westlichen Horizont die Sonne untergehen zu sehen. Es gluckste und wisperte zwischen den Steinen am Ufer und in diesem Augenblick wäre ich wohl kaum verwundert gewesen, wenn plötzlich eines dieser nasenlosen Wesen aufgetaucht wäre, die Jay *Mannegishi* nannte.

Es war ein friedlicher Moment und ich hätte gerne noch länger dort gesessen, um diesen Frieden in mich aufzunehmen. Doch die Ereignisse des Tages überwältigten mich und auf einmal spürte ich die Erschöpfung bis in die Knochen. Ich sehnte mich nach Schlaf, danach, nichts mehr zu denken und zu spüren. Ich warf einen Blick auf meine Uhr und musste feststellen, dass sie stehen geblieben war. Wahrscheinlich hatte die Batterie ihren Geist aufgegeben. Von nun an würde ich ohne Zeit bleiben müssen.

Auf meinen Krücken stakte ich zurück ins Lager. Immer noch schwebten der Klang der Trommel und Henrys Gesang über dem Platz wie unsichtbare Rauchschwaden.

Zurück in Jays Tipi schloss ich die Klappe vor dem Eingang, legte mich unter den Schlafsack und blickte durch das Rauchabzugsloch in den Himmel. Der Boden unter dem Fell, auf dem ich lag, war dick gepolstert mit frischem Zedernreisig, das aromatisch duftete. Ich fand sogar ein kleines Kopfkissen, das mit weichen Daunen gefüllt war.

So ein Tipi war gar nicht schlecht. Man fühlte sich geborgen und war doch von frischer Luft umgeben. Und wenn es erst dunkel war, konnte man vom Bett aus die Sterne sehen.

Doch der Schlaf holte mich noch vor der Dunkelheit ein und mit ihm kamen die Träume. Ich hörte meine Eltern streiten, erkannte ihre Stimmen ganz deutlich. Nur worüber sie stritten, konnte ich nicht verstehen. Es war ein Schwall aus bösen Worten, die tief verletzten. Ich wollte, dass sie aufhörten, aber ich konnte nicht sprechen, mich nicht bewegen. Ein Bär hielt mich fest. Er tat mir nichts, hielt mich nur umschlungen.

Schließlich nahm er mich mit, führte mich durch die Wildnis und fütterte mich mit Fisch und süßen Beeren. Dann kamen wir zu seiner Höhle. Davor saß Jay auf einem Stein und spielte Flöte. Er hob den Kopf und sah mich traurig an.

»Wer bist du?«, fragte er.

»Ich bin Jodie«, sagte ich. »Erkennst du mich denn nicht?«

»Ich habe niemanden mehr«, erwiderte er. »Der Bär ist jetzt meine Familie.«

Ich schreckte aus meinem Traum und hörte die Trommel. Der

rhythmische Klang wurde eins mit dem Schlag meines Herzens. Durch das Öffnungsloch sah ich die Sterne. Ein Nachtvogel schrie und verstummte wieder. Ganz weit weg hörte ich ein einsames Heulen. *Wölfe*. Ich war zu müde, um mir ihretwegen Sorgen zu machen. Bald merkte ich, wie ich langsam wieder in den Schlaf hinüberglitt.

Am nächsten Morgen wachte ich auf, weil jemand meinen Namen rief. Ich öffnete die Augen und mein Blick fiel auf Segeltuch und Zeltstangen. Es dauerte einen Moment, bis ich wieder wusste, wo ich war.

»Ja?«, antwortete ich verschlafen.

Es war Althea. Sie hatte die Klappe vor dem Eingang zur Seite geschoben und steckte den Kopf ins Tipi.

»Wie spät ist es denn?«, fragte ich, denn mir war jegliches Zeitgefühl abhanden gekommen. Aber ich war jetzt hellwach. Der Schlaf hatte Wunder gewirkt.

Die Indianerin lächelte über meine Frage. »Schon bald Mittag«, sagte sie. »Wir werden Jays Bruder jetzt beerdigen. Ich dachte, vielleicht willst du mitkommen.«

Ich rieb mir den Schlaf aus dem Gesicht. »Ich weiß nicht . . . Eigentlich ja. Aber ich fürchte, niemand will mich dabeihaben.«

»Ganz im Gegenteil. Es wäre unhöflich, nicht dabei zu sein. Außerdem: Jay braucht dich.«

Ich schüttelte den Kopf. »Wir sind nicht befreundet«, erklärte ich ihr. »Er musste mich mitnehmen und mir blieb nichts anderes übrig, als bei ihm zu bleiben. Wir kennen uns erst seit zwei Tagen.«

»In zwei Tagen kann viel passieren. Ihr habt zwei Nächte nebeneinander gelegen. Da vermischen sich die Träume, die Gedanken. Man wird vertraut.« Althea lächelte. »Magst du Jay?«

Darüber musste ich nicht lange nachdenken. »Ja, ich mag ihn. Aber seit sein Bruder tot ist, verhält er sich ziemlich merkwürdig mir gegenüber.«

»Das musst du verstehen, Jodie. Für einen Cree-Jäger ist es unmännlich, Kummer oder Trauer zu zeigen. Deshalb zieht Jay sich zurück. Das heißt nicht, dass er dich nicht braucht. Sei einfach in seiner Nähe.«

»Na gut«, ich seufzte. »Ich komme mit.«

Nach einer schnellen Morgentoilette versuchte ich dem Haarwust auf meinem Kopf Herr zu werden, aber es gelang mir nicht. Ich musste Jay endlich nach einer Bürste fragen, obwohl es vermutlich dafür längst zu spät war. Nicht mal eine Bürste mit magischen Kräften würde in dem Filz auf meinem Kopf noch etwas ausrichten können.

Ich schwang mich auf meinen Krücken über die Wiese zu Althea. Sie stand vor einem kleinen Spiegel, der an einem Baumstamm aufgehängt war, und kämmte ihr Haar. Sie trug ihren langen roten Rock und eine weiße Bluse, die mit bunten Phantasieblumen bestickt war. Erst als ich neben ihr stand, sah ich, dass die Bluse nicht aus Stoff, sondern aus weichem, fast weiß gegerbtem Leder war.

Mit flinken Fingern flocht Althea ihr kräftiges Haar zu einem Zopf.

»Ist dir nicht warm?«, fragte sie und zupfte an Jays Fleecejacke, die inzwischen auch nicht mehr ganz sauber war.

»Doch. Aber ich habe es noch nicht geschafft, mein T-Shirt zu flicken.«

Sie zog mich in ihr Tipi, wühlte in einem großen, kastenförmigen Koffer und reichte mir ein rotes T-Shirt mit einer stilisierten Schildkröte darauf. »Da, zieh das an. Ich schenke es dir.«

Ich bedankte mich freudig und zog es über.

»Die Jacke und dein T-Shirt kannst du dir später hier abholen.«

Althea verließ das Tipi und ich folgte ihr. Gerade wollte ich sie um ihren Kamm bitten, als plötzlich die Trommel und der Gesang wieder einsetzten und die Männer aus dem großen Versammlungszelt kamen, das dicht am Waldrand stand.

Vorneweg Henry, der Medizinmann. Er schlug die Trommel und sang. Ihm folgten Eric, Reggie, Frank und Mike. Sie trugen Lukes Leichnam auf ihren Schultern. Dann kam Robert, einen verzweigten Ast in der Hand, in den jemand bunte Stoffbänder und Tabakbeutel geknüpft hatte, und zuletzt Jay.

Ich erschrak, als ich sein Gesicht erblickte. Jetzt sah er selbst aus wie ein Toter, so blass, mit dunklen Ringen unter den Augen. Aber als sich unsere Blicke trafen, huschte ein Leuchten über sein Gesicht und er nickte mir kaum merkbar zu. Da war ich froh, Altheas Bitte nachgekommen zu sein.

Die Männer liefen am Küchenzelt und am Gemüsegarten vorbei, und schlugen den Pfad zum Friedhof ein. Althea und ich schlossen uns ihnen an.

Ich sah Jays wankenden, müden Gang. Er war vollkommen erschöpft, konnte sich kaum noch auf den Beinen halten. Da spürte ich wieder, wie sehr ich ihn mochte. Und gleichzeitig wusste ich, dass es vollkommen sinnlos war, diesem Gefühl nachzugeben. Jay Muskalunge stammte aus einer anderen Welt. Der einzige Ort, an dem wir zusammen sein konnten, war dieses einsame Camp.

Im hellen Licht der Mittagssonne wurde Lukes Körper der Erde übergeben. Einige seiner persönlichen Sachen legten die Männer zu ihm ins Grab, so auch sein Gewehr. Henry schlug die Handtrommel und sang auf Cree. Die anderen fielen in seinen Gesang ein. Althea, die neben mir stand, hatte eine schöne, tragende Stimme. Die fremden Worte schienen in ihrer Kehle zu schmelzen, bevor sie über ihre Lippen kamen. Trotz der Hitze lief mir eine Gänsehaut über den Rücken.

Nachdem die Männer die ganze Nacht bei Luke Totenwache gehalten hatten, war die Beerdigung ein kurzer Akt. Robert sagte ein paar Worte. Mike und Eric schaufelten Erde ins Grab und die anderen häuften Steine darauf.

»Wegen der Bären«, bemerkte Althea leise.

Robert übergab den Ast mit den bunten Stoffbändern an Jay und der steckte ihn auf den Steinhügel. Jeder aus dem Camp legte noch eine kleine persönliche Gabe auf das Grab: ein Lederbeutelchen, eine kleine Dose aus Birkenrinde, ein perlenverziertes Armband, eine bemalte Feder. Damit war die Beerdigung vorbei und ich spürte ein kaum merkliches Aufatmen unter den Anwesenden.

Frank nahm mich zur Seite und erkundigte sich nach meinem Fuß.

»Ich komme gut zurecht mit den Krücken«, sagte ich, und verschwieg ihm, dass meine Achselhöhlen wehtaten, weil das harte Holz drückte.

»Und sonst?«

»Es geht schon.«

Plötzlich fasste mich jemand hart an der Schulter und zog mich herum. Es war Reggie. In seinen schwarzen Augen stand Entrüstung und Zorn, während er mich anstarrte, als wäre ich ein böser Geist. Doch dann ließ er mich los und lief davon, als würde er vor mir fliehen.

Schließlich kehrten die Männer einer nach dem anderen ins Camp zurück. Nur Jay stand noch am Grab seines Bruders. Althea legte eine gelbe Blume auf das Grab daneben. Ihre Lippen formten halb ausgesprochene Worte, als würde sie beten. Dann erhob sie sich und kam auf mich zu.

»Lass uns auch zurückgehen«, sagte sie. »Er muss jetzt eine Weile allein sein.«

Wir nahmen den Weg, den wir gekommen waren. Ich fragte Althea nach den anderen beiden Gräbern und sie erzählte mir von Louis, Mikes Cousin, der einen Zusammenstoß mit einer Elchkuh nicht überlebt hatte. Sie sprach aber auch von ihrer Tochter Tia, die im vergangenen Winter an einer Lungenentzündung gestorben war.

»Sie ist ins Eis eingebrochen und kam alleine nicht wieder heraus.

Als Reggie sie endlich aus dem eisigen Wasser gezogen hatte, war sie schon völlig unterkühlt. Wir haben alles versucht, aber wir konnten sie nicht retten. Wenn Tia nicht gestorben wäre, wäre ich jetzt Großmutter.«

»Das ist ja furchtbar.« Ich war schockiert über das, was ich eben gehört hatte.

»Die Wildnis gibt, aber sie nimmt auch«, sagte Althea.

Ich schwieg, meine Kehle war wie zugeschnürt. Wie anders diese Menschen doch waren. Es fiel mir schwer, sie zu verstehen. Althea hatte ihre Tochter und ihr ungeborenes Enkelkind an die Wildnis verloren. Trotzdem war sie noch hier. Sie konnte lachen und sie konnte singen.

»Ich glaube, ich weiß, was du denkst«, sagte sie. »Ich könnte versuchen, es dir zu erklären, aber du würdest es nicht verstehen.«

»Weil ich weiß bin?«

»Weil du jung bist, Jodie. Weil die Wildnis ein fremdes, ein grausames Wesen für dich ist.« Sie blieb lächelnd stehen, als Flötentöne zu uns drangen. Töne, so traurig und schwer, so voller tiefem Schmerz, dass mir Tränen in die Augen traten.

»Es ist gut, dass er spielt. Das wird ihm helfen«, sagte Althea.

Wir erreichten das Lager. Frank stand mit Henry und Eric zusammen vor dem Versammlungszelt, die anderen drei Indianer waren nicht zu sehen.

»Hilfst du mir beim Kochen?«, fragte die Indianerin. »Ich könnte jemanden brauchen. Die Jungs sind zwar große Jäger, aber für Küchenarbeit haben sie nichts übrig.«

»Klar.« Ich war froh, mich nützlich machen zu können. Vielleicht würde das die Männer mir gegenüber versöhnlicher stimmen. Immerhin musste ich ja noch ein paar Tage – wenn auch unfreiwillig – mit ihnen auskommen.

Im Küchenzelt ließ Althea mich Kartoffeln schälen und in grobe Würfel schneiden, während sie ein großes Stück Elchfleisch zerteilte. Ich wartete darauf, dass mir schlecht wurde beim Anblick der roten Fleischklumpen, aber erstaunlicherweise hielt ich mich tapfer. Es war ja auch nichts drin in meinem Magen, was hätte nach oben wandern können.

Altheas Hände arbeiteten flink, dabei erzählte sie mir ganz ungezwungen von ihrem prügelnden Ehemann, vor dem sie weggelaufen war.

»Der alte Henry ist mein Onkel. Er hat mich ins Camp geholt. Das war vor drei Jahren. Tia lebte in der Stadt. Sie kam vergangenen Sommer ins Camp, eigentlich nur, um mich zu besuchen. Aber dann verliebte sie sich in Reggie, wurde schwanger und blieb.«

»Ich könnte hier nicht leben«, sagte ich voller Inbrunst.

»Das musst du ja auch nicht, Jodie. Wer die Wildnis nicht kennt, dem macht sie Angst.«

»Ja. Jay nennt mich Hasenfuß, weil ich so leicht erschrecke.«

Althea schmunzelte. »Mir scheint, er mag dich.«

»Weil er mich Hasenfuß nennt?«

»Ja.«

Fleisch, Zwiebeln und Rüben kamen in einen großen schwarzen Kessel, der über dem Feuer hing. Die Kartoffeln gab die Indianerin erst später dazu. Sie würzte den Eintopf mit Salz, Pfeffer und verschiedenen getrockneten Kräutern, Pilzen und pulverisierten Wurzeln. Schon bald duftete es gut und mir lief das Wasser im Mund zusammen.

Ich hatte seit dem gestrigen Abend nichts mehr gegessen, aber merkwürdigerweise war mein Hungergefühl gar nicht groß. Jedenfalls nicht so, wie es eigentlich sein müsste. Mein Magen gewöhnte sich langsam daran, dass er auf Schokoladenriegel und all die anderen köstlichen Sachen verzichten musste. Und der Bund meiner Khakis saß bereits ungewohnt locker auf meinen Hüften.

13.

Die Männer kamen vollzählig zum Essen, bis auf Jay. Was er wohl machte? Ob er immer noch am Grab seines Bruders Flöte spielte?

Ich beobachtete Henry, wie er etwas Suppe in eine Schüssel füllte und Bannock hineinbrockte. Er murmelte ein Gebet auf Cree und brachte die Schüssel an den Waldrand, wo er sie ins Gras stellte. Erst dann wurde gegessen.

Altheas Suppe schmeckte gut, aber mein Magen schien geschrumpft zu sein, ich bekam kaum etwas hinunter. Vielleicht lag es auch an dieser merkwürdigen Gesellschaft, in der ich mir wie ein Eindringling vorkam. Der einzige Blondschopf unter lauter Schwarzhaarigen. Ich fühlte mich so unwohl, wie ich es noch nie in Gegenwart anderer erlebt hatte. Ein paar Löffel Suppe zwang ich mir hinein, aber als Althea Nachschlag verteilte, lehnte ich ab.

Nach dem Essen spülte ich Löffel und Blechschüsseln in einem Eimer mit Wasser, das wir auf dem Feuer erhitzt hatten. Danach bat mich Althea, das restliche Elchfleisch von den Knochen zu lösen und in Steaks für den Abend zu teilen. Sie sagte das, als wäre es etwas Selbstverständliches, und für sie war es das mit Sicherheit auch. Nur für mich nicht. Ich hatte so etwas noch nie gemacht, aber ich mochte ihr die Bitte auch nicht abschlagen. Althea war von Anfang an freundlich zu mir gewesen und ich wollte ihr etwas davon zurückgeben.

Mit angehaltenem Atem fasste ich nach dem Messer und einem der großen Schenkelknochen. Was ich zu Stande brachte, war ein blutiges Gemetzel, ein Schneiden, Zerren und Reißen. Bis zu den Handgelenken war ich voller Blut und auf einmal spürte ich, wie heiße Tränen über meine Wangen liefen.

Althea legte eine Hand auf meinen rechten Arm, nahm mir das Messer aus der Hand und zeigte mir, wie ich es ansetzen musste, um mir die Arbeit zu erleichtern. Dann ließ sie mich weitermachen.

Als wir fertig waren, bedankte sie sich für meine Hilfe.

»Geh baden«, schlug sie vor. »Das Wetter ändert sich bald.«

Ich ließ meinen Blick über das Camp wandern und sie merkte es. »Warte einen Augenblick. Ich komme mit dir. Ich zeige dir eine Stelle am See, wo die Männer nicht hindürfen.«

Sie verschwand in ihrem Tipi und kam mit einem Handtuch, Seife und Shampoo wieder heraus.

»Kann ich mir deinen Kamm und den Spiegel borgen?«, fragte ich.

»Ja, nur zu.«

Wir liefen Richtung See, bogen dann aber auf einen Pfad ab, der ein Stück durch den Wald führte und an einer verborgenen Bucht endete. Heller, fester Sand führte an dieser Stelle vom Ufer bis weit in den See hinein. »Hier kannst du dich ungestört waschen, Jodie. Für die Männer ist die Bucht tabu.«

Sie zog sich aus und stieg ins Wasser. Althea war hellhäutiger als die Männer, groß und knochig, mit flachen Brüsten und breiten Hüften.

Ich folgte ihr, wusch mich und schwamm ein Stück. Das Gefühl der Sauberkeit und Frische danach war wunderbar.

Ich fragte Althea, für wen Henry die Schüssel an den Waldrand gestellt hatte und sie sagte: »Für die *Manitus,* die Geister. *Spirit Food,* noch nie was davon gehört?«

Ich schüttelte den Kopf.

»Wir danken den Geistern des Waldes und der Tiere dafür, dass wir nicht hungern müssen. Deshalb geben wir ihnen etwas von unserem Essen ab.«

»Ach so, ich verstehe.«

»Wenn ich das Schüsselchen zurückhole, ist es meistens leer.« Althea zwinkerte mir vergnügt zu.

Im Tipi hängte ich den Spiegel an eine Zeltstange und betrachtete mein Gesicht aus der Nähe. Der Grind auf den Kratzern und Mückenstichen hatte sich im Wasser gelöst, genau so wie die verbrannte, abgestorbene Haut.

Nachdem ich mich mit Franks Salbe eingecremt hatte, sah ich wieder einigermaßen passabel aus. Keine eitrigen Pickel mehr auf Kinn und Stirn, keine Hautfetzen auf der Nase. Die Beule war auch verschwunden, nur ein gelbgrüner Fleck war zurückgeblieben, der empfindlich schmerzte, wenn ich mit dem Finger draufdrückte.

Aber meine Haare sahen schlimm aus. Sie waren hoffnungslos verfilzt, da hatte auch das Shampoo nichts ausrichten können. Ich mochte meine Haare, aber nun würde mir nichts anderes übrig bleiben, als sie abzuschneiden.

Trotzdem fuhr ich mit dem Kamm in die noch feuchten Strähnen, doch die großen Zinken blieben nach wenigen Millimetern hängen. Ungeduldig zerrte ich an den Haaren herum, es ziepte höllisch und ich wurde wütend. Wie eine Furie riss ich am Kamm.

Plötzlich hielt jemand meine Hand fest. »Hey, was soll denn das werden? Willst du dich skalpieren?«

Es war Jay. Ich hatte nicht bemerkt, wie er ins Zelt gekommen war. Erschrocken starrte ich ihn an. »Sie sind völlig verfilzt«, stammelte ich. »Ich muss sie abschneiden.«

»Abschneiden?«

»Ja. Hast du eine Schere?«

»Ich habe eine Schere«, sagte er, »aber die kriegst du nicht. Ich will nicht, dass du deine Haare abschneidest.« In seinen Augen lag ein seltsamer Ausdruck und in meiner Magengegend war plötzlich ein Flattern. Vielleicht hatte Althea Recht. Jay mochte meine Haare. Vielleicht mochte er auch alles andere, selbst wenn das schwer zu glauben war.

»Lass mich es versuchen, okay?« Er zog am Kamm und nach kurzem Zögern ließ ich los.

Die Prozedur war weniger schmerzhaft, als ich erwartet hatte, aber sie dauerte ewig. Ich hatte die Augen geschlossen und grub die Zähne in meine Unterlippe. Mit Engelsgeduld entwirrte Jay jede einzelne Strähne auf meinem Kopf, als wären es Goldfäden und nicht meine erbärmlich verfilzten Haare. Manchmal berührten seine Fingerkuppen meine Kopfhaut, dann hielt ich jedes Mal den Atem an. Ich war verblüfft, wie sanft er sein konnte, wo ich doch genau wusste, wie viel Kraft in diesen Händen steckte.

Schließlich hatte er es geschafft. Ein paar Federn hatte ich lassen müssen, aber meine Haare ließen sich wieder durchkämmen. Mit einem müden Lächeln reichte Jay mir den Kamm. Er kramte in der Vordertasche seiner ausgebeulten Kordhose und brachte ein Haargummi zu Tage.

»Danke«, sagte ich.

Er nickte.

»Bist du okay?«, fragte ich und nahm meine Haare zusammen.

»Ich komme schon klar«, erwiderte er, aber es klang niedergeschlagen und müde. »Was ist mit dir?«

»Es geht so. Deine Kumpel mögen mich nicht.«

Jay zuckte die Achseln. »Es war ziemlich dumm von dir, ihnen zu erzählen, dass du von zu Hause abgehauen bist.«

Überrascht sah ich ihn an. »Aber wieso?«

»Nun denken sie, dass du von der Polizei gesucht wirst und sie Ärger bekommen, wenn man dich hier findet.«

»Wer soll mich denn *hier* finden?«

»Niemand. Aber wenn du wieder zu Hause bist, werden sie dich fragen, wo du die ganze Zeit über gesteckt hast.«

»Und was ist dabei? Ich denke, ihr seid Jäger. Oder stimmt das etwa nicht?«

Jays Blick wurde auf einmal misstrauisch. »Was soll denn daran nicht stimmen?«

»Ich weiß es nicht. Vielleicht seid ihr Zigarettenschmuggler.«

Ein spöttisches Schnauben kam aus seiner Kehle. »Zigarettenschmuggler? Wie kommst du denn darauf?«

Ich hob die Hände. »Keine Ahnung. Irgendwie sind deine Freunde merkwürdig.«

»Vielleicht sind wir merkwürdig, aber Zigarettenschmuggler sind wir nicht. Das kannst du mir glauben.«

»Ich werde nichts erzählen.«

»Was?«

»Wenn ich wieder zu Hause bin. Ich werde nicht erzählen, wo ich war.«

Jay nickte. »Ich glaube dir sogar. Aber Robert misstraut dir und Reggie hält dich für eine kleine . . .«

». . . weiße Göre«, unterbrach ich ihn.

»Ja.«

»Damit muss ich wohl leben und sie müssen damit leben, dass ich hier bin. Wenigstens Althea ist in Ordnung.«

»Ja, das ist sie.«

»Ich verstehe nicht, wieso sie im Camp bleibt. Nach all dem, was mit ihrer Tochter passiert ist.«

»Weil sie sich nicht vorstellen kann, an einem anderen Ort zu leben. Sie liebt Robert und Robert ist hier. Außerdem will sie in Tias Nähe bleiben.«

»War sie hübsch? Tia, meine ich.«

»Oh ja. Alle waren verrückt nach ihr.«

»Und Reggie hat sie bekommen.«

»Er kam ins Camp, einen Tag bevor Tia es verlassen wollte. Es war Liebe auf den ersten Blick. Sie ist bei ihm geblieben. Er hat viel gelacht in dieser Zeit. Seit sie tot ist, benimmt er sich, als wenn er nichts mehr zu verlieren hätte.«

»Reggie macht mir Angst«, sagte ich. »Heute im Wald, bei der Beerdigung, da hat er mich angesehen, als wäre ich ein Geist.«

»Das liegt an deinem T-Shirt.«

»Althea hat es mir geschenkt.« Ich schaute ihn verwundert an.

»Es gehörte Tia.«

»Oh.«

Später saß ich im Schatten hinter dem Zelt und nähte den Riss in meinem eigenen T-Shirt. Jay hockte neben mir, kaute auf einem Grashalm und sah mir gedankenverloren zu.

»Was hast du eigentlich zu Reggie gesagt im Zelt, als er mich am liebsten rausgeschmissen hätte? *Pasta*. . . äh.«

»*Pastahowin*«, ergänzte Jay.

»Ja. Dieses Wort hatte eine erstaunliche Wirkung.«

»*Pastahowin* bedeutet so viel wie: ›Wenn einer etwas Falsches tut, kommt es zu ihm zurück‹.«

»Wow. Das alles steckt in diesem einen Wort?«

»Ja. Dich aus dem Zelt zu werfen wäre falsch gewesen. Es ist mein Tipi und du bist mein Gast. Reggie hat das akzeptiert.«

Ich war beeindruckt. »Warum ist er so?

»Reggie ist ein Mensch voller Zorn«, antwortete Jay. »Ich glaube, er wurde schon so geboren. Er hasst die Weißen und meint es verdammt ernst damit.«

Ich schluckte beklommen und hielt mit dem Nähen inne. »Althea hat behauptet, er wäre harmlos.«

»Wie man es nimmt. Du musst keine Angst vor ihm haben. Aber soweit ich weiß, hat er in seiner Wut mal jemanden getötet. Ein weißer Junge hat in einer Bar einen betrunkenen Indianer ausgelacht und getreten. Reggie hat sich mit ihm geprügelt und der Junge ist nicht wieder aufgestanden. Reggie war damals so alt wie ich.«

Warum erzählte er dir das?, dachte ich und nähte weiter. Wollte er, dass ich mich fürchtete?

»Und was ist mit Robert?«, fragte ich. »Woher hat er eigentlich diese furchtbare Narbe?«

»Er war in Afghanistan. Sein Jeep wurde von einer Granate getroffen. Alle, die mit ihm im Wagen saßen, waren auf der Stelle tot. Robert überlebte schwer verletzt und sie flickten ihn wieder zusammen. Er lag Monate in einem Militärkrankenhaus. Kurz nachdem er entlassen wurde, kam er ins Camp. Damals lebten nur Henry und Eric das ganze Jahr über hier.«

»Das ganze Jahr über? Auch im Winter?«

»Ja, na klar. Der Winterpelz der Tiere ist besonders dicht und kostbar. Das ist die beste Zeit für einen Jäger.«

Natürlich. Wie konnte ich das nur vergessen. »Mir tun die Tiere Leid.«

Jay seufzte. »Das dachte ich mir.«

»Die meisten berühmten Models weigern sich, in Pelze gekleidet über den Laufsteg zu gehen. Bald wird niemand mehr echte Pelzmäntel tragen.«

»Dann muss ich mich wohl bald nach einem anderen Job umsehen.« Ich sah ihn an, aber er lachte nicht.

»Bist du ein guter Jäger?«

»Ich bin nicht schlecht.«

»Was ist mit Schule?«

»Soll das ein Witz sein?«

»Nein«, sagte ich. »Möchtest du tatsächlich hier in diesem Camp bleiben, ein Leben lang? Nur jagen und fischen? Das kannst du doch nicht wollen.«

»Woher weißt du denn, was ich will?«

Ich sah den Unmut in seinen Augen, trotzdem hielt ich seinem Blick stand. »Ich weiß es nicht, Jay. Sag du es mir.«

Er hob die Schultern. »Mir gefällt mein Leben. Hier kann ich atmen, kann tun und lassen, was ich will. Wenn ich Hunger habe, werfe ich die Angel aus oder schieße mir etwas. Es gibt Pilze und Beeren. Jede Pflanze da draußen ist zu irgendetwas gut. Es ist immer genug Holz da für ein wärmendes Feuer. Alles, was ich brauche, ist hier.«

»Ja«, sagte ich leise. »Dieses Leben ist wunderbar, solange nichts Unvorhergesehenes dazwischenkommt. Aber was, wenn einer Zahnschmerzen hat? Oder der Blinddarm raus muss? Wenn das Eis plötzlich bricht oder sich einer von euch beim Fischen an der Hand verletzt und die Wunde sich entzündet? «

Niedergeschlagen wandte Jay den Blick ab und ließ den Kopf hängen. Jetzt dachte er wieder an Luke und das war meine Schuld.

»Es tut mir Leid.«

»Schon gut, Hasenfuß. Reden wir ein anderes Mal darüber. Ich bin einfach noch nicht so weit.«

Ich konnte den Schmerz in seiner Stimme hören und respektierte, worum er mich bat.

Am Abend ging ich hinüber ins Küchenzelt, um Althea zu helfen. Ich sah zu, wie sie Teig für Bannock anrührte. Gerstenmehl, Wasser, Salz und Schweinefett. Daraus formte sie geschmeidige Teigkugeln, die sie zu Fladen rollte und auf dem heißen Bleck ausbuk. Knusprig warm schmeckte Bannock köstlich. Dazu gab es die auf dem Rost gebratenen Elchsteaks.

Diesmal saß Jay beim gemeinsamen Essen neben mir. Ihn an meiner Seite zu wissen, tat ungeheuer gut, auch wenn er kein Wort sprach. Er war so müde, dass er kaum noch die Augen aufhalten konnte.

Als ich Althea mit dem Abwasch helfen wollte, scheuchte sie mich fort. »Ich schaff das schon alleine, Jodie. Kümmere du dich um den Jungen. Er braucht dringend Schlaf und jemanden, der für ihn da ist.«

Was das Schlafen anging, bedurfte es keiner großen Überredungskünste. Im Tipi gab mir Jay eine zusammengelegte Felldecke. »Hier«, sagte er. »Leg dich dort drüben hin, da ist es schön weich. Gute Nacht, Jodie.«

Ich zog meine Hose aus und ließ mich auf der anderen Seite der

Feuerstelle auf einer Felldecke nieder. Die Decke war weiß, das sah ich im Licht des Mondes, das durch das Abzugsloch ins Tipi fiel. Noch nie hatte ich etwas so flauschig Weiches in den Händen gehabt, etwas, das so leicht, anschmiegsam und warm war.

Recht schnell verscheuchte ich den Gedanken daran, welches Tier und wie viele seiner Art für diese Kuscheldecke ihr Leben hatten lassen müssen. Hier draußen in der Wildnis war alles anders. Da ging es ums Überleben. Um Nahrung und Wärme. Diese Decke wärmte wunderbar.

Ich lauschte auf Jays Atemzüge und hörte, wie er einschlief.

Nur wenig später war auch ich im Reich der Träume unterwegs, ohne zu merken, wann ich die Grenze überschritten hatte. Luke war da, er schwamm in der Mitte eines Flusses. Dort war die Strömung stark und er drohte unterzugehen. Jay, der am Ufer fischte, sprang blitzschnell ins Wasser, um seinen Bruder zu retten. Er schwamm kraftvoll und schnell, rief Luke zu, dass er durchhalten sollte.

Auf der anderen Seite des Flusses stand aufgerichtet ein großer Bär. »Du musst ihn gehen lassen«, brummte das mächtige Tier. Aber Jay schwamm weiter, streckte die Arme nach seinem Bruder aus.

»Halte durch, Luke . . . halte durch . . .«

Erst nach einer Weile wurde mir klar, dass nicht nur ich träumte, sondern auch Jay. Er warf sich auf den Fellen hin und her, atmete heftig und stöhnte laut. Immer wieder stammelte er den Namen seines Bruders. *»Luke . . . Luke, halte durch . . . Ich bin gleich bei dir.«*

Sollte er tatsächlich dasselbe träumen wie ich? War so etwas möglich?

Plötzlich redete Jay auf Cree. Tiefe Schluchzer kamen aus seinem Inneren und ich konnte nicht länger ertragen, wie er litt.

Auf allen vieren kroch ich um die Feuerstelle herum und beugte mich über ihn. »He, wach auf.«

Er hörte mich nicht.

Ich rüttelte an seinem rechten Arm. »Jay«, sagte ich laut.

Da schnellte er hoch, seine Hände schossen nach vorn und er packte mich fest an den Handgelenken. Sein Atem ging wild, er tat mir weh.

»Du hast geträumt«, flüsterte ich.

»Was?« Er schien nicht mal zu wissen, wer ich überhaupt war.

»Ich bin's, Jodie. Du tust mir weh.«

Jay ließ mich los und fiel stöhnend auf die Felle zurück. »Jodie? Was machst *du* denn hier?«

Das war genau die eine Frage, die ich mir auch immer wieder stellte.

»Du hattest einen Alptraum. Ich wollte dich nur wecken.«

Langsam schien er zu begreifen. »Es tut mir Leid, wenn ich dich erschreckt habe. Das wollte ich nicht. Es war ein furchtbarer Traum. Mein Bruder ist gestorben. Er ertrank im Fluss, obwohl er immer ein guter Schwimmer war. Ich konnte ihn nicht retten.«

Also doch derselbe Traum.

»Du hast seinen Namen gerufen.«

»Ich habe was?«, fragte er so voller Entsetzen, dass mir Angst und Bange wurde.

»Du hast seinen Namen gerufen.«

»Das ist schlimm.«

»Aber warum?«

»Weil man den Namen eines gerade erst Verstorbenen nicht laut aussprechen darf. Er ist auf dem Weg ins Land der Toten, und wenn er jemanden seinen Namen rufen hört, kommt er vielleicht zurück.«

»Dein Bruder ist tot, Jay.«

»Ja, ich weiß.«

Ich legte mich neben ihn und flüsterte: »Ich habe dasselbe geträumt.«

»*Was?*«

»Ich habe Lu. . . hm, deinen Bruder gesehen, in der Mitte des Flusses. Er rief um Hilfe und du bist hineingesprungen, um ihn zu retten.«

»Und?«

»Er ist ertrunken. Du warst schnell, aber er blieb unerreichbar. Am anderen Ufer stand ein großer Bär. Er sagte: ›Lass ihn gehen.‹ Hast du den Bären auch gesehen?«

Jay stöhnte. »*Wer bist du?«,* fragte er. »Wer bist du, dass du in meine Träume sehen kannst?«

»Ich bin's, Jodie«, antwortete ich.

Er zog seine Decke über uns beide. »Das ist unheimlich«, hörte ich ihn sagen. Nach einer Weile war er wieder eingeschlafen.

Ich hörte die Wölfe heulen, diesmal lauter als in der Nacht zuvor. Trotzdem fielen auch mir wenig später die Augen zu.

14.

Der entfernte Gesang einer tiefen Frauenstimme weckte mich am nächsten Morgen. Das war Althea. Ich schlug die Augen auf und blickte direkt in Jays Gesicht. Er war wach und lag auf der Seite, den Kopf auf seinen gesunden Arm gebettet.

»Das Frühstück ist fertig«, sagte er.

»Ich hab keinen Hunger« (Hatte ich das wirklich gesagt?). Tatsächlich hielt sich mein Appetit in Grenzen, wenn ich an die mürrischen Gesichter der Männer dachte. Nicht mal ein Eis mit heißer Schokoladensoße hätte mich ins Küchenzelt gelockt. Überhaupt, es war noch nicht einmal richtig hell. Ich warf einen Blick auf meine Armbanduhr, aber die Zeiger hatten sich keinen Millimeter bewegt.

»Es wird so gegen neun sein«, sagte Jay. »Schon merkwürdig, dass du nicht mal hier draußen ohne Uhr auskommst.«

Ich wollte etwas erwidern, da hörte ich den Regen, der leise auf die Zeltplane tropfte.

»Es regnet.« Ich kuschelte mich zurück in das weiche Fell.

»Altheas Frühstück ist unübertrefflich.«

»Besser, deine Kumpel sehen mich nicht. Dann vergessen sie vielleicht, dass ich hier bin.«

»Wohl kaum. Was ist eigentlich los mit dir, Hasenfuß? Du warst doch bis jetzt nicht feige.« Jay setzte sich auf und zog seine schwarzen Kordhosen an.

»Wieso sagst du das?«, fragte ich. »Du weißt genau, dass ich Angst habe. Angst vor Bären, Angst vor Libellen, Angst vor allem. Deine Jägerfreunde sind mir unheimlich.«

»Ich habe ja auch nicht behauptet, dass du jemand bist, der keine Angst hat. Jeder Mensch hat Angst. Denkst du, ich habe mich nicht gefürchtet vor dem Bären?« Er lachte kopfschüttelnd. »Ich sagte, du warst nicht feige. Und das bist du auch nicht.«

»Und ich dachte, du wärst sicher gewesen, dass der Bär dir nichts tut.«

»War ich ja auch. Trotzdem musste ich seine Wut und seinen stinkenden Geifer aushalten, der mir um die Ohren flog.«

Ich verzog angeekelt das Gesicht.

»Komm«, sagte er, »du weißt genau, dass Reggie dir nichts tun wird.«

»Du meinst, ich muss seine Wut aushalten, seinen Geifer, der mir um die Ohren fliegt?«

»Ja. Das macht dich stark.«

Ich gab schließlich nach und zog mich an. »Lass mich nicht mit ihm allein, hörst du?«

»Mach ich nicht. Versprochen.«

Meine Krücken musste ich im Tipi zurücklassen, denn der Boden war vom Regen aufgeweicht und die Stöcke blieben stecken. Gefrühstückt wurde gemeinsam im großen Tipi. Es gab auf dem Blech über dem Feuer gebackene Pfannkuchen mit süßem Ahornsirup und Rührei mit Speck. Dazu Kaffee oder Pfefferminztee. Jay hatte Recht, das Frühstück war köstlich und für einen Augenblick überkam mich der Wunsch, mir so richtig den Bauch voll zu schlagen. Merkwürdigerweise war ich nach dem ersten Pfannkuchen satt.

Die Männer waren in missmutiger Stimmung, was vermutlich am Wetter lag und weniger an mir. Zumindest redete ich mir das ein. Trotzdem war ich froh, als ich mit Jay wieder zum Tipi zurückgehen konnte.

»Was macht dein Fuß?«, fragte er. »Du humpelst immer noch.«

»Ich versuche, ihn nicht zu belasten. Aber es wird schon besser.«

»Hoffentlich stimmt, was Frank gesagt hat, und es ist wirklich nur eine Bänderzerrung.«

»Warum sollte das nicht stimmen? Traust du Waboon nicht?«

Er zuckte die Achseln.

Nachdem wir ins Tipi gestiegen waren, schloss Jay die Klappe hinter uns. »Wenn du wieder schmerzfrei laufen kannst, bringe ich dich zurück. Du musst mir nur sagen, wenn es so weit ist.«

»Ja«, ich nickte, »klar.«

Obwohl der Regen heftiger wurde, verschwand Jay gegen Mittag zum Angeln nach draußen. Er erklärte mir, dass bei Regen die Fische besonders gut beißen würden. Auch Eric und Mike fischten und brachten ihre Beute zu Althea.

Ich half ihr, den Fisch auszunehmen und zu braten. Dazu gab es Wildreis und gedünstete Farnstängel. Die Mahlzeit war Mittag- und Abendessen zugleich. Im strömenden Regen eilten wir zurück ins Tipi, wo Jay gleich ein Feuer machte. Er öffnete die Stoffklappen oben an der Zeltöffnung, damit der Rauch besser abziehen konnte.

Danach begann Jay, die Sachen seines Bruders durchzusehen. Ich merkte, wie schwer ihm das fiel, aber offensichtlich wollte er es hinter sich bringen. Er sortierte ein paar Kleidungsstücke, Hosen und T-Shirts, die er auch tragen konnte, weil er dieselbe Statur wie sein Bruder hatte. Alles andere blieb, wo es war. Die meisten Dinge schienen sie ohnehin gemeinsam benutzt zu haben.

So viele Fragen lagen mir auf der Zunge, doch ich schwieg. Ich hatte dazugelernt. Wenn Jay reden wollte, dann würde er das tun, ohne dass ich ihn mit Fragen löcherte.

Es sollte noch eine Weile dauern. Jay saß am Feuer, eine Holzschale in den Händen. In der Schale befanden sich Pflaumenkerne, die auf der einen Seite mit weißer und auf der anderen mit schwarzer Farbe bemalt waren. In Gedanken versunken, ließ Jay die Kerne in der Schale hin und her gleiten.

Irgendwann begann er zu erzählen. Von Beaver Creek, dem Indianerdorf, in dem er und sein Bruder aufgewachsen waren. »Es liegt knapp 100 Meilen nördlich von hier«, sagte er, »und man kann es nur mit dem Wasserflugzeug erreichen. Erst gingen wir in die Dorfschule, später auf ein Internat in Moosonee. Ich hatte immer großes Heimweh, aber in den Sommerferien waren wir zu Hause und auch zwei Wochen über Weihnachten. Ich mochte das Leben, fernab von allem. Was die anderen Kids in der Stadt in ihrer Freizeit so trieben, interessierte mich nicht. Videospiele, Alkohol, die Kifferei. Ich bin jeden Tag nach der Schule fünf Meilen gerannt. Die restliche Zeit verbrachte ich meistens mit einem Buch in meinem Zimmer.

In den Sommerferien in Beaver Creek war ich den ganzen Tag draußen, wenn es nicht gerade in Strömen regnete wie jetzt. Unser Vater ging jagen mit meinem Bruder und mir; wir bauten Fallen, hackten Holz. Aber dann wurde Ma krank und musste in ein Krankenhaus. Unser Vater begleitete sie. Das Wasserflugzeug kollidierte mit einem Gänseschwarm und stürzte ab. Das war vor vier Jahren. Ich war dreizehn und mein Bruder gerade volljährig geworden. Um das Sorgerecht für mich zu bekommen, musste er dem Jugendamt einen Job nachweisen. Aber in Beaver Creek gab es keine Jobs.« Jay legte einen neuen Scheit aufs Feuer. Die Flammen wuchsen in die Höhe und warfen einen hellen Schein auf sein Gesicht.

»Zuerst versuchte er es in Moosonee«, fuhr er fort, »aber dort fand er nichts. Schließlich klappte es in Thunder Bay.«

Überrascht sah ich ihn an. Thunder Bay? Aber ich stellte keine Fragen und unterbrach ihn auch nicht.

»Er bekam eine Stelle bei einer Straßenbaufirma und ich ging auf die Highschool.«

Ich schluckte. Jay war in Thunder Bay auf die Highschool gegangen. Für einen Moment kam es mir in den Sinn, dass wir vielleicht dieselbe Schule besucht hatten, ohne dass er mir aufgefallen war. Ich schämte mich, allein für die Möglichkeit.

»Ich hasste die Stadt«, sagte Jay voller Inbrunst. »Der Gestank überall, der Krach. Ich bekam keine Luft zwischen den Häusern. Die hektischen Bewegungen der Leute machten mich nervös, ihre Stimmen waren mir zu laut. Die meisten Menschen in der Stadt bemerken dich überhaupt nicht, ist dir das schon mal aufgefallen?«

Ich zuckte zusammen bei seiner Frage, doch Jay erwartete keine Antwort. Er sprach gleich weiter. »Aber ich hatte meinen Bruder, der für mich da war, und in der Schule klappte es auch ganz gut.«

Er machte eine Pause, holte tief Luft. »Womit ich nicht gerechnet hatte war, dass er nicht stark genug sein würde, um all den Versuchungen zu wiederstehen, die die Stadt mit sich brachte. Er fing an zu trinken und bald nahm er auch Drogen. Weil er nicht mehr pünktlich zur Arbeit kam, verlor er seinen Job. Ohne Geld konnte er keine Drogen beschaffen und er fing an zu klauen. Die Polizei war hinter ihm her. Immer seltener kam er nach Hause. Ich hatte nichts zu essen und schaffte es irgendwann nicht mehr, alleine klarzukommen. Das Jugendamt kriegte es spitz und schickte Kontrollen. Das war das Ende. Sie steckten mich in ein Jugendheim.«

»Du warst in einem Heim«, stieß ich hervor.

»Ja.« Jay legte den nächsten Holzscheit ins Feuer und sah mich an. »Glaub nicht, dass es mir da gefallen hat. Aber ich gewöhnte mich daran. Ich hatte ein eigenes Zimmer und ein paar der Betreuer waren ganz nett. Es war, wie es war. Ohne meinen Bruder konnte ich an meiner Situation nichts ändern. Ich hätte weglaufen können, aber wohin hätte ich gehen sollen? Zuhause in Beaver Creek hätten die Mitarbeiter des Jugendamtes zuerst nach mir gesucht."

Jay schwieg eine Weile und es entstand eine drückende Stille. Ich versuchte mir vorzustellen, was er erzählt hatte, doch es fiel mir schwer.

»Eines Tages«, fuhr er schließlich fort, »passte mein Bruder mich nach der Schule ab. Er sah furchtbar aus. Aschgrau im Gesicht und schrecklich abgemagert. Er erzählte mir von diesem Camp. ›Es ist meine einzige Chance‹, sagte er zu mir. ›Die werden mich einsperren, wenn sie mich kriegen. Und im Gefängnis werde ich sterben.‹«

Jay schwieg einen kurzen Moment. »Er hat mir damit eine Höllenangst gemacht. Wie es mir ging, danach fragte er nicht. Er war schon zu kaputt, als dass er noch ein Gefühl für andere hatte. Ich wollte ihn nicht verlieren, er war der Einzige aus meiner Familie, der noch übrig geblieben war. Also ging ich mit ihm. Das war vor einem Jahr.«

Als Jay weitersprach, hatte sich seine Stimme verändert. »Die ersten Wochen waren die Hölle. Mein Bruder litt unter Entzugserscheinungen. Dämonen verfolgten ihn. Er phantasierte vom *Windigo,* dass der böse Geist angekündigt hätte, ihn zu holen. Kaum eine Nacht, in der ich schlafen konnte. Wäre Althea nicht gewesen, hätte er es wahrscheinlich nicht geschafft. Aber sie war immer da, vertrieb die Dämonen. Manchmal schlief sie sogar in unserem Zelt. Mein Bruder ist ein paar Mal abgehauen, aber Eric und Robert haben ihn erwischt, bevor er sich richtig davonmachen konnte. Und auf einmal war es vorbei. Er hatte es geschafft. Die Wildnis hatte ihm sein Leben wiedergegeben.«

»Und sie hat es ihm genommen«, sagte ich leise.

»Ja«, erwiderte Jay. »Jetzt sind Althea, Robert, Reggie und die anderen meine Familie. Ich weiß nicht, warum ich dir das alles erzählt habe. Wahrscheinlich weil ich will, dass du es verstehst. Du musst noch ein paar Tage mit mir auskommen und vielleicht wird es einfacher für dich, wenn du diese Dinge über mich weißt.«

»Wow«, sagte ich.

»Was?« Er hob den Kopf und sah mich an.

»Ich habe dir nicht eine einzige Frage gestellt und du hast mindestens zehn beantwortet.«

Jay nickte und sagte: »Na ja, nun weißt du wenigstens, wie das bei uns Indianern läuft.«

Wir beschlossen schlafen zu gehen und ich bekam Lukes Regenjacke, weil ich noch mal nach draußen wollte, um mir die Zähne zu putzen.

Auch in den anderen Tipis brannten Feuer, Rauch quoll aus den Abzugslöchern. Die warm erleuchteten Zeltkegel sahen gemütlich aus, auch wenn ich mir nicht vorstellen konnte, dass die Segeltuchplane auf Dauer den Regen abhalten würde.

Drinnen schlüpfte ich aus meinen Sachen und kuschelte mich unter die weiche Felldecke. »Ich hätte nichts dagegen, wenn du noch was auf deiner Flöte spielst«, sagte ich. »Ich höre dir gerne zu.«

Jays Antwort kam erst nach einigem Zögern. »Meinetwegen«, erwiderte er. »Aber nur, wenn ich heute Nacht wieder neben dir liegen darf.« Ehe ich etwas einwenden konnte, fügte er hinzu: »Ich hab Angst vor meinen Träumen. Du musst mich wecken, *bevor* ich den Namen meines Bruders rufe.«

Ich nickte. Wir hatten drei Nächte nebeneinander verbracht, und als ich letzte Nacht allein eingeschlafen war, hatte ich seine Wärme vermisst.

Jay setzte sich im Schneidersitz ans Feuer, holte die Flöte aus ihrer

Lederhülle und begann zu spielen. Das Instrument war selbst geschnitzt und reichlich mit winzigen bunten Perlen verziert. Es hatte nur sechs Löcher. Jays Fingerkuppen wanderten mit erstaunlicher Leichtigkeit von einem Loch zum anderen und sein Atem entlockte dem Holz unglaubliche Töne. Diesmal war es, als würde er mit seiner Flöte Geschichten erzählen. Geschichten von guten und bösen Waldgeistern, von wilden Tieren und tapferen Jägern; von kalten Wintern und fröhlichen Abenden am Lagerfeuer.

Seine Finger tanzten über das Holz und sein Atem verwandelte sich in Klang. Er hatte einen konzentrierten Zug auf dem Gesicht, ließ sich von meiner Anwesenheit nicht ablenken. Meine Phantasie war groß und ich mochte es, ihm zuzuhören, während der Regen auf die Zeltplane prasselte. Vier Tage war es jetzt her, dass der Zufall Jay und mich zusammengeführt hatte, vier Tage, die wir gemeinsam verbracht hatten. Mir kam es so vor, als würde ich ihn viel länger kennen. Ich hatte das Gefühl, schon seit Wochen unterwegs zu sein, so viel war in dieser kurzen Zeit passiert.

Ich war gerne mit Jay zusammen und es gefiel mir, wenn er mich Hasenfuß nannte. (Ziemlich bedenklich, oder?) Ich glaube, er mochte mich, auch wenn ich nicht wusste, warum. Allerdings schien er anzunehmen, dass ich so schnell wie möglich zurückwollte. Dabei wünschte ich mir etwas ganz anderes. Ich hoffte, er würde mir zeigen, dass er mich mochte. Ich wünschte, er würde mich endlich küssen.

War das Liebe? Oder was war los mit mir?

Der letzte Ton aus Jays Flöte verklang und er steckte sie in ihre Hülle zurück. Dann verschwand er nach draußen, und als er zurückkam, legte er sich neben mich.

»Was ist das für ein Fell?«, fragte ich. »Es ist so weich.«

»Schneehase. Im Winter ist ihr Fell langhaarig, dicht und ganz weiß. Es wird in dünne Streifen geschnitten, die dann verflochten werden.«

»Das hört sich nach Arbeit an.«

»Wenn man den Dreh erst raushat, geht es ganz leicht.«

»Wie Flötespielen?«

»Ja.«

»Wer hat es dir beigebracht?«

Jay seufzte leise. »Und ich hatte schon gedacht, dir wären die Fragen ausgegangen, Hasenfuß.«

Ich drehte mich zur Seite, von ihm weg. »Gute Nacht, Jay.«

»Es war Robert«, sagte er. »Robert hat mir das Flötespielen beigebracht.«

Ich fühlte, wie er träumte. Er knirschte mit den Zähnen und ich hörte sein ersticktes Stöhnen. Dass ich neben ihm lag, schützte ihn nicht vor seinen Ängsten. Es musste derselbe Traum von vergangener Nacht sein, denn auf einmal machte er Schwimmbewegungen und schrie die gleichen Worte wie gestern.

Ich rüttelte ihn am Arm. »Wach auf, Jay! Du träumst.«

Er schnellte nach oben, keuchte, als wäre er gerannt. Ich griff neben mich und knipste die Taschenlampe an. Jay war schweißgebadet, Haarsträhnen klebten ihm nass auf der Stirn.

»Es ist nicht deine Schuld, dass Lu. . . dein Bruder gestorben ist«, sagte ich. »Du musst das akzeptieren.«

Er wischte mit dem Handballen über seine Stirn und ließ sich stöhnend auf die Decke zurückfallen. »Ich weiß, dass es nicht meine Schuld ist«, sagte er. »Aber davon hören verdammt noch mal die Alpträume nicht auf.«

Ich knipste die Taschenlampe wieder aus und nach und nach gewöhnten sich meine Augen an die Dunkelheit. Es regnete immer noch, wenn auch nicht mehr so heftig wie am Abend. Ich war hellwach.

»Hast du den Bären gesehen, in deinem Traum?«, fragte ich.

»Ja.«

»Der Bär ist doch dein Schutzgeist. Er hilft dir, wenn du nicht mehr weiterweißt.«

Ich hörte, wie Jay schluckte. »Es ist unheimlich, wenn du dir alles merkst, was ich dir erzähle.«

»In *meinem* Traum sagte der Bär, du sollst deinen Bruder gehen lassen.«

»In meinem sagte er das auch.«

»Warum hörst du nicht auf ihn?«

»Weil es so wehtut, Hasenfuß. Und weil es so verdammt schwer ist, ihn gehen zu lassen.« Jay schwieg eine ganze Zeit, doch dann drang seine Stimme wieder durch die Dunkelheit zu mir. »Ich bin in dem Glauben aufgewachsen, dass mir nichts passieren kann, wenn er nur bei mir ist«, sagte er. »Als ich klein war, hat er mich oft auf den Schultern getragen. Er war schon mit vierzehn sehr kräftig und ich habe mich in seiner Nähe vollkommen sicher gefühlt. Ich bin ihm überallhin gefolgt, wenn er mich gelassen hat. Wie ein kleiner Hund.« Er stöhnte. »Aber dann starben unsere Eltern und wir standen ganz alleine da. Ich hatte ihn, der mich beschützte, aber er konnte niemandem seine Sorgen anvertrauen. Damals habe ich ihn zum ersten Mal weinen sehen. Nicht am Grab unserer Eltern, da stand er wie erstarrt und hat keine Träne vergossen. Er weinte zu Hause, am Herd, als er nur für uns beide kochte.« Jay verstummte einen kurzen Moment. »Die Leute von Beaver Creek kümmerten sich um uns und vielleicht wäre alles gut gegangen, wenn wir im Dorf geblieben wären. Aber mein Bruder brauchte einen Job, damit wir zusammenbleiben konnten, und alles geriet aus dem Ruder.«

Ich hatte auf einmal das ungute Gefühl, dass Jay sich auch dafür verantwortlich fühlte. Für *ihn* war Luke in die Stadt gegangen. Für *ihn* hatte er sich in der Stadt einen Job gesucht.

An Jays Stimme hörte ich, dass er mit den Tränen kämpfte, als er sagte: »Ich vermisse ihn so. Und ich vermisse Ma und Dad. Wenn ich sie zurückholen könnte, würde ich es tun. Egal, welche Fehler sie machen würden, ob sie manchmal streiten oder mir Dinge verbieten würden. Hauptsache, wir wären wieder zusammen.«

Ich lag da, einen dicken Kloß in der Kehle, und brachte kein Wort hervor. Natürlich war mir klar, was er mir damit sagen wollte. Ich bekam plötzlich Sehnsucht nach meinen Eltern, sogar Nicci fehlte mir. Dass meine Familie meinetwegen leiden würde, jetzt nachdem sie schon genug Probleme am Hals hatte, machte es nicht leichter. Vielleicht war ich ja für Nicci genauso wichtig wie Luke es für Jay gewesen war. Und nun war plötzlich niemand mehr da, zu dem meine kleine Schwester ins Bett schlüpfen konnte, wenn sie Angst hatte oder traurig war.

Ein schlechtes Gewissen kann einem ganz schön zusetzen. Besonders wenn die Umstände es nicht erlauben, die Dinge so schnell wie möglich wieder geradezurücken.

»Mein Bruder und ich haben nie viel geredet«, sagte Jay. »Eigentlich weiß ich kaum etwas über ihn, nur das, was wir zusammen erlebt haben. Und dass er alles für mich getan hätte.«

»Das hast du doch auch«, erwiderte ich. »Du bist mit ihm hierher gegangen. Du hast ihn nicht allein gelassen.«

Jay sagte lange nichts und ich dachte schon, er wäre wieder eingeschlafen. Doch dann sagte er mit kaum hörbarer Stimme: »Ja. Aber er hat mich allein gelassen. Jetzt, wo er tot ist, weiß niemand mehr, wer ich bin.«

15.

In den folgenden drei Tagen regnete es fast ununterbrochen weiter und die grasbewachsene Lichtung, auf der die Tipis standen, wurde morastig. Ich musste ohne meine Krücken auskommen, aber das Laufen fiel mir deutlich leichter als bei meiner Ankunft.

Wenn Althea mich brauchte, half ich ihr bei der Zubereitung der

Mahlzeiten, ansonsten saß ich im Tipi und flickte im Schein der Kerosinlampe Jays Kleidung. So konnte ich mich wenigstens nützlich machen. Mit Nadel und Faden war ich geschickt, ich hatte in der Schule mal einen Nähkurs mitgemacht. Das zahlte sich jetzt aus. Und Jay freute sich darüber. Es gab etliche Knöpfe anzunähen und Dreiangel zu flicken.

Später zeigte mir Jay, was es mit der Schale und den Pflaumenkernen auf sich hatte. Es war ein Spiel. Man musste die Kerne in der Holzschale schütteln, sie nach oben werfen und in der Schale wieder auffangen. Derjenige, bei dem die meisten Kerne mit der schwarzen Seite nach oben lagen, hatte gewonnen.

Wir spielten es mehrere Male. Obwohl Jay sich über meine Ungeschicklichkeit amüsierte (meistens landete ein großer Teil der Kerne in meinem Schoß statt in der Schale), schien ihn das Spielen traurig zu machen. Wahrscheinlich erinnerte es ihn an Luke.

In den Nächten heulten die Wölfe und Jay merkte, wie ich näher an ihn heranrückte. »Vor denen brauchst du dich nicht fürchten«, sagte er. »Sie sind so scheu, dass du nie einen zu sehen bekommen wirst.«

Trotz des Regens gingen die Männer auf die Jagd, hatten aber keinen Erfolg. Deshalb gab es weiterhin Fisch. Fisch in der Suppe, Fisch gegrillt und wieder Fisch in der Suppe.

»Du verlierst deine Hose«, sagte Jay am Abend des zweiten Regentages zu mir, als ich meine Haare kämmte. Ich sah an mir herunter und er lächelte. »Ich besorge dir einen Gürtel, okay?«

Tatsächlich hatte ich einige Pfunde abgenommen. Meinen BH konnte ich nicht mehr tragen, er war viel zu groß und schlug Falten. Und meine Khakis hielten nur noch durch Reibung auf den Hüften. Ich fühlte mich gut, irgendwie leicht und viel beweglicher. Sogar mein Gesicht war schmaler geworden und ich hatte eine reine Haut.

Ich sah hübsch aus und fühlte mich auch so.

Der Gürtel (er war von Luke) half mir, die Hose auf den Hüften zu behalten. Jay hatte mir zwei seiner T-Shirts überlassen, damit ich etwas zum Wechseln hatte, weil sich die Sachen in der feuchten Luft ständig klamm anfühlten.

Am Abend des dritten Regentages kam Frank zu uns ins Tipi. Er wechselte Jays Verband und zeigte sich zufrieden. Die Wunde heilte gut und Jay versicherte, kaum noch Schmerzen zu haben. Auch die Schwellung an meinem Knöchel war fast verschwunden. Ich humpelte immer noch. Allerdings war es inzwischen nur noch ein Reflex.

»Zwei, drei Tage, und du wirst nichts mehr merken«, sagte Frank. »Dann kannst du auch wieder längere Strecken laufen.« Er stützte die Hände auf seine Knie und erhob sich. »Ich denke, nun werde ich im Camp nicht mehr länger gebraucht. Wenn der Regen aufhört, ziehe ich weiter.«

Jay fragte: »Wo willst du denn hin?«

»Zur James Bay.«

»Das ist noch weit.«

»Ja.«

»Warum bleibst du nicht einfach?«

Frank schüttelte den Kopf. »Du weißt, warum.«

Jay nickte traurig.

Als Frank gegangen war, sagte er: »Schade, dass er nicht bleibt. Franks Anwesenheit im Lager hat einiges verändert. Er hat ausgleichend gewirkt. Sogar Reggie hat ihn respektiert.«

»Warum kann er nicht bleiben, Jay?«, fragte ich.

»Vielleicht, weil er allein sein muss«, antwortete er.

Als ich am nächsten Morgen aus dem Tipi ins Freie stieg, schienen Sonnenstrahlen durch die graue Wolkendecke. Dichte Nebelschwaden stiegen aus den bewaldeten Hügeln, die das Lager umgaben. Die Luft war feucht und mir klebten sofort die Kleider am Leib.

Frank Waboon hatte gepackt und nach dem Frühstück verabschiedete er sich von Althea und den Männern. Alle umarmten ihn, sogar Robert und Reggie. Vom alten Henry und von Eric verabschiedete sich Frank besonders herzlich.

»Grüß die Eisbären von uns«, sagte Mike grinsend.

»Mach ich«, erwiderte Frank. »Danke, dass ich ein Weile bei euch sein durfte.«

Althea hatte ihm ein großes Paket mit Proviant zurechtgemacht und Jay und ich begleiteten ihn zum Seeufer, wo sein Kanu lag.

»Danke für alles«, sagte Jay. »Dass du dich um meinen Bruder gekümmert hast, während ich nicht da war. Einiges, was ich zu dir gesagt habe, war dumm, und es tut mir Leid.«

»Schon gut«, erwiderte Frank. »Glaubst du, ich hätte nicht gefühlt, wie es um dich stand?«

»Schade, dass du gehst.« Jay sah auf einmal einsam aus.

Frank griff in seine Hosentasche und förderte eine Karte mit seiner Adresse zu Tage. Er gab sie Jay. »Falls du mal Hilfe brauchst, dann ruf mich an. Und hey«, er legte ihm eine Hand auf die Schulter, »das ist nicht nur so dahin gesagt. Ich meine es ernst.«

Jay nickte, dann half er Waboon, das beladene Kanu ins Wasser zu schieben. Frank stieg hinein und hob die Hand. »Bring die Kleine sicher zurück, Jay. Das bist du ihr schuldig.«

»Das werde ich.«

Frank stieß das Paddel in die Wasseroberfläche und das Kanu glitt lautlos davon. Waboon war ohne Motor unterwegs und hatte noch eine weite Reise vor sich. Jay und ich winkten.

Als wir zusammen ins Camp zurückliefen, schlug Jay vor, für Althea Heidelbeeren zu sammeln. »Dabei hilft ihr nie jemand, aber alle sind wild auf ihren Heidelbeerkuchen, besonders Henry. Sie freut sich bestimmt, wenn wir uns freiwillig melden. Ich werde sie fragen, ob sie Eimer für uns hat.«

»Eimer?«

»Na ja«, er zuckte die Achseln, »es muss sich schon lohnen.«

Auf dem Weg zu Althea kam uns Mikik entgegen, der inzwischen recht zutraulich geworden war, weil Jay ihn ab und zu mit kleinen Leckerbissen fütterte. Er kniete nieder und streichelte den Welpen, der, wie ich inzwischen erfahren hatte, tatsächlich einen wilden Wolf zum Vater hatte. Das Streicheln gefiel Mikik. Wahrscheinlich bekam er wenig Zärtlichkeiten von Reggie. Jay dagegen hatte eine Menge davon zu geben. Er kraulte Mikik, wieder und wieder strichen seine Finger durch das seidige graue Fell.

»Na, mein Kleiner«, sagte er, »bestimmt hast du Hunger. Vielleicht hat Althea einen Knochen für dich übrig. Komm mit!«

Althea hatte einen Knochen und sie war begeistert von Jays Vorschlag. »Du willst tatsächlich Heidelbeeren sammeln?«, fragte sie ungläubig. »Das muss eine ganz schlimme Krankheit sein, die dich befallen hat.« Sie lachte und zeigte ihre Zahnlücke.

»Althea«, brummte Jay verlegen, »lass gut sein.«

Die Indianerin gab jedem von uns einen Eimer, aber es waren Gurkeneimer mit Deckeln und keine großen Wassereimer, wie ich zuerst befürchtet hatte. Trotzdem würden wir zu tun haben, um sie mit Beeren zu füllen.

»Viel Spaß euch beiden«, rief sie uns hinterher. Jay winkte, ohne sich umzudrehen.

Ich rieb mich mit Franks Salbe ein, nahm meine Haare mit dem Gummiband zusammen und setzte die Baseballkappe auf. Als Jay mit geschultertem Gewehr aus dem Tipi stieg, konnte ich mein Entsetzen nur schwer verbergen.

»Ich dachte, wir sammeln Beeren«, sagte ich. »Irgendwie hatte ich dabei an kleine blaue Kullern gedacht.«

Jay lachte. Zum ersten Mal, seit Luke tot war, sah ich ihn wieder lachen, doch seine Augen blieben ernst. »Schon klar«, sagte er. »Aber vielleicht läuft uns ja ein Elch über den Weg.«

Das war ein Jagdcamp und Jay ein Jäger. Es gefiel mir nicht, aber was sollte ich machen? Jays Gewehr verleidete mir die Freude, mit ihm unterwegs zu sein, gewaltig.

»Nun sieh mich nicht so an«, sagte er. »Könnte ja sein, dass ich dich verteidigen muss.«

Ich runzelte die Stirn.

»Awas«, sagte Jay. »Nun geh schon.«

Jay paddelte mit dem Kanu zu einer Stelle, wo – wie er felsenfest behauptete – die größten Beeren wuchsen. »Es ist nicht weit, zu laufen«, sagte er.

Er hatte Recht, weit war es nicht. Aber um dorthin zu gelangen, mussten wir über einen sumpfigen Binsenpfad, der an einer Stelle so morastig war, dass wir knöcheltief einsackten. Meine Turnschuhe färbten sich schwarz, und wenn ich lief, machte es glucksende Geräusche unter meinen Fußsohlen. Eine dunkle Moskitowolke hüllte unsere Köpfe ein. Ich schlug mit dem Eimer nach ihnen.

»Tut mir Leid«, sagte Jay, als wir die Beerensträucher erreicht hatten.

»Du musst doch gewusst haben, dass es nach drei Tagen Dauerregen hier sumpfig ist«, bemerkte ich und versuchte, nicht vorwurfsvoll zu klingen.

»Ich hab einfach nicht daran gedacht.«

»Was soll's.« Achselzuckend ging ich in die Hocke und begann zu pflücken. Die ersten Beeren machten klackende Geräusche auf dem Eimerboden. Aus den Augenwinkeln heraus beobachtete ich Jay. Er schob sich genüsslich eine Hand voll Beeren in den Mund. Wenn er schluckte, tanzte sein Adamsapfel.

Bald klackerte nichts mehr in meinem Eimer, wenn ich Beeren hineinfallen ließ. Jay dagegen hatte von seinem noch nicht einmal den Deckel abgenommen.

Ich stand auf und wies vorwurfsvoll auf seinen Eimer. »Soll ich etwa die ganze Arbeit alleine machen?«

Ertappt blickte Jay mich an und ich musste lachen.

»Ich wette, du hast noch nie Heidelbeeren gepflückt.«

Er verscheuchte ein paar Moskitos vor seiner Nase. »Doch. Früher, als ich klein war. Zusammen mit meiner Mutter. Ihr Eimer war immer schneller voll als meiner.«

»Du hast zu viel genascht.«

»Nein, habe ich nicht. Ich wollte schnell sein, aber sie hatte einfach die bessere Technik.« Er lächelte in der Erinnerung. »Mein großer Bruder verriet mir einen Trick.«

»Und der wäre?«

»Er sagte, ich solle meinen Eimer mit Moos füllen und nur obenauf ein paar Beeren legen.«

Ich stemmte die Fäuste in meine Hüften. »Untersteh dich. Wieso hast du dich eigentlich freiwillig zum Beerenpflücken gemeldet, wenn du das überhaupt nicht gerne machst?«

Er seufzte. »Die anderen sind jagen gegangen, Hasenfuß. Ich hätte das auch gerne getan, aber ich wollte dich nicht im Camp allein lassen. Mitnehmen konnte ich dich nicht, weil du noch nicht gut laufen kannst. Fisch kann niemand von uns mehr sehen, also blieben nur die Heidelbeeren. Das einzig Nützliche, was wir zusammen machen können.«

»Und es gibt keine . . .«, ich sah auf meine schwarzen Schuhe, »äh . . . trockenere Stelle?«

»Doch. Aber nur hier wachsen so viele Beeren, dass uns noch Zeit für anderes bleibt, wenn die Eimer voll sind.«

Für *was* anderes hätte ich gerne gewusst, aber ich fragte lieber nicht. Außerdem würde es sehr lange dauern, bis beide Eimer voll waren, wenn Jay mit demselben Eifer weiterpflückte wie bisher.

Ich ging wieder in die Hocke und zupfte Beeren. Sie wuchsen hier dicht und waren groß wie Sauerkirschen, sodass sich mein Gurkeneimer rasch füllte. Natürlich naschte ich auch und wir kicherten über unsere blauen Zungen und Zähne.

Später saßen wir auf einem umgestürzten Baumstamm und aßen die Bannockfladen, die Althea uns zur Stärkung mitgegeben hatte. Ich hatte die Schuhe ausgezogen und meine Socken zum Trocknen in die Sonne gelegt. Zu meinen Füßen wuchs gelber Frauenschuh, umschwärmt von Insekten. Ein großer weißer Schmetterling setzte sich auf eine Blüte und naschte vom Nektar.

Jay streckte sich rücklings auf dem Baumstamm aus und schloss die Augen. Bei seiner dunklen Haut machte ihm die Sonne nichts aus.

Ich sah ihn an und lächelte, nur weil er da war. Woran er wohl gerade dachte? Sein Gesicht sah entspannt aus. Ich hoffte, dass es ihm gelang, ab und zu an etwas anderes zu denken als an seinen Bruder. Tagsüber schien das ganz gut zu funktionieren, aber in der Nacht plagten ihn die Alpträume. Er konnte nicht loslassen.

Auf einmal wurde ich schläfrig und wollte für einen Moment die Augen schließen, als ich auf dem Berghang, der sich dem Blaubeergestrüpp anschloss, eine Bewegung wahrnahm. Sofort war ich wieder hellwach. Es war eine Bärin mit ihren Jungen.

Die drei kamen langsam den dünn bewaldeten Hügel hinab und strebten zielsicher auf die Blaubeersträucher zu. Bisher schien die Bärin uns noch nicht bemerkt zu haben. Die beiden Jungen kabbelten und spielten, purzelten herum und jagten sich voller kindlichem Übermut.

Das sah alles ganz harmlos aus, aber unser letzter Zusammenstoß mit einem Bären war mir noch gut im Gedächtnis. Auf einmal war ich froh, dass Jay sein Gewehr bei sich hatte, auch wenn ich ahnte, dass er niemals auf eine Bärenmutter schießen würde.

»Jay.«

»Hm?«

»Wir kriegen Besuch.«

Sofort saß er aufrecht, eine Hand am Gewehr und blickte in die Richtung, in die ich auch sah. Als er die Bärin entdeckte, lächelte er. »Ach, das ist doch nur Marla.«

»Marla?« Ich presste ein Hand auf meinen Mund, um nicht loszuprusten.

»Ja. Ich kenne sie. Es ist ihre Lieblingsheidelbeerstelle.« Er legte den Kopf schief. »Was ist so komisch? Dass ich ihr einen Namen gegeben habe?«

»Meine beste Freundin heißt Marla«, erklärte ich.

»Dann haben wir ja doch etwas gemeinsam.«

Er lachte wieder und ich wusste nicht, was er wirklich dachte.

»Und was machen wir jetzt?« Vorsichtshalber zog ich meine schwarzen Socken und die Schuhe wieder an. Wenn es dazu kam, wollte ich nicht barfuß flüchten müssen. Wir waren zwar gut zehn Meter von den Beerensträuchern entfernt, aber ich hatte gesehen, wie schnell ein Bär sein konnte. Schneller als ein Rennpferd. Und auch wenn ich nicht viel über diese Tiere wusste: dass Bärenmütter besonders empfindlich reagieren, wenn sie Junge hatten, war kein Geheimnis.

»Bleib ganz ruhig«, sagte Jay. »Sie wird uns nichts tun.«

Marla (mein Gott, was würde *meine* Marla dazu sagen, dass ich eine Bärin mit ihrem Namen getroffen hatte?) schien sich tatsächlich kaum für uns zu interessieren. Sie tat sich mit spitzen Lippen an den Beeren gütlich, und wenn ihre beiden Raufbolde uns zu nahe kamen, holte sie die Kleinen mit einem Klaps zurück.

Es war verrückt, diesen wilden Tieren so nah zu sein. Mein Herz klopfte, als wollte es aus der Brust springen, und zugegeben, wirklich genießen konnte ich die Vorführung nicht. Stocksteif saß ich da, jeden Moment darauf gefasst, dass der Bärenmutter unsere Anwesenheit plötzlich doch noch ungelegen kommen könnte.

Aber nichts passierte. Die Bärin fand eine vermoderte Wurzel, in der dicke weiße Maden wohnten. Leise grunzend, zerlegte sie die Wurzel mit ihren Krallen und grub. Damit war sie eine Weile beschäftigt.

Schließlich rannte sie am grasbewachsenen Rand des Hügels hin und her und scheuchte Mäuse auf. Fing sie eine, überließ sie die Beute ihren beiden Jungen. Die fanden das Ganze sehr lustig und nach und nach Geschmack an den Mäusen. Als die drei Leckermäuler sich endlich mit Mäusen, Maden und Beeren den Bauch voll geschlagen hatten, trollten sie sich und verschwanden wieder im Wald.

Erleichtert atmete ich auf.

»Alles in Ordnung?«, fragte Jay.

»Oh ja«, seufzte ich. »Alles bestens.«

Ich half Jay, seinen Eimer zu füllen, dann liefen wir zum Kanu zurück. Es war früher Nachmittag, die Sonne brannte unbarmherzig vom Himmel und am Ufer gab es keinen Schatten. Trotzdem verspürte ich wenig Lust, schon ins Camp zurückzukehren.

»Ist noch Zeit, dass ich meine Socken waschen kann?«

»Ja«, sagte Jay, »wieso nicht? Wir haben es nicht eilig.«

Ich schrubbte meine Socken mit Sand und versuchte auch, meine Turnschuhe wieder sauber zu bekommen, aber das gelang mir nur halb. Schuhe und Socken, die nun beide grau waren, legte ich zum Trocknen auf einen Stein.

Barfuß, wie ich war, wanderte ich von einem großen Stein zum anderen, bis ich auf einem Fels stand, der weit ins Wasser hineinragte. Dort setzte ich mich und begutachtete meinen Knöchel. Er war noch ein bisschen gelblich verfärbt, aber das war auch schon alles. Sogar die Blasen verheilten. Meine nackten Füße saugten die Wärme des Felsens auf. Es war herrlich, die schweren, nassen Turnschuhe los zu sein. Am liebsten wäre ich nur noch mit bloßen Füßen herumgelaufen, wenn ich nicht solche Angst vor Schlangen gehabt hätte.

Ich zuckte zusammen, als Jay plötzlich vor mir im Wasser auftauchte und mich voll spritzte. »Hey«, rief ich und hielt schützend die Hände vors Gesicht.

Er lachte. »Komm rein. Es ist nicht kalt.«

Ich schüttelte den Kopf. In diesem Moment hasste ich mich dafür, dass ich dick war und feige dazu. Jay tauchte unter und schwamm ein Stück auf den See hinaus. Ich sah ihm nach, dankbar, dass er mich nicht bedrängt hatte. Schweiß rann mir den Hals hinab, mein T-Shirt klebte an der Haut.

Wie gern wäre ich schwimmen gegangen.

16.

Althea freute sich über die Heidelbeeren und schickte uns am nächsten Tag gleich noch einmal los. »Wenn die Beeren richtig zusammengekocht sind, bleibt kaum etwas übrig«, sagte sie. »Ich brauche mindestens dreimal so viel.«

Ohne zu murren, fuhr Jay wieder mit mir zur Beerenstelle. Wir pflückten unsere Eimer voll und dieses Mal war er genauso flink wie ich. Nachdem wir unseren Proviant verspeist hatten, zeigte er den Hügel hinauf und sagte: »Dort oben am Waldrand steht eine Menge Himbeersträucher. Ich will mal sehen, ob Marla und ihre kleinen Raufbolde etwas drangelassen haben. Altheas Himbeerpudding ist unübertrefflich.«

Ich sah ihn an und mir kam der Verdacht, dass Jay genauso gerne naschte wie ich. Nur dass Schokolade hier draußen nicht zur Verfügung stand und man eben mit süßen Beeren vorlieb nehmen musste.

»Das ist ziemlich weit.« Ich runzelte die Stirn.

»Du kannst ja auf mich warten, es dauert nicht lange.«

Hatte ich richtig gehört? Er wollte mich allein hier zurücklassen? Das kam überhaupt nicht in Frage. »Ich gehe mit.«

»Und dein Fuß?«

»Der hält das schon aus.«

Wir folgten einem Wildpfad und stiegen den Hang hinauf bis zum Waldrand.

Die Beerenbüsche hingen voll, überall leuchtete es rot. Wir naschten ausgiebig. Einige Früchte waren überreif und fielen uns beim Pflücken in die Hände.

»Lass uns morgen noch mal hierher kommen«, sagte Jay. »Dann bringen wir einen Eimer mit.«

Es schien, als hätte der große Jäger an der Beerenjagd Gefallen gefunden. Mir sollte es recht sein. Außerdem hatte er mich auf Altheas Himbeerpudding neugierig gemacht.

Wir stiegen den Hügel wieder hinab, ich voran und Jay folgte mir. Als wir fast unten waren, wurde ich immer schneller und rannte schließlich auf die Lichtung. Als ich mich zu Jay umdrehte, stand er da und starrte mich bestürzt an.

»Was ist denn los?«, fragte ich. »Stimmt was nicht?«

»Du humpelst nicht mehr.«

»Nein.« Ich hüpfte demonstrativ auf der Stelle und lachte. »Es tut überhaupt nicht mehr weh.«

»Du weißt, was das heißt, Hasenfuß.«

Mir wurde flau im Magen, meine Schultern sackten nach unten. Natürlich wusste ich, was das hieß. Ich hatte die Tatsache, dass ein gesunder Fuß das Ende meiner Zeit mit Jay bedeutete, nur völlig verdrängt. Nun stürzte schlagartig alles auf mich ein: meine Eltern, die mit Sicherheit vor Sorge und Angst um mich halb verrückt waren. Nicci, die bestimmt enttäuscht von mir war, Marla, die auf ein Zeichen von mir wartete und nun nicht wusste, was sie tun sollte: schweigen oder mich verraten. Und nicht zuletzt Tim, dessen Gefühle für mich so aufrichtig geklungen hatten, dass mein schlechtes Gewissen plötzlich wie eine dunkle Gewitterwolke über allem hing.

»Na komm«, sagte Jay, »lass uns zurück ins Camp fahren. Ich muss noch ein paar Sachen zusammenpacken. Morgen früh brechen wir auf.«

»Morgen früh schon?«, entfuhr es mir. Ich drehte mich weg, um die Panik zu bezwingen. Schlechtes Gewissen hin und besorgte Eltern her. Ich liebte Jay. Ja, in diesem Moment wusste ich plötzlich, dass ich ihn liebte. Und schlimmer noch: Ich wollte nicht weg. Ich wollte bei ihm bleiben.

Jay nahm mich an der Schulter und zog mich zu sich herum. Er sah mich prüfend an und fragte: »Willst du denn gar nicht nach Hause?«

»Doch.« Ach Mom, ach Dad. Könnte ich euch nur ein Zeichen geben!

»Aber?«

Ich senkte den Kopf und bohrte mit einer Schuhspitze im Gras. Er sollte nicht sehen, dass mir Tränen in die Augen stiegen. »Es macht mir nichts aus, noch ein paar Tage zu bleiben.«

Nun war es raus.

»Das bringt doch nichts.« Jays Stimme klang rau. »Glaub mir, es ist für uns alle besser, wenn du nicht mehr hier bist.«

Ich hob den Kopf, um ihm in die Augen zu sehen, und erkannte, dass er sich hinter diesen Worten versteckte. Genau so wie ich fürchtete er, verletzt zu werden.

Aber er hatte eine Entscheidung gefällt. Er wollte mich zurückbringen, damit der Alltag im Camp wieder hergestellt war.

Er hob eine Hand – sie war rot vom Saft der Himbeeren – und schien nach meinem Kinn greifen zu wollen. Aber ich zog den Kopf zurück und er ließ die Hand wieder sinken.

Im Camp trug Jay die vollen Eimer ins Küchenzelt, dann begann er zu packen.

»Braucht Althea mich?«, fragte ich ihn. Ich wollte raus aus dem Tipi, konnte es nicht ertragen, ihm zuzusehen.

»Ich weiß nicht, sie war nicht da.«

Ich lief hinüber zu Altheas Tipi. Kurz vor dem Eingang stoppte ich, weil ich aus dem Inneren des Zeltes eine Männerstimme hörte.

». . . die Kleine ist doch nicht blöd . . .«, sagte jemand. Ich erkannte die Stimme, es war Reggie.

»Der Junge soll sie zurückbringen, dann sind wir sie los.«

Ich erschrak heftig. Das war nicht Althea. Reggie sprach mit Robert. Ob Althea auch im Zelt war? Sollte ich mich so in ihr getäuscht haben?

». . . wette, sie hat längst was mitbekommen . . . Junge ist vollkommen durcheinander, seit sein Bruder tot ist . . . Vielleicht hat er was verraten . . .«

» . . . das Mädchen ist harmlos . . .«, entgegnete Robert. »Sie ist verliebt . . . nur Augen für den Jungen . . . Was schlägst du vor?«

Ich hätte zu gerne erfahren, was Reggie vorschlug. Aber was ich an Gesprächsfetzen aufgeschnappt hatte, war eindeutig nicht für meine Ohren bestimmt und plötzlich hatte ich Angst, entdeckt zu werden.

Vorsichtig spähte ich über die Wiese, ob mich jemand vor Altheas Tipi bemerkt haben könnte, aber niemand war zu sehen. So schlich ich auf leisen Sohlen ins Küchenzelt und tat so, als würde ich mich mit den Beeren beschäftigen.

Was konnten die beiden bloß gemeint haben? Was hatte ich bemerkt? Was hatte Jay verraten? Was, verflixt noch mal, ging in diesem Lager vor?

Wenig später kam Althea mit einem Eimer Heidelbeeren aus dem Wald hinter dem Camp. »Oh, ihr seid fleißig gewesen«, sagte sie, deutete auf unsere Ausbeute und lächelte. »Jetzt haben wir genug Beeren und ich kann dir zeigen, wie man Blaubeerkuchen macht.«

Ich ließ den Kopf hängen und druckste herum. Sollte ich sie fragen, worüber Reggie und Robert geredet hatten? Mit Sicherheit wusste Althea Bescheid. Doch konnte ich ihr auch trauen? Sie war nett zu mir und vielleicht mochte sie mich sogar. Aber Robert liebte sie.

»Was ist denn los, Jodie? Stimmt irgendetwas nicht?« Althea sah mich fragend an.

»Mein Fuß ist wieder in Ordnung.«

»Aber das ist doch kein Grund zur Traurigkeit, oder?«

»Jay wird mich zurückbringen, gleich morgen.«

Althea musterte mich eindringlich mit ihren großen braunen Augen. »Ich dachte, du wärst froh, wenn du das Camp endlich verlassen kannst.«

»Dachte ich auch, aber . . .«

Sie legte einen Arm um meine Schultern. »Es ist wegen Jay, nicht wahr? Du hast dich verliebt.«

Ich nickte. »Es macht doch keinen Unterschied, ob wir morgen früh aufbrechen oder ein paar Tage später.«

»Außer dass deine Eltern ein paar schlaflose Nächte mehr haben werden.«

»Glaubst du, Jay denkt an meine Eltern?«

Althea schüttelte lächelnd den Kopf. »Nein, Jodie. Ich glaube, er denkt an dich.«

»An *mich?* Aber das verstehe ich nicht. Ich habe ihm doch gesagt, dass ich gerne noch ein paar Tage bleiben würde. Aber er meinte, es wäre für uns alle besser, wenn ich nicht mehr da bin.«

Althea legte ihre Hand unter mein Kinn und schob meinen Kopf ein Stück nach oben. »Das ist es ja, was ihm Angst macht. Dass du ihn auch gern hast. Er mag dich, Jodie. Und mit jedem Tag, den er mit dir verbringt, mag er dich mehr. Je länger du hier bist, umso schwerer wird es für ihn, dich gehen zu lassen. Verstehst du das?«

Ich holte tief Luft und schüttelte den Kopf. »Warum zeigt er es mir nicht? Wir hätten eine schöne Zeit haben können.«

»So einfach ist das nicht, Jodie, nicht für Jay. Du bist kein Kind mehr und er ist ein junger Mann. Er mag dich, aber er respektiert dich auch. Alles, was er sagen oder tun würde, wäre wie ein Versprechen für dich. Und er weiß, dass er dir nichts versprechen kann.«

»Er hat mich noch nicht mal geküsst.«

»Es nicht zu tun muss ihn große Überwindung kosten.«

»Aber warum?«

»Jay hat Angst, verletzt zu werden. Er hat gerade erst jemanden verloren, den er geliebt hat.«

Wie selbstverständlich Althea von Liebe sprach! Ich versuchte mir vorzustellen, wie dieses Gespräch verlaufen wäre, wenn ich es mit meiner Mutter geführt hätte. Ich hörte ihre Stimme, diesen ironischen Unterton, den sie immer hatte, wenn ihr etwas nicht gefiel. Wahrscheinlich hätte sie meine Gefühle für Jay als pubertäre Schwärmerei abgetan. Althea aber sagte: *Liebe*.

Viel wusste ich nicht darüber, alles war neu. Das Summen in meinem Körper, wenn Jay mir nahe war. Das Chaos in meinem Kopf, wenn ich an ihn dachte. Der absurde Wunsch, im Camp zu bleiben, nur um noch eine Weile mit ihm zusammen zu sein. Und das, obwohl mir klar war, wie sehr sich meine Eltern sorgen mussten.

»Hilfst du mir, Fladen zu formen?«, fragte Althea. »Oder willst du die Zeit, die dir noch bleibt, lieber mit Jay verbringen?«

Ich half Althea, Bannock zu backen. Jetzt, wo ich wusste, was Jays Verhalten zu bedeuten hatte, würde es für mich noch schwieriger werden, in seiner Nähe zu sein. Ich knetete und wendete den Teig, ließ ihn langsam durch die Finger quellen. Dann teilte ich ihn in gleich große Stücke, wie Althea es mir gezeigt hatte. Während ich die duftenden Brotfladen auf dem schwarzen Blech wendete, dachte ich beklommen an den Rückweg und wie traurig der Abschied von Jay sein würde.

Ich wusste nur eins: Es hatte einen Tag gedauert, mich in ihn zu verlieben, und es würde Jahre dauern, ihn zu vergessen. Denn Jay Muskalunge war niemand, den man so schnell vergaß.

Nach dem gemeinsamen Abendessen ging ich zur Badestelle, um meine Unterwäsche noch einmal zu waschen und zu baden. Mikik, der kleine Halbwolf, begleitete mich und sprang fröhlich bellend mit mir ins Wasser. Draußen schüttelte er sich, dass die Wassertropfen nur so flogen, und ich streichelte ihn traurig. Er leckte meine Hand und ich wusste, dass auch er mir fehlen würde.

Als ich zum Tipi zurückkehrte, wurde es schon dunkel. Drinnen sah ich, dass Jay fertig gepackt hatte. Sein Rucksack stand neben dem Eingang.

Er kniete auf dem Boden und reichte mir eine Umhängetasche aus Wildleder, die mit einem Blumenmuster aus bunten Glasperlen bestickt war. »Die ist für dich. Du brauchst bloß deine Wasserflasche und deine persönlichen Sachen tragen.«

Ich nahm die Tasche und verstaute wortlos, was Jay mir gab.

»Nun mach nicht so ein Gesicht, Hasenfuß«, sagte er. »Denk an deine Eltern. Sie sind bestimmt schon verrückt vor Angst um dich.«

»Weiß ich ja. Aber ich hatte gerade angefangen, mich hier wohl zu fühlen.«

Jay seufzte. »Das ist kein Pfadfinderlager, Jodie. Das ist mein Leben.«

»Ja, aber . . .«

Jay beugte sich zu mir herüber und seine Lippen waren meinem Mund auf einmal so nahe, dass mein Herz Purzelbäume schlug. Doch plötzlich sagte jemand mit harscher Stimme Jays Namen und er wich abrupt zurück. Es war Reggie, er stand direkt vor dem Zelt.

»Was ist?« Jay verdrehte die Augen.

Reggie lugte zum Eingang hinein. »Robert will dich sprechen.«

»Jetzt gleich?«

»Ja, jetzt gleich.« Reggies Stimme klang gereizt und ich musste an das Gespräch denken, das ich heute unfreiwillig mit angehört hatte.

»Lauf nicht weg, Hasenfuß«, sagte Jay mit einem Augenzwinkern. »Ich bin gleich wieder da.«

Er verschwand in der Dunkelheit und ließ mich allein zurück. Mir war klar, dass es bei diesem Gespräch mit Sicherheit um mich gehen würde. Robert wollte, dass ich so schnell wie möglich von hier verschwand, Reggie dagegen glaubte, dass ich irgendetwas wusste. Bloß was? Sosehr ich mir auch den Kopf zermarterte, mir fiel nichts ein. Wenn diese Männer keine Zigarettenschmuggler waren (und ich glaubte Jay), was war es dann, das sie vor mir verbergen wollten?

Nach ungefähr einer halben Stunde kam Jay zurück. Ich hatte die Kerosinlampe angezündet und nun suchte ich in ihrem Lichtschein nach einer Antwort in seinem Gesicht. Er setzte sich mir gegenüber, mit gesenktem Kopf, und sagte erst einmal eine Weile nichts.

»Was ist denn los?«, fragte ich voller Ungeduld. »Ist irgendetwas passiert?«

»Du kannst deine Sachen wieder auspacken.«

»Aber wieso denn? Was hat das zu bedeuten?«

»Dass du noch eine Weile mit mir auskommen musst. Sie haben beraten und beschlossen, uns nicht gehen zu lassen.«

»Du meinst, sie haben beschlossen, *mich* nicht gehen zu lassen«, bemerkte ich.

»Ja, kann man so sagen.«

»Und warum?«

»Darüber darf ich nicht sprechen, Hasenfuß.«

»Aber . . .«

»Wir sind keine Zigarettenschmuggler«, unterbrach er mich, »und auch sonst passiert hier nichts Illegales. Bitte frag nicht weiter, okay? Vertrau mir einfach, das hat doch bis jetzt ganz gut funktioniert. Nimm es, wie es ist.« Er sah mir in die Augen. »Nun bekommst du, was du wolltest.«

Tatsächlich freute ich mich, auch wenn ich gleichzeitig ein furchtbar schlechtes Gewissen hatte, wenn ich an meine Eltern dachte. Mit Sicherheit hatten sie Marla ausgefragt. Und wenn meine Freundin nicht dichtgehalten hatte (immerhin hatte ich mich nicht wie versprochen bei ihr gemeldet), dann hatten sie Tim inzwischen bestimmt ausfindig gemacht und wussten, dass ich nie bei ihm angekommen war. Wahrscheinlich fahndete man im ganzen Land nach mir.

»Woran denkst du?«

»An meine Eltern.«

Jay zuckte ratlos die Achseln. »Nun müssen sie eben noch ein paar Tage länger auf dich warten. Bei deinem Tim wolltest du doch auch nicht nur eine Woche bleiben, oder?«

Ich schüttelte den Kopf. »Bei ihm hätte ich die Chance gehabt, meine Eltern anzurufen und ihnen zu sagen, dass es mir gut geht.«

Jay musterte mich eine Weile nachdenklich. »Ich habe das Gefühl, du weißt nicht, was du willst.«

»Ich weiß, was ich will«, sagte ich. »Ich weiß nur nicht, ob es richtig ist.«

»Wenn du es willst, dann ist es richtig. Wo möchtest du denn jetzt sein?«

Diese Frage überraschte mich. »Hier«, antwortete ich. »Ich möchte genau hier sein, wo ich jetzt bin.«

»Gut«, sagte er zufrieden. »Dann lass uns schlafen.«

Ich glaube, in dieser Nacht lag Jay ein Stück weiter weg von mir als sonst. Als ob er Angst davor hätte, mich versehentlich zu berühren. Und dabei sehnte ich mich doch so danach.

Ich lag wach, blickte durch das Öffnungsloch des Tipis in den sternenklaren Himmel und dachte darüber nach, was Althea gesagt hatte. Dass Jay mich mit jedem Tag mehr mochte und genau aus diesem Grund nicht wollte, dass ich länger im Camp blieb. Mir ging es genauso. Ich mochte ihn auch jeden Tag mehr. Aber im Gegensatz zu ihm war ich froh über die unfreiwillige Verlängerung meines Aufenthaltes.

Vielleicht bestand doch noch Hoffnung auf einen Kuss. Wäre Reggie nicht dazwischengekommen, hätte es bestimmt geklappt. Jay war ziemlich nah dran gewesen. Ich hatte schon seinen Atem in meinem Gesicht gespürt . . .

»Dein Grübeln ist so laut, Hasenfuß, dass ich nicht schlafen kann«, drang Jays Stimme plötzlich durch die Dunkelheit.

Ich schluckte ertappt.

»Was ist denn dein Problem? Vielleicht kann ich dir helfen.« Ich merkte, wie er sich zu mir umdrehte und ein Stück heranrückte.

»Es ist . . . nichts«, stammelte ich. »Ich kann nur nicht einschlafen.«

»Atme mal tief durch«, murmelte er.

Das tat ich.

Kurz darauf war ich eingeschlafen.

17.

Am nächsten Tag wollten wir noch einmal zu der Stelle fahren, an der die Himbeeren wuchsen. Als Jay das Kanu flottmachte, stand plötzlich Reggie hinter uns, breitschultrig, die Fäuste in die Hüften gestemmt.

»Wo soll's denn hingehen?«

»Das siehst du doch.« Jay zeigte auf die Beereneimer.

»Und woher weiß ich, ob du dich nicht mit ihr davonmachst?« Reggies Augen funkelten. Er war sichtlich erregt.

»Du kannst es nicht wissen, Reggie«, sagte Jay ungerührt. »Du musst mir vertrauen.«

Reggie ließ die Arme sinken. »Mir wäre lieber, ihr würdet im Lager bleiben.«

Jay gab mir ein Zeichen, ins Kanu zu steigen. Als ich drin war, schob er es ins Wasser. »Ich bin nicht dein Gefangener, Reggie. Wenn ihr mich aus dem Camp ausschließen wollt, dann tut das.

Aber dabei haben die anderen auch noch ein Wörtchen mitzureden.«

Er stieg ins Kanu, stieß es mit dem Paddel vom Ufer ab und bald flog es über den See. Reggie stand am Ufer und sah uns nach, bis das Kanu aus seinem Blickfeld verschwunden war.

Als wir an Land gingen und Jay das Kanu festmachte, sagte er kein Wort. Auch nicht auf dem Weg zum Himbeerhügel. Ich spürte, dass er mich hin und wieder verstohlen ansah, immer dann, wenn er glaubte, ich würde es nicht merken. Er schien verärgert über Reggies Auftritt, wirkte aber auch bedrückt. Als würde er in seinem Inneren einen Kampf austragen. Wollte er mir etwas sagen? Vielleicht überlegte er ja, ob er mir endlich doch erzählen sollte, warum er mich nicht zurückbringen durfte.

Aber er sagte nichts. Pflückte nur stumm seine Himbeeren. Deshalb dauerte es auch nicht lange, bis wir unsere beiden Eimer gefüllt hatten. Als mir klar wurde, dass er genauso schweigsam den Rückweg antreten würde, stellte ich mich ihm in den Weg.

»Was ist los, Jay? Wieso sagst du nichts?«

»Weil ich wütend bin.«

»Wütend? Auf mich?«

»Nein. Wieso sollte ich auf dich wütend sein? Ich ärgere mich über Reggie und die anderen.«

»Dann lass es doch nicht an mir aus.«

»Was tue ich dir denn?«

»Nichts. Du schweigst.«

Jay hob eine rote Himbeerhand und strich mir einen Haarkringel hinter das Ohr. »Ist Schweigen etwas so Schlimmes für dich?«

»Ja. Weil ich nicht weiß, woran ich bin.«

»Und wenn ich rede, dann weißt du es.«

»Ja.«

»Dann musst du lernen, auch mein Schweigen zu verstehen.«

Wir fuhren nicht gleich ins Camp zurück und ich war Jay dankbar dafür. Er ließ das Kanu lautlos durch schattige Seitenarme gleiten, zeigte mir riesige Schildkröten, die ihre Köpfe aus dem sumpfigen Wasser streckten. Dann deutete er auf das Nest eines Weißkopfseeadlerpärchens und eine Weile beobachteten wir, wie die majestätischen Vögel ihre Jungen fütterten.

Jay erklärte mir, dass das Männchen der kleinere der beiden Vögel war, sie aber diese hellen, metallisch klingenden Rufe ausstieß. »Meist haben sie zwei Junge, dieses Pärchen hat drei. Die beiden haben ganz schön zu tun, um die hungrigen Mäuler satt zu kriegen.«

Ich hing an seinen Lippen, war froh, dass er redete. Die lebendige Wildnis schien ihn von seinem Ärger abzulenken. Zu jedem Tier kannte er eine Geschichte. Jay erklärte mir, dass das Erzählen dieser Geschichten Teil einer alten Übereinkunft sei. »Wenn die Tiere merken, dass die Menschen die alten Mythen nicht mehr weitergeben«, sagte er, »werden sie das Land verlassen.«

Wir trieben mit dem Kanu an einer großen, fast drei Meter hohen Biberburg vorbei. Ein brauner Kopf tauchte aus dem Wasser, mit schwarzen Äuglein. Der Biber mit seinen orangeroten Nagezähnen beäugte uns und peitschte mit seinem breiten Schwanz über das Wasser. Dabei stieß er drohende, fast menschlich klingende Schreie aus.

»Glaubst du an diese Dinge?«, fragte ich. »Ich meine, dass die Tiere merken, ob ihr Geschichten über sie erzählt?«

Jay zuckte die Achseln. »Ich glaube, dass Tiere nicht unwissend sind, sondern manchmal sogar schlauer als wir. Tatsache ist: Viele Geschichten geraten in Vergessenheit. Die Alten sterben und die Jungen haben nicht wirklich zugehört, als man sie ihnen erzählte. Nun werden die Tiere weniger, schon lange.«

»Vielleicht liegt es an etwas anderem?«

Einen Augenblick lächelten seine dunklen Augen. »Vielleicht, Hasenfuß, vielleicht aber auch nicht.«

Wir steuerten noch einmal das Land an. Jay hatte vom Kanu aus Fische mit einem Speer gefangen, rosafarbene, rot gesprenkelte Saiblinge, die wir uns brieten. Später saßen wir nebeneinander am Ufer und beobachteten ein Seetaucherpärchen. Die Vögel hatten spitze Schnäbel, rote Augen und kleine weiße Federn auf dem Rücken. Jay erklärte mir, dass der Vogel mit dem roten Fleck an der Vorderseite des Halses das Männchen sei.

Libellen schossen in ihren ruckartigen Flugmanövern über den See. Obwohl Jay mir versichert hatte, dass sie harmlos waren, zuckte ich immer wieder zurück, wenn sie direkt auf mich zuhielten.

»Halt doch mal still«, sagte er. Eine schillernde Libelle schwirrte um uns herum wie ein grünlicher Blitz im Sonnenlicht. Jay streckte den Arm aus und hielt ihr den Finger hin. Ihre Kreise wurden enger und schließlich setzte sie sich.

Jay zog die Hand langsam heran, sodass wir den bebenden Körper aus nächster Nähe betrachten konnten. Die Libelle hatte eine behaarte Brust, große smaragdgrüne Netzaugen und ihr Hinterleib schimmerte metallisch grün.

»Sieh dir nur ihre Flügel an«, flüsterte Jay.

Ich betrachtete die vier gleich großen Libellenflügel. Zwei waren mehrmals durchlöchert, der dritte unnatürlich verbogen. Nur einer sah unversehrt aus.

»Kein Flugzeug könnte mit solchen kaputten Flügeln fliegen. Aber ihnen scheint das nichts auszumachen. Ob durchlöcherte, verbogene oder abgebrochene Flügel, für eine Libelle ist das kein Problem. Sie fliegen trotzdem.« Wie um zu demonstrieren, dass Jay Recht hatte, hob die Libelle ab und flog im flirrenden Sonnenlicht davon. »Deshalb mag ich sie so«, sagte er. »Das haben Indianer und Libellen gemein: Sie lassen sich nicht unterkriegen, egal, wie kaputt ihre Flügel sind.«

Wir schwiegen eine lange Weile.

Irgendwann stand er auf und reichte mir seine Hand. »Na komm«, sagte er, »lass uns ins Camp zurückkehren. Sonst denken sie noch, wir hätten uns heimlich davongemacht, und Reggie bekommt einen Tobsuchtsanfall.«

Ich ließ mich von ihm auf die Beine ziehen und blickte über den See. Es war später Nachmittag, das Wasser hatte einen metallenen Schimmer. Ab und zu durchbrach ein Fisch die Oberfläche und ließ Wellenkreise zurück, die sich träge ausbreiteten. Auf einmal fiel mir etwas ein, an das ich überhaupt nicht mehr gedacht hatte. Ich hatte am 12. Juli Geburtstag. Aber ich wusste nicht, welcher Tag heute war. Vielleicht hatte ich meinen Geburtstag verpasst. Oder war er heute? Vielleicht erst morgen. Ich wusste es nicht. Das Gefühl für die Zeit war mir völlig abhanden gekommen.

»Welcher Tag ist eigentlich heute?«, fragte ich.

»Warum?«, fragte Jay. »Hast du einen wichtigen Termin?«

»Weißt du es oder weißt du es nicht?«

»Natürlich weiß ich es. Heute ist der 12. Juli.«

Volltreffer. Ich seufzte leise. Traurigkeit befiel mich, weil ich an meine Familie und an Marla denken musste. Meine Mutter hatte sich zu meinem Geburtstag immer etwas Besonderes einfallen lassen. Es gab meine Lieblingstorte (Schokoladenbuttercreme) und meistens hatte sie Karten für einen schönen Film oder für ein Konzert. Nicht irgendetwas Klassisches, nein. Zu meinem 15. Geburtstag hatte sie Karten für ein Popkonzert besorgt und wir waren alle zusammen hingegangen, auch Marla durfte mit.

»Was ist denn los, Jodie?«

»Ach nichts.«

Aber Jay ließ nicht locker. »Irgendetwas ist doch mit dir. Du siehst auf einmal traurig aus. Woran hast du gedacht?« Dem Tonfall in seiner Stimme war anzumerken, dass er es wirklich wissen wollte.

»Heute ist mein Geburtstag«, sagte ich. »Mein 16. Geburtstag.«

Jay war überrascht und blickte auf einmal unsicher drein. »Ich habe gar nichts für dich«, bemerkte er verlegen. Doch plötzlich schien er sich eines Besseren zu besinnen. Er zog mich zu sich heran, und ehe ich mich versah, küsste er mich. Warm und fest lagen seine Lippen auf meinen, ich bekam gar keine Luft mehr. Schließlich gab er meinen Mund frei und ich machte einen tiefen Atemzug.

»Herzlichen Glückwunsch zum Geburtstag, Hasenfuß.«

Ich strahlte. Jays Kuss entschädigte mich für die entgangene Buttercremetorte und was ich sonst noch so verpasste, weil ich nicht zu Hause bei meiner Familie war. Aber während ich ganz benommen vor Glück dastand, hatte Jay das Kanu schon flottgemacht. Er winkte mich heran und half mir beim Einsteigen.

Wir brachten Althea die Beeren und die Indianerin versprach, sie gleich zu Himbeerpudding zu verarbeiten. Jay sagte etwas zu ihr auf Cree und sie antwortete ihm. Als ich ihr helfen wollte, lehnte sie ab. Das Rezept des Himbeerpuddings sei ein Geheimnis.

Später, beim gemeinsamen Essen, hatte ich einen Augenblick das Gefühl, als ob alle Bescheid wussten. Eric und Mike neckten mich wegen meiner blauen Zähne (natürlich waren wir auch wieder an den Blaubeersträuchern vorbeigekommen). Sogar Reggie und Robert behandelten mich mit unerwarteter Nachsicht und ausnahmsweise nicht wie eine Aussätzige. Vielleicht hatten sie Angst vor Althea oder sie waren einfach nur froh, dass Jay und ich ins Lager zurückgekehrt waren.

Es gab Kaninchenstew und danach schlugen wir uns die Bäuche mit Altheas Himbeerpudding voll. Der war wirklich köstlich, obwohl ich ahnte, dass sie den heißen Beerenbrei einfach nur mit Mehl und Milchpulver angedickt hatte.

Auf einen schönen Tag folgte ein lustiger Abend am Lagerfeuer. Althea sang, Jay spielte Flöte und Eric Mundharmonika. Eric versuchte, Robert zu überreden, auch seine Flöte zu holen, doch der sträubte sich hartnäckig. Aber Eric gab nicht auf und irgendwann gab Robert nach.

Bald wusste ich, warum Eric so hartnäckig geblieben war. Roberts

Flöte war ebenso selbst geschnitzt wie Jays, doch sie hatte einen reineren, fast übernatürlichen Klang. Und Robert war ein Meister darin, dem Holz wunderbare Töne zu entlocken. Jay und er spielten im Duett. Ich staunte, wie andächtig die Männer lauschten und für ein paar Stunden sah ich sie mit anderen Augen.

Den ganzen Abend wurde erzählt und gelacht. Irgendeinem fiel immer eine Geschichte ein, und ehe er fertig war, war bereits der Nächste auf eine Idee gekommen. Wenn einer von ihnen drauf und dran war, etwas Abfälliges über Weiße zu äußern, sah ich Altheas Augen aufblitzen. Tatsächlich schienen die Männer ungeheuren Respekt vor ihr zu haben. Vielleicht hatte sie ihnen ja gedroht, nicht mehr zu kochen, wenn einer es wagen würde, mir den Abend zu verderben.

Ich genoss es, mich so unbeschwert zu fühlen. Irgendwann begann Robert vom *Windigo* zu erzählen, dem Dämon mit dem Eisherzen, nach dem der See seinen Namen hatte.

Es wurde plötzlich still, alle lauschten gespannt. »Vor langer Zeit«, begann Robert, »hatte es ein größeres Lager am See gegeben, etwa einen Kilometer südlich vom heutigen Camp. Es war ein kalter Winter, die Menschen hungerten. Einer der Jäger, der verzweifelt versuchte, ein Stück Wild zu erlegen, wurde von einem Blizzard überrascht und verlief sich. Im Brausen des Windes hörte er noch ein anderes Geräusch, ein unmenschliches Heulen, das nur von einem Dämon, dem *Windigo* stammen konnte.«

Als Robert weitererzählte, rann mir ein kalter Schauer über den Rücken und meine Nackenhaare richteten sich auf. »Das Verlangen des *Windigo* nach Menschenfleisch ist unersättlich«, sagte er. »Nur wenn er keines zur Verfügung hat, begnügt er sich mit verrottetem Holz, Moos oder Pilzen. Der Jäger versteckte sich, doch er spürte die Blicke des bösen Geistes in seinem Rücken. Und da wurde sein Herz zu Eis. Der Dämon hatte Macht über ihn bekommen.

Der Blizzard zog weiter nach Süden und der Jäger konnte ein Karibu erlegen. Mit dem Fleisch kehrte er ins Lager zurück. Er wusste, dass er seine Familie töten würde, weil er nun vom *Windigo* besessen war und ebenfalls Lust auf Menschenfleisch verspürte. Aber ohne das Karibu wären seine Frau und die Kinder verloren gewesen.

Die Menschen im Lager hörten ein schauriges Heulen, der Himmel verdunkelte sich. Sie glaubten, der Blizzard käme zurück, stattdessen tauchte der Jäger mit dem Karibu auf. Der Medizinmann des Stammes wusste sofort, was passiert war. Obwohl der Jäger sich für eine Weile normal benahm, würde er irgendwann seinem Verlangen nachgeben. So beschloss man, ihn zu töten und zu Asche zu verbrennen. Denn das war die einzige Möglichkeit, einen *Windigo* zu besiegen.

Aber die Frau des Jägers, die ihren Mann immer noch liebte, verriet den Plan. Der *Windigo* floh in die Wälder, doch ein paar Tage später kam er zurück und zerstörte das ganze Lager.«

Robert schwieg und die Stille kam mir plötzlich unheimlich vor. »Die Überreste kann man heute noch sehen«, fuhr er fort. »Seither haben die Menschen den Platz gemieden. Der *Windigo* aber haust immer noch in den Wäldern und sucht nach einem Opfer.«

Stocksteif saß ich da, konnte mich kaum rühren.

Jay beugte sich an mein Ohr und sagte leise zu mir: »Keine Angst, der *Windigo* ist ein Dämon des Hungers und der Kälte. Im Sommer hat man nur selten einen gesehen.«

Na toll, dachte ich. Das war ein schwacher Trost. Mir wurde noch unheimlicher zu Mute, als ich merkte, dass es den Männern nicht anders erging. Die tapferen Jäger fürchteten sich vor einem behaarten Unhold mit einem Eisherzen.

Um den Bann zu brechen, legte Henry so viel Holz auf die Flammen, bis sie zwei Meter hoch in den Himmel schlugen. Mike erzählte noch einen Witz und Eric spielte auf seiner Mundharmonika, während Jay ihn auf der Flöte begleitete. Althea neigte Robert ihren Kopf zu, flüsterte etwas und er stand auf, um mit ihr zu tanzen.

Der Abend wurde lang. Erst weit nach Mitternacht löschten die Männer das Feuer und wir gingen schlafen. Ein großer Julimond beleuchtete die Wiese. Robert legte einen Arm um Altheas Schultern, als er ihr zum Tipi folgte. Jay stand neben mir und wir blickten den beiden eine Weile hinterher. Der Tag hallte noch in mir nach. Ich hatte das unbeschreibliche Gefühl, Jay sehr nahe zu sein, und endlich traute ich mich, seine Hand zu nehmen.

Seine Finger schlossen sich um meine und er hielt mich fest. Zu fest. Als ob ich ihm Halt geben müsste.

»Was hast du denn?«, fragte ich. »War das kein schöner Abend für dich? Bist du immer noch wütend auf Reggie?«

Meine Hand wurde warm in seiner.

»Ich bin nicht mehr wütend«, sagte er, »und ja, es war ein schöner Abend.« An seiner Stimme merkte ich, dass er tieftraurig war. »Ich musste nur an meinen Bruder denken. Er hat solche Abende geliebt. Du glaubst nicht, wie gerne er Geschichten erzählt hat und wie viele er kannte.« Jay blickte zum Mond hinauf und holte tief Luft. »Er fehlt mir, verdammt noch mal. Ich komme mir vor wie amputiert. Ich atme, ich esse, ich schlafe, ich lache sogar. Während er gar nichts mehr tun kann.«

Statt etwas zu sagen, lehnte ich mich gegen ihn und nahm ihn in die Arme.

In dieser Nacht träumte ich vom *Windigo*. Ein großes, behaartes Wesen, das aussah wie ein Bigfoot, wollte mich holen, um mich zu verspeisen. Wimmernd wälzte ich mich auf meinem Lager. Als das Zottelwesen mit seinen kalten Klauen nach mir griff, schreckte ich nach oben und wurde wach.

Jay legte einen Arm um meine Schultern und zog mich zu sich heran. »Ist ja gut«, murmelte er verschlafen. »Du hast nur geträumt.«

18.

Ein heftiges Ziehen im Unterleib weckte mich am nächsten Morgen. Zuerst dachte ich, ich hätte mich an Altheas Himbeerpudding überfuttert, aber dann wusste ich auf einmal, was es war. Ich bekam meine Tage. Na wunderbar! Und was jetzt? Ich hatte überhaupt nicht mehr daran gedacht. Aber natürlich würde meine Monatsblutung nicht ausbleiben, bloß weil kein Supermarkt in der Nähe war, in dem ich mir Einlagen kaufen konnte.

Ich musste Althea fragen, die wusste bestimmt Rat. Vielleicht konnte sie mir sogar aushelfen.

Vorsichtig schob ich mich unter der Felldecke hervor. Als ich mich anzog, wurde Jay wach. »Wo willst du denn hin?«, fragte er verschlafen.

»Althea beim Frühstück helfen.«

»So früh? Die schläft garantiert noch. Nach dem langen Abend gestern werden alle länger schlafen.«

Ich dachte daran, dass ich Robert vor dem Aufstehen lieber nicht in die Quere kommen wollte, aber was sollte ich tun?

Jay zog mich am Arm. »Leg dich wieder hin.«

Als ich nichts dergleichen tat, öffnete er seine Augen richtig. »Was ist denn los?«, fragte er, als er mein unglückliches Gesicht sah. »Was kannst du mir nicht sagen, Hasenfuß?«

Jodie, dachte ich, dir bleibt aber auch nichts erspart. »Ich kriege meine Tage und habe nichts, was ich dafür nehmen könnte.«

»Was?« Er setzte sich auf und sah mich entgeistert an.

Ich holte tief Luft. »Menses, Menstruation, Regel. Schon mal was davon gehört? Frauen bluten einmal im Monat.«

»Ach so, sag das doch gleich.« Er rieb sich das Gesicht mit beiden

Händen, dann begann er sich anzuziehen. »Komm mit«, sagte er. »Ich weiß, was du nehmen kannst.«

Wie Jay vermutet hatte, schliefen alle noch, als wir über die taunasse Wiese in Richtung Wald liefen. Was er da wollte, war mir ein Rätsel. Ich vertraute ihm einfach, es blieb mir nichts anderes übrig. Das war von Anfang an so gewesen und daran hatte sich auch nichts geändert.

Zuerst nahmen wir den Pfad zum Begräbnisplatz, mieden aber die Gräber, indem wir in einen Weg nach links einbogen. Hier war ich noch nie gewesen. Der Wald wurde licht, der Boden feuchter. Die Bäume kamen mir größer vor und es lag jede Menge totes Holz herum.

Schließlich ließen wir den Wald hinter uns und gelangten wieder zum See. Das Ufer bestand an dieser Stelle aus großen Torfmoosflechten, die wie dicke braune Matten in den See reichten.

Jay suchte sich eine Stelle, an der er festen Boden unter den Füßen hatte, ging in die Hocke und fuhr mit der Hand prüfend über den weichen Boden. Dann holte er sein Messer hervor, schnitt ein längliches Torfmoosstück heraus und rollte es zusammen. Mit einem zufriedenen Lächeln reichte er mir die fertige Rolle. »Ich habe dir doch gesagt, dass der Wald alles hat, was wir brauchen.«

Ich sah ihn entgeistert an. Dachte er ernsthaft, dass . . . sollte ich wirklich . . .

Jay bemerkte meine Zweifel. »Als meine Mutter so alt war wie du, hat sie das auch benutzt. Ma hat gesagt, es ist hygienisch, extrem saugfähig und es kostet nichts. Man kann es sogar auswaschen.« Er zuckte die Achseln. »Aber das musst du nicht. Hier gibt es ja genug davon.«

Jay schnitt weitere Moosstücke aus dem Boden und ich stand da und sah ihm dabei zu. Das war ganz schön schräg und ich sah Marlas Gesicht vor mir, wenn ich ihr davon erzählen würde. (Würde ich ihr das erzählen?)

Das Komische war: Eigentlich hätte ich das alles ungeheuer peinlich finden müssen. Aber Jay schnitt diese Moospolster aus dem Boden, als wäre es ganz selbstverständlich. Er ging so natürlich damit um, wie mit allem anderen auch. Ich kam gar nicht dazu, mich zu schämen.

»Ich glaube, das reicht vorerst«, sagte er und verstaute sein Messer wieder in der Lederscheide am Gürtel.

Die Mooseinlagen funktionierten hervorragend und ich hatte eine Sorge weniger. Jay und ich fischten den Tag über und er zeigte mir, wie die Fische in Filetstücke zerlegt und diese über einem kleinen Feuer auf dem Holzgerüst langsam gedörrt wurden. Der geräucherte Fisch konnte bis in den Winter aufbewahrt werden.

Wenn wir unbeobachtet waren, hoffte ich sehnsüchtig, dass Jay seinen Kuss wiederholen würde. Aber nichts dergleichen geschah. Gegen Abend begann ich mich zu fragen, ob der vergangene Tag samt Kuss nur ein Traum gewesen war.

Die Gespräche beim Abendessen wurden von einem einzigen Thema beherrscht: die seit Tagen erfolglose Jagd der Männer. Jeder von ihnen hatte Elchspuren gefunden, sie verfolgt, manchmal sogar ein Tier oder mehrere zu sehen bekommen. Aber keiner hatte einen Elch erlegen können. Die Diskussion war heftig, doch ich merkte, dass dabei niemand dem anderen ins Wort fiel, wie ich es von Gesprächen unter Weißen gewohnt war.

Da die Indianer immer wieder Cree-Wörter gebrauchten, bekam ich nur vage mit, worum es ging. Irgendetwas schien eine erfolgreiche Jagd zu verhindern. Etwas, das mit Lukes Schutzgeist zu tun hatte und mit seinem Tod.

Als wir wieder im Tipi waren, fragte ich Jay danach.

Er druckste herum. »Ich weiß nicht, ob du das verstehst.«

»Erklär es mir, dann werden wir ja sehen, ob ich es verstehe. Wie kommt man überhaupt zu einem Schutzgeist?«

»Durch Visionen, Hasenfuß. Wenn in unserem Volk ein Junge 15 oder 16 ist, wird er für einige Zeit allein in die Wildnis zum Fasten geschickt. Ergebnis ist meistens ein Traum, in dem ein Geist in Gestalt eines Tieres Hilfe und Schutz verspricht. Jedes Tier steht für bestimmte Eigenschaften, denen der Auserwählte dann nacheifert. Der Luchs steht für Entschlossenheit und innere Stärke, der Bär für Stärke und Mut, der Frosch für Verwandlung.«

In mir gluckste ein Lachen. »Es gibt Leute, die laufen mit einem *Frosch* als Schutzgeist herum?«, fragte ich und versuchte ernst zu bleiben.

»Ja, warum nicht? Er ist ein kleines Tier, hat aber die Fähigkeit, sich zu verwandeln. Von einer Kaulquappe zu einem Frosch. Das ist eine große Leistung, findest du nicht?«

Ich hob die Schultern. Darüber hatte ich mir noch keine Gedanken gemacht. Ein Frosch war eben ein Frosch.

»Auch die Schildkröte kann ein Schutzgeist sein«, fuhr Jay fort. »Sie gilt als Botschafter. Wie dem auch sei, der Auserwählte wird das Tier, das ihm im Traum erschienen ist, niemals essen, jagen oder töten. Im Gegenzug verspricht es ihm, seinesgleichen den anderen Jägern ausreichend zur Verfügung zu stellen.«

»Du darfst also keinen Bären jagen, aber die anderen schon.«

»Ja«, sagte Jay. »Würde ich einen Bären töten, würde sich mein Schutzgeist von mir abwenden. Das ist für einen Jäger das Schlimmste, was ihm passieren kann.«

»Aber was hat das alles mit deinem Bruder zu tun?«, wollte ich wissen.

»Sein Schutzgeist war der Elch. Er hat nie einen Elch getötet, wir dagegen erlegten in regelmäßigen Abständen welche. Nun ist mein Bruder tot und Reggie glaubt, sein Tierfreund hat das Jagdgebiet verlassen und die Elche mit sich genommen. Das kann unter Umständen passieren. Deshalb versuchen wir, den Toten durch Opfergaben zu bewegen, die Tiere nicht mitzunehmen.«

»Das habt ihr doch getan«, sagte ich und dachte an die kleinen Gaben, die Luke mit ins Grab gelegt worden waren.

»Ja. Aber Reggie glaubt, deine Anwesenheit auf dem Begräbnisplatz hätte die Tiere verjagt.«

Ich schnappte empört nach Luft. »So ein Blödsinn! Er kann mich nicht ausstehen und sucht bloß nach einem Grund, um mir etwas in die Schuhe zu schieben. Was habe ich mit euren verdammten Elchen zu schaffen?«

Jay schwieg.

»Glaubst du das etwa auch?«, fragte ich und sah ihn entrüstet an.

»Nein. Aber Tatsache ist, dass keiner von uns einen Elch erlegt hat, seit . . . seit mein Bruder tot ist. Dafür muss es einen Grund geben. Reggie glaubt, du bist der Grund, und das gefällt mir nicht.«

»Was denken die anderen?«

»Althea hält das Ganze für Schwachsinn, Eric auch. Henry schweigt, er will die Geister befragen. Mike und Robert neigen dazu, Reggie Recht zu geben.«

»Und was nun?«, fragte ich.

»Miwi-macin«, sagte Jay, »ich werde auf die Jagd gehen. Morgen. Ich werde ihnen beweisen, dass mein Bruder die Elche auf seiner Reise in das Land der Toten nicht mitgenommen hat.«

Nur langsam wurde mir bewusst, was Jay da gesagt hatte. Er wollte jagen gehen, würde den ganzen Tag weg sein.

»Kann ich mitkommen?«, stieß ich hervor. »Ich werde dir auch bestimmt nicht im Weg sein.«

Ganz langsam schüttelte er den Kopf. »Das ist leider nicht möglich, Hasenfuß.«

»Aber warum denn nicht? Ich werde keinen Mucks von mir geben, das verspreche ich dir.«

»Darum geht es nicht.«

»Worum denn dann?«

»Es ist, weil du . . .«, er druckste herum, »weil du deine Monatsblutung hast.«

»Ja und?«

»Frauen haben in dieser Zeit große Macht. Größere noch als die Schutzgeister. Früher mussten Frauen und Mädchen während ihrer Mondzeit in einem Tipi wohnen, das abseits vom Lager stand, weil die Männer diese Macht fürchteten.«

Mondzeit. Wie poetisch, dachte ich, so fühlte es sich gar nicht an. Es ziepte nämlich mächtig in meinem Bauch. »Du meinst, ich dürfte gar nicht hier sein, bei dir?« Beinahe musste ich lachen, so absurd kam mir das alles vor, was Jay erzählte.

»Na ja«, sagte er und ich sah ein spöttisches Funkeln in seinen Augen, »es ist tatsächlich ungemein mutig von mir, dich hier zu haben. Aber«, und nun wurde er ernst, »ich kann dich nicht mit auf die Jagd nehmen. Das würde schief gehen, glaub mir. Ich muss einen Elch schießen, um ihnen zu beweisen, dass ihr Gerede Unsinn ist.«

Ich schwieg verblüfft. Jays Logik war mir unbegreiflich. Aber was sollte ich machen? Es war ihm ernst damit, daran gab es keinen Zweifel.

»Du willst mich also allein lassen.« Meine Stimme hatte diesen schmollenden Unterton, den ich an Nicci immer gehasst hatte. Aber ich konnte es nicht ändern, ich war einfach enttäuscht.

»Althea ist da. Ihr versteht euch doch gut. Und ich komme wieder, sobald ich den Elch geschossen habe.«

Wie tröstlich, dachte ich.

Jay zog am nächsten Morgen los, noch bevor die Sonne aufging. Zum Frühstück kamen nur Henry und Eric. Und auch die verschwanden wie die anderen Männer mit ihren Gewehren im Busch, nachdem sie Altheas Pfannkuchen mit süßem Ahornsirup verspeist und ihren Kaffee getrunken hatten.

»Tja«, sagte Althea, »nun sind wir beide wieder alleine. Wie wäre es, wenn du mir hilfst, Kaninchenschlingen auszulegen. Immer nur

Fisch wird auf Dauer etwas öde und möglicherweise kehren die Männer auch heute ohne Beute heim.«

»Sie denken, ich bin für ihren Misserfolg verantwortlich«, sagte ich.

Althea lachte. »So sind Männer eben. Wenn sie versagen, brauchen sie einen Schuldigen, am besten eine Frau. Mach dir nichts draus. Irgendwann wird einem von ihnen ein Elch vor die Flinte laufen und dann sind alle Vorhaltungen vergessen.«

»Aber ich kann nicht mit dir auf Kaninchenjagd kommen, weil ich meine Men. . . äh, meine *Mondzeit* habe.«

»Ach deshalb hat Jay dich nicht mitgenommen«, bemerkte Althea. »Ich dachte mir schon so etwas. Aber keine Sorge, wir jagen ja nicht. Ich will bloß Fallen auslegen.«

Ich nickte. »Wenn du sagst, ich kann dir helfen, dann ist es in Ordnung. Ich will nur nicht noch mehr Ärger machen.«

Althea tätschelte meine Schulter. »Du nimmst das Gebaren der großen Jäger viel zu wichtig, Jodie.«

»Aber ich bin hier bloß ein Gast.«

»Eben. Und ich habe das starke Gefühl, dass die Gastfreundschaft meiner Jungs sehr zu wünschen übrig lässt.«

Althea verschwand in ihrem Tipi und kam mit einer Rolle blinkendem Draht zurück. Mit einer Zange bog sie das Metall, formte Windungen, machte Knoten, bis aus dem einfachen Draht glatte Schlingen wurden. Ich staunte. Althea stellte sich dabei genauso geschickt an wie beim Kochen und beim Unkrautjäten.

Nachdem Althea die ersten Schlingen vorbereitet hatte, bekam ich die Aufgabe, den Draht über dem Feuer zu schwärzen.

»Woher habt ihr überhaupt all die Dinge, die ihr zum Leben braucht und die es in der Wildnis nicht gibt?«, fragte ich.

»Nun, es fährt regelmäßig jemand in die Stadt, bringt die Felle zum Händler und kauft ein, was wir brauchen.«

»Regelmäßig?«

»Ein- oder zweimal im Monat«, sagte sie, während sie mich aufmerksam anschaute. »Im Sommer seltener, weil ich dann Gemüse aus meinem Garten und eine Menge Wildpflanzen zur Verfügung habe.«

Ich nickte, denn ich hatte verstanden. In der nächsten Zeit würde niemand aus dem Camp in die Stadt fahren.

Bevor wir uns mit den Schlingen auf den Weg machten, verschwand Althea noch einmal im Tipi und kam mit wunderschön bestickten Mokassins wieder. »Hier«, sagte sie und reichte mir das Paar. »Ich kann gar nicht mit ansehen, wie du mit diesen schweren Schuhen herumläufst. Davon müssen dir ja die Füße wehtun.«

Ich nahm die Mokassins, das Leder war herrlich weich. Sie waren mit einem Blumenmuster aus weißen, grünen und roten Perlen bestickt. »Die sind wunderschön, Althea. Hast du sie gemacht?«

»Ja. Sie gehören dir. Du hattest Geburtstag.«

Überrascht blickte ich auf. »Jay hat es dir erzählt?«

»Ja, das hat er.«

»Danke, Althea.«

Ich zog die Turnschuhe von meinen Füßen und schlüpfte in die Mokassins. Unglaublich, wie leicht sich meine Füße plötzlich anfühlten und wie angenehm das war. Ich kam mir vor, als würde ich über den Boden schweben.

Althea ging voran. Sie hielt das eine Ende des Stockes, auf dem die geschwärzten Schlingen baumelten, und ich das andere. Nachdem wir ungefähr einen Kilometer auf dem Pfad in den Wald zurückgelegt hatten, begann die Indianerin die Drahtfallen auszulegen. Sie suchte dafür Stellen aus, an denen weiches Gras wuchs, und befestigte die Schlinge mit einem kleinen Stock, den sie mit einem Stein in die Erde trieb. Auf den Boden um die Falle streute sie trockenes Gras und Kiefernnadeln, sodass der Schlingendraht nicht mehr zu sehen war.

Das Ganze wiederholte sie mehrere Male an verschiedenen markanten Stellen, damit sie die Fallen später auch wieder finden würde.

Auf dem Rückweg bückte sich Althea immer wieder nach verschiedenen Pflanzen und pflückte einige Kräuter. Beinwell, Wegerich und Frauenwurzel. Aus letzterer wollte sie mir einen Sud brauen, um meine Bauchschmerzen zu lindern. Wir fanden die ersten Pilze – Rotkappen, Täublinge und Sandpilze – und trugen sie in den Händen, weil wir keinen Behälter dabeihatten.

Wieder im Camp bekam ich meinen Tee und staunte über die Wirkung. Wir säuberten und schnitten die Pilze, um sie dann zum Trocknen auf eine Schnur zu fädeln.

Jay kehrte erst spät am Abend zurück – ohne Elch. Ich hatte auf ihn gewartet und mich auf ihn gefreut, aber er war wortkarg und offensichtlich schlechter Laune. Auch die anderen hatten kein Glück gehabt. Nur Eric war mit zwei fetten Gänsen zurückgekommen, was aber nicht als wirklicher Erfolg zu zählen schien.

19.

Am nächsten Morgen zog Jay wieder los. Er war versessen darauf, diesen Elch zu erlegen, als ob er sich und den anderen etwas damit beweisen müsste.

Ich half Althea, die beiden Gänse zu rupfen, was zwar kein Vergnügen war, mich aber ablenkte. Althea zeigte mir, auf welchen Körperteilen die besonders weichen Daunenfedern saßen, die sie zum Füllen der kleinen Kopfkissen verwendete.

Danach machte ich mich eine Weile im Gemüsegarten nützlich, und weil mir langsam die Torfmoosstücke ausgingen, die Jay für mich zurechtgeschnitten hatte, beschloss ich, mir noch ein paar neue zu holen.

Mit meiner Umhängetasche und dem Messer machte ich mich auf den Weg.

Der Himmel war wolkenverhangen an diesem Tag, aber es sah nicht so aus, als ob es regnen würde. Zum ersten Mal wagte ich mich allein in den Wald. Die Stelle, an der die schwimmenden Torfmoosmatten wuchsen, war nicht weit vom Lager entfernt, nur ein paar hundert Meter. Und ich kannte den Weg. Trotzdem war es ein merkwürdiges Gefühl: die Stille des Waldes, das Alleinsein zwischen den Bäumen. Oder besser: *mit* den Bäumen. Ich musste daran denken, was Lilian, das Hippiemädchen, vom Kommunizieren der Bäume erzählt hatte. Verständigten sie sich wirklich? Vielleicht war es vermessen, zu glauben, dass nur wir Menschen Gedanken und Gefühle untereinander austauschen konnten.

Ich blieb stehen und lauschte. Nicht um die Bäume reden zu hören, sondern um herauszufinden, ob ich wirklich allein war. Auf eine neuerliche Begegnung mit einem Bären konnte ich gerne verzichten.

Der Wald war voller Geräusche. Vögel warnten einander vor meinem Erscheinen. Insekten summten, Eichhörnchen rannten über den Waldboden und jagten Baumstämme hinauf. Sie schepperten wild, wenn ich in ihre Nähe kam.

Nach einer Weile fand ich die Stelle wieder, wo der Weg zum See abzweigte. Ein Entenpaar flog laut schnatternd aus dem Schilf, als ich das Seeufer erreichte. Ich schnitt mir genügend weiche Moosstücke aus dem Boden. Viel würde ich nicht mehr brauchen. Dank Altheas Tee aus Frauenwurz ließ die Blutung schon nach und würde morgen ganz aufhören. Ich steckte das Messer wieder ins Leder zurück und wollte mich auf den Rückweg machen, als ich auf einmal in der Ferne ein gleichmäßiges Schlagen hörte.

Ich ging dem Geräusch nach, das eindeutig von einer Axt herrührte. Einer der Männer aus dem Camp musste irgendwo hier in der

Nähe sein und einen Baum fällen. Keine Ahnung, was ich in diesem Augenblick dachte, aber die Neugier packte mich und ich lief weiter in die Richtung, aus der die Schläge kamen.

Schließlich sah ich den Mann. Es war Robert, ich erkannte ihn an seinen Armeehosen. Er wandte mir den Rücken zu und ich betrachtete fasziniert das Muskelspiel seines schweißbedeckten Körpers. Breitbeinig stand er da, wog die Axt in den Händen. In seinem Nacken schwollen die Muskeln. Seine sehnigen Arme streckten sich, er schwang den Stiel in weitem Bogen und holte zu einem neuen Schlag aus. Sekundenlang blieb sein Körper wie eine Feder gespannt, dann ließ er sich nach vorn fallen. Die Klinge grub sich in den Stamm, helle Späne kräuselten sich und sprangen ab. Mit einem Ruck zog er die Axt wieder heraus, holte erneut aus und schlug einen weiteren Keil aus dem Stamm. Jeder Hieb saß mit präziser Sicherheit. Jeder Schlag wurde von einem durchdringenden Laut begleitet, der aus Roberts Brust kam.

Wie angewurzelt stand ich da und sah ihm zu, wie er einen zweiten, tiefen Keil aus dem Stamm schlug. Einmal noch spannten sich seine Armmuskeln, er holte zu einem mächtigen Schlag aus und trat zur Seite. Als ich jäh begriff, dass der Baum in meine Richtung fallen würde, war es bereits zu spät. Mit einem lauten Schrei des Entsetzens versuchte ich auszuweichen, aber meine Knie knickten weg. Ich stolperte rücklings über einen Ast und landete der Länge nach in einem Schlammloch. Modrige Nässe drang durch meine Kleider, als der gefällte Stamm krachend durch die Äste der anderen Bäume brach und mit rasender Geschwindigkeit auf mich niederstürzte.

Es dauerte eine Weile, bis ich wieder denken konnte. Jedenfalls atmete ich noch, so viel war schon mal klar. Hier roch es nämlich streng nach Tier. Wildschwein vielleicht. Zaghaft versuchte ich, mich zu bewegen. Nichts tat weh. Ich lag weich im Schlamm, der Stamm der gefällten Kiefer 50 Zentimeter über mir. Das war noch mal gut gegangen.

Plötzlich packte mich jemand an den Füßen. Ich wurde aus dem Schlammloch gezogen und über den Waldboden geschleift. Dann lag ich still. Robert beugte sich über mich, sein dunkles Gesicht dicht über meinem. Sein Atem ging stoßweise, die Augen glommen voller lebendigem Zorn.

»Bist du verletzt?«, stieß er ungehalten hervor.

Ich schüttelte den Kopf. Robert erhob sich, ohne mir aufzuhelfen. »Steh auf, na los!« Ich schaffte es auch ohne ihn und sah an mir herunter. T-Shirt und Hose waren voll schwarzem Schlamm und ich stank nach Wildschweinpisse.

»Bist du lebensmüde?«, herrschte der Indianer mich an und drohte mir mit einer wilden Gebärde seiner Hände. »Was geistert du hier alleine im Wald herum? Hast du die Axtschläge nicht gehört? Wäre dieses Wildschweinloch nicht gewesen, wärst du jetzt tot, verdammt noch mal. Könnt ihr Bleichgesichter euch nicht normal benehmen? Oder schnüffelst du mir nach?«

Sollte ich jetzt wirklich all diese Fragen beantworten?

Ich hob meinen Kopf, um mich zu rechtfertigen, als mein Blick an etwas hängen blieb, das mich starr vor Entsetzen werden ließ. Wie gebannt blickte ich auf Roberts nackte Brust, die sich unter schwerem Atem hob und senkte. Tiefe Narben entstellten den Körper des Indianers. Sie durchschnitten die Haut wie Gräben eine Landschaft. Es sah aus, als wäre er in viele Teile zerlegt und später wieder zusammengesetzt worden.

Frankenstein fiel mir dazu ein, aber gleichzeitig schämte ich mich für diesen Gedanken. Mit offenem Mund stand ich da und Robert wandte sich mit einer wütenden Handbewegung von mir ab.

»Verschwinde!«, hörte ich ihn sagen.

Verstört stolperte ich davon. Hastete über Äste und Steine, bis ich wieder auf dem Pfad angelangt war. Dort blieb ich stehen und holte Atem, bevor ich mich auf den Weg zurück ins Camp machte.

Zum Glück war Althea (und niemand sonst) da, als ich aus dem Wald auf die Lichtung trat. Bei meinem Anblick machte sie erst ein erschrockenes Gesicht, aber als sie sah, dass ich unversehrt war, lachte sie schallend auf.

»Was ist denn mit dir passiert, Jodie? Bist du im Moor versunken?«

Ich setzte mich auf die Holzbank unter dem Küchenzelt und erzählte ihr alles. Schließlich verschwand das Lachen doch aus ihrem Gesicht. »Das war ganz schön knapp«, sagte sie ernst. »Es hätte dein Ende sein können. Ziemlich leichtsinnig von dir, dort herumzukrauchen, wo jemand Bäume fällt.«

»Ich weiß.« Ich schniefte kläglich. Auf dem Weg zurück ins Lager hatte ich versucht, mir vorzustellen, wie es weitergegangen wäre, wenn ich mich schwer verletzt hätte. Verletzt hätte man mich mit großer Wahrscheinlichkeit in ein Krankenhaus gebracht, wobei nicht sicher war, dass ich den langen Weg auch überlebt hätte. Und tot? Hätte ich dann einen Platz neben Luke und Tia bekommen? Hätten meine Eltern vielleicht nie erfahren, wo ich war?

»Was denkst du?«, fragte Althea.

»Wenn ich gestorben wäre . . .«

»Halt.« Sie hob eine Hand, um mich zu stoppen. »Verschwende deine Zeit nicht mit solchen Gedanken. Du hast Glück gehabt. Dass du noch lebst, dafür gibt es einen Grund. *Gitche Manitu* meint es ausgesprochen gut mit dir.«

»Hmm«, brummelte ich. »Aber Robert war stinkwütend.«

»Das glaube ich gern.« Althea lächelte. »Er hat wenig Geduld mit Leuten, die sich dumm verhalten. Und du hast dich dumm verhalten.«

Ja, verflixt, ich sah es ja ein, aber es war nicht mehr zu ändern. »Ist er in Afghanistan so schwer verletzt worden?«, fragte ich neugierig.

»Du hast seine Narben gesehen?«

»Ja.«

»Kandahar«, sagte sie. »Nicht mal die Ärzte glaubten an sein Überleben. Er hat gesagt, damals wäre er lieber gestorben.«

»Liebst du ihn?«

An Altheas Reaktion erkannte ich, dass ich in meiner Neugier zu weit gegangen war, aber sie antwortete mir.

»Ja, ich liebe ihn. Er mag dir ruppig und abstoßend vorkommen, aber das ist er nicht. Als ich ihn kennen lernte, träumte er beinahe jede Nacht vom Krieg. Er erwachte schreiend und ich musste ihn in meinen Armen halten. Dann weinte er. Das passiert auch jetzt noch manchmal.«

Beschämt senkte ich den Kopf.

Althea setzte sich zu mir. »Du musst lernen, andere nicht nach dem Bild zu beurteilen, das du dir nach kurzer Zeit von ihnen machst, Jodie. Es braucht lange, um jemanden wirklich kennen zu lernen. Und bei Menschen, die verletzt worden sind, ob nun äußerlich oder tief in ihrem Inneren, ist es besonders schwer. Oftmals sind sie spröde oder scheu im Umgang mit anderen. Man muss Geduld haben, es sich verdienen, in ihr Herz blicken zu dürfen. Doch ist es einem erst gelungen, wird man nicht enttäuscht sein, denn es gibt viel Schönes zu entdecken.« Althea lächelte und stand auf. »Gräme dich nicht weiter, das ändert auch nichts. Am besten, du gehst jetzt dich und deine Sachen waschen, du riechst nämlich etwas streng.« Sie rümpfte die Nase und wedelte mich mit einer eindeutigen Handbewegung aus dem Küchenzelt.

Gehorsam trottete ich über die Wiese, aber ich erholte mich nur langsam von dem Schock im Wald. Roberts furchtbare Narben und mein Beinahe-Ende in der Wildschweinsuhle beschäftigten mich gleichermaßen. Was Jay wohl dazu sagen würde? Bestimmt war er sauer, weil ich Robert durch meine Dummheit noch mehr gegen mich aufgebracht hatte.

Am See wusch ich mich und meine Sachen. Aber sosehr ich meine Khakis und mein T-Shirt auch rieb und scheuerte, es blieben schwarze Flecken zurück. Rein äußerlich passte ich jetzt gut ins Camp. Vor allem mit der Jeans von Luke, die ich nun statt meiner eigenen Hose anziehen musste. Jay hatte mir die weite Zimmermannsjeans seines Bruders gegeben, die weder im Bund noch in der Länge passte. Aber mit Gürtel und einigen Umschlägen an den Hosenbeinen kam ich zurecht. Etwas beulte eine der Gesäßtaschen aus und ich zog es heraus, ohne mir etwas dabei zu denken.

Es war eine schwarze Skimaske aus Wollstoff. Eine mit Schlitzen für die Augen, die Nasenlöcher und den Mund. Ich schnappte nach Luft. War Luke doch nicht so harmlos gewesen, wie Jay versucht hatte, mir weiszumachen? Und warum steckte die Maske immer noch in seiner Hose, wo die Brüder doch schon über ein Jahr hier draußen im Camp lebten? Vielleicht hatte Luke Überfälle gemacht, wenn er in der Stadt gewesen war, um Vorräte zu holen? Vielleicht hatte er gestohlen, statt zu bezahlen?

Als Jay in der Dämmerung von der Jagd zurückkehrte, war er noch schlechter gelaunt als am Abend zuvor. Schon wieder hatte er keinen Elch geschossen. Er sah meine Sachen auf der Leine trocknen und natürlich bemerkte er die dunklen Flecken. »Bist du auf allen vieren durch den Wald gerobbt oder was hast du gemacht?«, fragte er.

»Ich bin in ein Wildschweinloch gefallen.«

»War das Wildschwein noch drin?«

»Nein.« Das war nicht witzig.

»Bist du verletzt?«

»Nein.« Ich schüttelte den Kopf.

Jay war so mit seinem Misserfolg beschäftigt, dass er meine Einsilbigkeit gar nicht bemerkte. Nachdem er sich umgezogen hatte, meinte er: »Lass uns essen gehen, ich habe einen Mordshunger.«

»Ich komme nicht mit«, sagte ich. »Mir ist nicht gut.«

Jay war schon halb aus dem Eingangsloch, doch nun kam er zurück, um mich von oben bis unten zu mustern. »Du siehst aber ganz gesund aus. Was ist denn los? Hast du dir den Magen verdorben?«

»Vielleicht. Jedenfalls habe ich keinen Appetit.«

»Na dann komm doch wenigstens mit.«

»Wenn ich Essen rieche, wird es noch schlimmer. Ich mag kein Gänsefleisch. Geh du nur. Ich lege mich ein bisschen hin.«

Er zuckte die Achseln. »Okay.«

Ich kuschelte mich unter die Felldecke und lauschte meinem wild knurrenden Magen. Es war hart, nichts zu essen, nachdem es heute schon keine Mittagsmahlzeit gegeben hatte. Doch der Gedanke, Robert gegenübersitzen zu müssen, war mir unerträglich.

Es dauerte nicht lange und ich hörte das Lachen der Männer über die Wiese schallen. Wahrscheinlich hatte Robert den Zwischenfall im Wald zum Besten gegeben und nun machten sie sich über mich lustig. Ich hielt mir die Ohren zu, aber das Gelächter hallte in meinem Kopf nach. Wütend schlug ich mit der Faust auf das Fell ein, auf dem ich lag.

Es dauerte nicht lang, bis Jay zurückkam. Ich stellte mich schlafend, aber er ließ sich davon nicht beeindrucken. »Ich weiß, dass du wach bist, Hasenfuß.« Er zündete die Kerosinlampe an. »Ich hab dir was zu essen mitgebracht.«

Es duftete verführerisch nach frisch gebackenem Bannock und Gänsefleisch. Mein Magen knurrte laut.

»Oh, ein Bär«, sagte Jay. »Ein hungriger Bär.«

Ich setzte mich auf und schielte nach dem Essen.

»Du hättest es mir erzählen können.« Er ließ sich mir gegenüber auf dem Fell nieder.

»Ich dachte, dass du sauer auf mich bist.«

»Na ja, wie es scheint, hast du großes Glück gehabt. Noch ein Grab schaufeln, Hasenfuß, das hätte ich nicht verkraftet.«

Ich warf mich an Jays Brust und schlang die Arme um seinen Hals. Das war wie ein Reflex, ich konnte nichts dagegen tun. Er erwiderte die Umarmung und streichelte über meinen Kopf, wie er es mit Mikik immer tat.

»Hast *du* auch über mich gelacht?«, flüsterte ich an seinem Hals.

Er machte sich behutsam los. »Ja, ich musste lachen, als ich mir vorstellte, wie Robert dich an den Füßen aus dem Wildschweinloch gezogen hat«, sagte er. »Aber ich habe auch gelacht, weil ich die Angst bekämpfen musste, dass dir etwas zustoßen könnte. Lachen hilft gegen vieles, glaub mir das. Du hättest einfach mitkommen und über dich selber lachen sollen. Dann würde es dir jetzt besser gehen.«

»Ja«, erwiderte ich, »vielleicht hast du Recht. Aber ich war zu feige.«

»Du wirst darüber hinwegkommen.« Jay hielt mir einen Teigfladen hin. »Und nun iss, bevor du dich tatsächlich noch in einen Bären verwandelst.«

Ich griff kräftig zu und danach ging es mir besser. Blieb allerdings noch die schwarze Maske, die mir keine Ruhe ließ. Jay war in versöhnlicher Stimmung und ich zeigte ihm, was ich in Lukes Jeans gefunden hatte.

Mit vorwurfsvollem Blick hielt ich sie ihm vor die Nase.

»Und?«, fragte er ungerührt. »Was ist damit?«

»Wozu hat er die gebraucht? Um Geschäfte zu überfallen?«

Jay verdrehte die Augen. »Deine Phantasie ist bemerkenswert, Hasenfuß. Eigentlich müsste ich sauer sein, weil du meinem Bruder solche Sachen unterstellst.«

»Was soll ich denn denken, wenn ich so etwas finde?«

»Nachdenken sollst du. Im Winter ist es hier draußen höllisch kalt. Jeder von uns hat einen Gesichtsschutz, damit uns die Nasen nicht erfrieren, wenn wir bei minus 30 Grad die Fallenstrecke abgehen müssen.«

»Tut mir Leid«, sagte ich.

»Frag mich das nächste Mal einfach, bevor du dir die schlimmsten Dinge zusammenreimst, okay?«

»Okay.«

Später erzählte mir Jay von dem jungen Elchbullen, dessen Spuren er den ganzen Tag vergeblich verfolgt hatte. In seiner Stimme schwang die Erregung mit, die er während der Jagd gespürt hatte.

»Ich weiß, dass er da ist, aber er hat mich ausgetrickst«, sagte er. »Elche sind kurzsichtig. Auf 200 Meter können sie einen Mensch nicht von einem Baumstamm unterscheiden. Aber sie haben eine gute Witterung. Und Schritte hören sie kilometerweit. Trotzdem, morgen entkommt er mir nicht, du wirst schon sehen.«

»Morgen? Willst du morgen schon wieder los?«

»Ja, natürlich. Ich muss diesen Elch kriegen.«

»Dann nimm mich mit.«

»Aber ist denn . . . kannst du . . .?«

»Meine Monatsblutung ist vorbei«, unterbrach ich sein Gestammel. »Althea hat Tee für mich gekocht. Und ich werde auch ganz still sein«, fügte ich bittend hinzu.

»Na, meinetwegen«, murmelte Jay. Aber ich wusste, dass der Gedanke, mich dabei zu haben, ihm nicht gefiel.

20.

Jay war früh auf den Beinen und weckte mich. Ohne zu murren, zog ich mich an, wusch mich rasch und hängte die Ledertasche mit etwas Proviant über meine Schulter. Keine Ahnung, warum ich darauf bestanden hatte, Jay zu begleiten. Ich war nicht wild darauf, einen Elch sterben zu sehen. Aber ich wollte nicht noch einen Tag ohne Jay im Camp verbringen.

Wir waren etwa eine Stunde mit dem Kanu in nördlicher Richtung unterwegs, bevor Jay auf einer Kiesbank an Land ging. An dieser Stelle war er mit mir noch nicht gewesen, aber er schien sich hier gut auszukennen. Ein Wildpfad voller frischer Spuren führte vom Ufer in den Wald hinein und diesem Pfad folgte Jay.

Ich trug meine neuen Mokassins und hatte somit gute Chancen, genauso leise zu sein wie er. Aber das war gar nicht so leicht. Hin und wieder knackte ein Ästchen unter meinem Tritt. Dann wandte Jay sich um, verdrehte die Augen und legte einen Finger auf seine Lippen.

Irgendwann, als ich wieder einmal ein Geräusch verursacht hatte (meine Hose raschelte bei jedem Schritt, den ich machte), verlor er die Geduld. Er blieb stehen, drehte sich um und starrte mich wütend an. »Ich habe dir doch gesagt, dass Elche ein gutes Gehör haben. Wenn du solchen Krach machst, ist er längst über alle Berge, bevor ich auch nur einen Gedanken an einen Schuss verschwenden kann.«

»Und wenn du weiter so herumschreist, wissen auch seine Verwandten schnell darüber Bescheid, dass Jay Muskalunge unterwegs ist, sie zu jagen.« Ich sagte das mit verhaltener Stimme und in die Hüfte gestemmten Fäusten.

Jay schüttelte den Kopf und wandte sich abrupt ab, aber nur, damit ich sein Lachen nicht sehen konnte, das er sich trotz Unmut nicht verkneifen konnte.

Er setzte sich wieder in Bewegung, und weil ich mit seinen schnellen Schritten mithalten wollte, konnte ich noch weniger auf den Weg achten. Außerdem ging mir langsam die Puste aus. Ich war zwar jetzt fitter als bei meiner Ankunft im Camp, aber noch lange keine Leistungssportlerin.

»Du atmest zu laut«, bemerkte Jay.

»Entschuldige, dass ich geboren bin.«

»Warum musstest du auch unbedingt mitkommen?«

»Weil ich bei dir sein wollte.« Ich blieb stehen, Tränen in den Augen.

Da drehte er sich um und kam zu mir zurück. Er nahm mich an der Hand und von nun an nahm er Rücksicht auf mich.

Es dauerte nicht lange, bis wir auf Elchspuren stießen. Jay kniete nieder, zog die Abdrücke im Boden mit den Fingern nach und prüfte die Stellen, an denen das Tier Zweige und Laub verspeist hatte.

Von nun an bewegte Jay sich noch unauffälliger und ich gab mir alle Mühe, es ihm gleichzutun. Inzwischen war die Sonne hinter Wolken verschwunden und die Luft so drückend und schwer, dass ich kaum noch atmen konnte. Ab und zu warf Jay einen Blick in den Himmel und ich sah die Besorgnis in seinen Augen. Aber das Jagdfieber hatte ihn gepackt und alles andere schien ihm nicht wichtig zu sein.

Immer wieder drehte er sich um, einen Finger auf den Lippen. Und das, obwohl ich schon seit geraumer Zeit keinen Mucks von mir gegeben hatte. Bald lichtete sich der Wald, der Boden wurde sumpfig. Die Fährte führte durch eine verschilfte Bucht und wir kamen an einen kleinen, halb zugewachsenen Biberteich, dessen Ufer völlig von Elchspuren zertrampelt war.

Ich konnte spüren, wie Jays Körper bis in die Haarwurzeln gespannt war. Doch das Jagdfieber wirkte nicht ansteckend. Ich hatte nichts dagegen, einen Elch zu sehen, aber lebend war er mir lieber.

Auf einmal wölbte Jay seine Hände trichterförmig vor den Mund und stieß ein lang gezogenes, sehnsuchtsvolles Stöhnen aus. Ich muss ihn merkwürdig angesehen haben, aber er ließ sich davon nicht beirren. Und noch einmal drang aus seiner Kehle dieses tiefe Stöhnen, das am Ende leicht abebbte.

Gleich darauf bekam er eine Antwort. Ein Elch, nicht einmal weit von uns. Wir schlichen weiter voran, geduckt, weil das Gesträuch hier nur hüfthoch wuchs und man eine weite Sicht hatte. Angeblich waren Elche kurzsichtig, aber Jay wollte wohl auf Nummer sicher gehen.

Wieder hörten wir das Röhren des Elches. Und schließlich sahen wir ihn. Das heißt, Jay sah ihn und zeigte in die Richtung, in der er hinter Sträuchern verborgen stand und äste.

Jay entsicherte das Gewehr, hob es an die Wange und zielte. Aber gleich darauf nahm er es wieder herunter, denn der Elch machte einen Schritt und verschwand vollkommen hinter dem Strauch. Jay gab mir ein Zeichen, dass ich mich nicht von der Stelle rühren sollte. Offensichtlich wollte er versuchen, von der anderen Seite an das Tier heranzukommen.

So wartete ich in meinem Versteck, während Jay davonschlich.

Mir schien, als würden Stunden vergehen. Immer mal wieder wackelte der belaubte Busch, wenn der Elch Blätter und kleine Zweige abriss. Inzwischen hatte sich der Himmel verdunkelt, schwere graue Wolken türmten sich drohend übereinander. In der Ferne hörte ich Donnergrollen. Mein T-Shirt war schweißnass.

In Gedanken war ich damit beschäftigt, was wir machen würden, wenn uns das Gewitter hier erwischte, als ich plötzlich ein bellendes Knurren hörte und gleich darauf ohrenbetäubender Lärm losbrach. Erschrocken blickte ich zum Strauch hinüber. Es war der Elch, der schrie, und nun sah ich auch, warum.

Wölfe. Wie unheimliche Schatten auf vier Beinen. Reglos stand ich da und sah zu, was passierte.

Die junge Elchkuh taumelte hinter dem Strauch hervor. In ihrem Hinterteil klaffte ein blutiger Dreiangel. Die Wölfe, es waren drei oder vier, umkreisten ihr Opfer knurrend. Sie waren riesig und ihr Fell war ganz unterschiedlich gefärbt. Der größte von ihnen, ich nahm an, dass es der Leitwolf war, hatte ein fast schwarzes Fell. Zwei waren dunkelgrau und einer sehr hell.

Jay hatte mir erzählt, dass Elche mit ihren Hufen tödliche Hiebe austeilen können. So einem Elchtritt war auch Louis zum Opfer gefallen, Mikes Cousin, der neben Tia und Luke auf dem Begräbnisplatz ruhte.

Doch vier gegen einen, da hatte die arme Elchkuh keine Chance. Ich sah, wie ihre Hinterbeine einknickten, sie jedoch versuchte, wieder aufzustehen. Der große schwarze Wolf machte einen Satz und verbiss sich im Hals der Kuh. Knurrend zog er sie zu Boden.

Plötzlich wurde mir bewusst, dass all das nur 30 Meter von mir entfernt passierte. Erst in diesem Moment wurde mir klar, dass ich zwar Neugier, aber keine Angst empfunden hatte. Nicht vor den Wölfen. Sie hatten mich gesehen und überhaupt nicht beachtet.

Als Jay endlich hinter mir auftauchte, schnappte er mich an der Schulter und schob mich vor sich her. Im Laufschritt eilten wir den

Pfad zurück zu der Stelle, an der unser Kanu lag. Ich wusste nicht, warum er nicht geschossen hatte, aber er schien andere Sorgen zu haben. Immer wieder schaute er prüfend zum Himmel und auch ich spürte, dass etwas in der Luft lag. Wind kam auf und ließ die Blätter in den Sträuchern rascheln.

Als wir endlich das Ufer erreichten, fielen die ersten Tropfen. Die frische Brise wurde in Minuten zu einem brausenden Sturm. Blitze zuckten über den bewaldeten Hügeln und kurz darauf ging ein Gewitterguss nieder, der die Farben der Landschaft in Sekundenschnelle auslöschte.

Jay hatte noch eine Plane aus dem Kanu geholt, doch bevor wir sie ausbreiten und darunter kriechen konnten, waren wir bereits nass bis auf die Haut.

Dicht gegen Jay gedrängt, blinzelte ich das Regenwasser aus meinen Augen. Der Regen peitschte über den Windigosee wie ein tobendes Ungeheuer. Schmutzig braune Bäche stürzten aus dem Wald und flossen in den See. Das Wasser brodelte und spritzte als würde es kochen. Die Bäume ächzten, wenn eine Windböe sie erfasste und schüttelte. Noch nie hatte ich ein Gewitter im Freien erlebt und es war allein Jays schützender Umarmung zu verdanken, dass ich nicht den Heldentod starb.

Ein Blitz schlug in den See ein und der darauf folgende Donnerschlag ließ die Erde erbeben. Mit einem Aufschrei drängte ich mich noch enger an Jay. Ich schlotterte und er umschlang mich mit seinem warmen Körper.

Als das Gewitter endlich weiterzog und der Regen nachließ, krochen wir unter der Plane hervor. Ich war noch etwas schwach auf den Beinen, aber das gab sich schnell. Die Gefahr war vorüber. Jay sah zuerst nach dem Kanu. Es war voller Wasser und alles, was darin verstaut gewesen war, pitschnass. Wortlos holte Jay die Sachen aus dem Kanu und stellte sie auf den Kies.

Zusammen kippten wir das Boot um und ein Wasserschwall ergoss sich in den See. Wir schoben es ins Wasser, beluden es wieder und kletterten hinein. Jay versuchte, den Motor anzuwerfen, aber nach mehreren vergeblichen Versuchen gab er es auf und griff wieder zum Paddel. Normalerweise hätte ich es genossen, so lautlos über das Wasser zu gleiten, wenn ich nur nicht so nass gewesen wäre. Jay hatte sich bis auf seine Unterhosen ausgezogen und riet mir, es ihm nachzutun. Aber ich behielt meine Sachen lieber an.

»Hast du so was schon mal erlebt?«, fragte ich zähneklappernd.

»Nicht unter einer Plane«, gab er zu. »Es war meine Schuld, ich hätte uns rechtzeitig ein sicheres Plätzchen suchen müssen. Aber ich wollte den Elch.«

»Warum hast du nicht geschossen?«, stellte ich endlich die Frage, die mich brennend beschäftigte. »Die Wölfe wären weggelaufen, oder?«

»Ja«, sagte er, »das wären sie. Aber es war ihre Beute. Sie haben die Elchkuh genauso verfolgt wie ich. Und sie waren schneller.«

»Das verstehe ich nicht. Dieser Elch war dir doch wichtig. Und die Wölfe hätten auch Kaninchen jagen können.«

»Sie sind Jäger, Jodie, genau so wie ich. Ich brachte es nicht fertig, ihnen die Beute wegzunehmen.«

Später versuchte Jay noch einmal, den Außenbordmotor anzuwerfen und diesmal gelang es ihm. Inzwischen hatte es aufgehört, zu regnen, aber noch immer wälzten sich dunkle Wolken am Himmel und in der Ferne hörte ich Donnergrollen.

Wir waren nur noch wenige Kilometer vom Camp entfernt, als ich etwas roch, das mir einen tödlichen Schreck in die Glieder fahren ließ: Feuer. Irgendwo brannte der Wald. Kurz darauf sahen wir es. Über den geraden Spitzen der Nadelbäume stiegen dunkle Rauchwolken auf. Wahrscheinlich hatte ein Blitzschlag den Wald in Brand gesetzt und nun war vielleicht das Camp in Gefahr.

Ich wandte mich zu Jay um und sah die Bestürzung auf seinem Gesicht. Und da war noch etwas. Er hatte Angst. Vor dem Feuer hatte Jay Angst.

»Sieht so aus, als würde es in der Nähe des Camps brennen«, schrie er mir über den Lärm des Motors hinweg zu.

Ich hatte von diesen Waldbränden gehört, die im Sommer immer wieder durch Gewitter entfacht wurden und große Teile des Waldes vernichteten. Angst um mein Leben hatte ich nicht, schließlich waren wir im Kanu auf dem See in Sicherheit. Dennoch zitterte ich. Vielleicht weil mir kalt war in den nassen Sachen, vielleicht auch weil ich Jays Angst so deutlich spüren konnte.

Das Camp war sein Zuhause. Im Tipi bewahrte er seine ganze Habe auf. Würde ein Feuer das Camp vernichten, besäße er nichts mehr außer seinem Gewehr und den Sachen, die im Kanu waren.

Hier draußen gab es keine Feuerversicherung. Althea und die Männer aus dem Camp würden ihm nicht helfen können, denn brannte das Camp, würden auch sie alles verlieren. Kurz blitzte in mir ein Gedanke auf, dass Jay mich brauchen würde, wenn er kein Zuhause mehr hatte. Vielleicht könnte er dann mit mir kommen ...

Am liebsten hätte ich mich in Tagträumen von einem Jay in Thunder Bay ergangen, von Küssen in den Pausen auf dem Schulhof und an allen möglichen anderen Orten. Aber die Fähigkeit, in Wunschträumen zu leben, war mir ja schon zu Anfang der Reise abhanden gekommen. Ich wusste, dass Jay die Stadt hasste und niemals mit mir kommen würde.

Als wir die Bucht erreichten, war die Aufregung groß. Das Camp war unversehrt, aber weiter südlich brannte der Wald und der Wind kam aus dieser Richtung. Es war nur eine Frage der Zeit, wann das Feuer das Camp erreichen würde. Reggie und Mike waren dabei, die Kanus zu beladen und wichtige Dinge am östlichen Seeufer in Sicherheit zu bringen. Der größte Teil der Fracht bestand aus Benzinkanistern. Nebeneinander waren sie am Ufer aufgereiht und ich nahm an, dass die meisten schon auf die andere Seite gebracht worden waren. Das mussten über hundert Liter sein. Wozu brauchten die Männer so viel Benzin? Um ihre Außenbordmotoren zu füttern?

Reggie bemerkte meinen fragenden Blick, aber in der Aufregung ging das unter.

»Wie stehen die Chancen für das Camp?«, fragte Jay.

»Wir denken, dass sich die Feuerwand aus südwestlicher Richtung langsam ins Tal hinabschiebt«, sagte Eric. »Bisher hatten wir alle Hände voll zu tun, um die Sachen in Sicherheit zu bringen. Vielleicht könnt ihr herausfinden, wie weit es noch vom Camp entfernt ist.«

Jay nickte. »Okay.«

Er füllte den Tank des Außenbordmotors auf und dann lenkte er das Kanu in südliche Richtung. Wir waren nicht allzu lange unterwegs, als wir eine Stelle fanden, von der aus wir das Feuer sehen konnten. Eine breite Feuerwand fraß sich von einem Hügel langsam ins Tal herab. Auf seinem Weg verschlang es den Wald. Bald würde es das Seeufer erreichen.

Hatten die Flammen einen Baum erfasst, verwandelte sich sein Wipfel in Sekundenschnelle in eine feurige Lohe. Nur die Stämme, die voll im Saft standen, brannten nicht. Rußgeschwärzt und qualmend blieben sie zurück, wenn das Feuer über sie hinweggefegt war.

Das sah nicht gut aus.

»Hast du so etwas schon einmal miterlebt?«, fragte ich beklommen.

»Als ich ein Kind war«, antwortete Jay. »Damals hatte das Feuer etwas Unheimliches und Bedrohliches für mich und daran hat sich auch nichts geändert. Es ist wie ein wütendes Tier, das keine Gnade kennt und vor nichts Halt macht.«

In diesem Augenblick kam ein schriller Laut aus dem brennenden Wald, schmerzlich und endlos lang. Ein Tierruf voller geheulter

Qual. Jay und ich hielten den Atem an. Da war ein Bär oder ein Elch eingeschlossen in den Flammen und verbrannte bei lebendigem Leibe. Für mich dauerte es eine Ewigkeit, bis der Schrei endlich verebbte und das Bersten der Bäume wieder das einzige Geräusch war, das zu uns herüberdrang.

Gleich darauf kamen die Elche. Es war eine kleine Herde, die krachend aus dem Gebüsch am Seeufer brach und sich vor unseren Augen fliehend in den See stürzte.

Jays Gewehr lag im Kanu und er hätte mit Sicherheit eines der Tiere erlegen können, wenn er gewollt hätte. Aber er rührte sich nicht. Wir sahen den Elchen nach, wie sie schwimmend das andere Ufer anstrebten. Ein Elchbulle mit seinen riesigen Geweihschaufeln, drei Kühe und zwei Jungtiere.

Als sie es geschafft hatten, atmeten wir erleichtert auf. Auch ein Bär erschien am Ufer des Sees, aber er hielt die Flucht durch das Wasser nicht für erforderlich und trollte sich in südlicher Richtung.

Jay steuerte das Kanu in Richtung des Camps zurück und berichtete, was wir gesehen hatten. »Zwischen dem Feuer und dem Hochwald, der unser Camp umgibt, liegt noch die große Sumpfniederung«, sagte er. »Vielleicht haben wir Glück und das Feuer kommt dort nicht weiter. Ansonsten müssen wir das Lager aufgeben.«

Das Räumen und Packen ging unermüdlich weiter. Ich staunte, was sich alles am Seeufer auftürmte. Blechkanister mit Mehl und Zucker. Vorratskisten mit getrocknetem Fleisch und Fisch. Munitionsschachteln, Kleiderkoffer, Hundegeschirre, Schneeschuhe und Fallen.

Doch alles blieb vorerst am Ufer, abgesehen von den Benzinkanistern. Auch die Tipis blieben stehen. Noch bestand Hoffnung, dass das Feuer das Camp verschonte.

Robert und Mike brachen zu Fuß auf, um herauszufinden, ob das Feuer die Sumpfniederung bereits erreicht hatte. Als es dunkel wurde, drehte der Wind plötzlich und kam nun aus Richtung Norden. Ein Grund zum Aufatmen.

Robert und Mike kehrten aus dem Wald zurück und berichteten, dass das Feuer tatsächlich vor dem Sumpfgebiet Halt gemacht hatte. Ein Teil der Anspannung fiel von den Männern ab. Im letzten Abendlicht wurde gegessen, dann legten sich alle bis auf Reggie schlafen. Er würde bis Mitternacht wach bleiben und als nächsten Eric wecken. Jemand musste Wache halten, um die anderen notfalls alarmieren zu können, falls der Wind wieder drehen sollte.

Jay gab Reggie Bescheid und fuhr mit mir noch einmal zu jener Stelle, wo das Feuer inzwischen das Seeufer erreicht hatte. Mit großer Erleichterung sahen wir, dass das Flammenmeer langsam verebbte. Es brannte nur noch an einzelnen Stellen. Feuerherde, die im Dunkeln glühten wie Augen. Durchdringender Brandgeruch umgab uns.

Ein trockener, harzgetränkter Baumstamm explodierte mit lautem Knall und ein Funkenfeuerwerk schoss in den Nachthimmel. Das war überwältigend schön und furchtbar beängstigend zugleich.

Die Wildnis war mir von Anfang an wie eine lebendige, unbezähmbare Macht vorgekommen. Eine die stark und schön war und mit diesen Eigenschaften Menschen verändern konnte. Eine, die hart und unerbittlich war und deshalb auch den Tod bringen konnte. Doch nun wusste ich, dass es etwas gab, das die Wildnis vernichten konnte. Es war das Feuer. Ein lebendiges Etwas, das Bäume verschlang und Tiere tötete.

»Sieht so aus, als ob wir diese Nacht nichts zu befürchten hätten«, sagte Jay.

Ich blickte ihn entgeistert an. »Aber es brennt noch.« Am Berghang in der Ferne glomm und glühte es immer wieder auf.

»Ja, aber wir können nichts tun außer abwarten.«

Ich staunte über seine Ruhe. Schließlich war es sein Zuhause, das in Gefahr war. Aber vielleicht war er auch bloß äußerlich so ruhig und in seinem Inneren sah es ganz anders aus.

Zurück im Camp stattete Jay Reggie noch einen Besuch ab, um ihm zu berichten, was wir gesehen hatten. Dann legten wir uns schlafen. Ich glühte, als ob ich den ganzen Tag zu nah am Feuer verbracht hätte. Und obwohl ich überzeugt gewesen war, dass ich in dieser Nacht kein Auge zumachen würde, schlief ich vor Erschöpfung wie ein Stein.

21.

Der nächste Vormittag wurde damit verbracht, alles vom Seeufer wieder ins Camp zu tragen. Mike war in den frühen Morgenstunden noch einmal an der Brandstelle gewesen und hatte versichert, dass keine Gefahr mehr bestand. Trotzdem fuhr er mit Robert los, um noch bestehende Brandherde zu löschen und notfalls eine Schneise ins Unterholz zu schlagen.

In dem Moment, als alles wieder sicher in den Tipis verstaut war, begann es, auf einmal zu regnen. Ganz ohne Blitz und Donner. Die Erleichterung war unbeschreiblich. Der Regen löschte die letzten Glutnester im verbrannten Gebiet. Nass und rußverschmiert kehrten Mike und Robert am Abend ins Lager zurück.

Wir saßen um das Feuer herum und warteten mit dem Essen, bis sie sich gewaschen und umgezogen hatten. Überall stieg Nebel auf und Wasser tropfte von den Bäumen. Kaum zu glauben, dass noch vor ein paar Stunden ganz unmittelbar in der Nähe solch ein furchtbares Feuer gewütet hatte.

Althea rührte mit einem großen Holzlöffel in dem schwarzen Kessel herum, in dem der Eintopf köchelte. Kaninchensuppe. Sie hatte drei Kaninchen in den Schlingen gefangen, die wir zusammen ausgelegt hatten. Wenigstens hatte ich nicht auch noch die Kaninchen vertrieben.

Die Diskussion der Männer drehte sich um das Feuer. Reggie behauptete, dass es in dieser Gegend noch nie gebrannt hätte, jedenfalls nicht, seit er im Camp lebte. Für einen kurzen Moment traf mich sein anklagender Blick und ich war völlig perplex, dass er mich jetzt auch noch für das Feuer verantwortlich machen wollte. Als ob ich im Wald gesessen und mit Streichhölzern gespielt hätte, um ihnen zu schaden.

Die Männer debattierten heftig. Vom Feuer kamen sie auf das Verschwinden der Tiere, und ehe ich mich versah, hatten sie die Schuldigen dafür gefunden. Zum ersten Mal kam der Zorn der Indianer auf jeden, der weiß war, ganz offen und unverblümt zum Vorschein.

Eric erzählte von seiner Schwester Sally, die Lehrerin war und in der Stadt lebte. Wie schwer es für sie gewesen war, eine Wohnung zu finden. Ich erschrak über seinen ungewohnt schroffen Ton. Bisher war Eric immer ruhig und ausgleichend gewesen und ich hatte vor ihm nicht so viel Angst gehabt wie vor den anderen Männern. Aber seine braunen Augen konnten grimmig funkeln, wenn er wütend war.

»Kein Weißer vermietet in einer besseren Wohngegend ein Haus an Indianer. Alle haben Angst, der Ruf des Viertels könnte darunter leiden. Sally hatte sogar Mühe, eine einfache Wohnung zu finden, weil wir Indianer in den Augen der Weißen schmuddelig und unzuverlässig sind. Sie halten uns für Diebe und Bettler.«

Da schwang so viel tief sitzender Zorn in Erics Stimme mit, dass ich immer kleiner wurde. Was der Indianer erzählte, war nicht aus der Luft gegriffen. Ich hatte solche Diskussionen oft genug mit angehört. Von den Eltern meiner Klassenkameraden und von meinen eigenen Eltern. Ich hatte nie darüber nachgedacht, hatte einfach hingenommen, was sie über Indianer erzählten.

Man hätte meinen können, die Männer hatten vergessen, dass ich unter ihnen saß, so unverblümt, wie sie über die Weißen schimpften. Doch ab und zu traf mich ein funkelnder, anklagender Blick, als wäre ich für alles verantwortlich, was den Indianern in den letzten 100 Jahren angetan worden war. Am liebsten wäre ich in einem Mauseloch verschwunden, als Reggie auf einmal das Wort an mich richtete.

»Was ist eigentlich mit dir, *Bleichgesicht?* Du hast noch kein Wort zu all dem gesagt. Glaubst du vielleicht auch, dass ihr Weißen etwas Besseres seid, nur weil ihr in warmen Häusern lebt, die Landschaft zubetoniert und sich in eurem Leben alles nur um Geld dreht?«

Erschrocken zog ich den Kopf zwischen die Schultern, da redete Reggie auch schon weiter: »Woher nehmt ihr Weißen das Recht, zu denken, ihr seid klüger als wir, hmm? Wir leben so, weil wir frei sein wollen. Was ergibt es für einen Sinn, das zu zerstören, wovon man lebt? Und das Schlimmste daran ist: Das Land gehört euch nicht mal. Ihr habt es euch einfach genommen, so wie ihr alles nehmt, was euch von Nutzen ist.«

Nun reichte es. Ich setzte mich gerade auf und straffte meine Schultern. »Das mag ja alles wahr sein«, sagte ich und ärgerte mich, dass meine Stimme zitterte. »Aber woher nehmt ihr das Recht, die Weißen für alles verantwortlich zu machen, was seit Kolumbus mit euch Indianern geschehen ist?«

Einen Augenblick war es still und ich sah die Verblüffung in den dunklen Gesichtern. Dass ich mich wehren würde, damit hatten sie nicht gerechnet. Nur um Altheas Lippen spielte ein leises Lächeln.

»Nimm es Reggie nicht übel«, richtete Robert seine Worte an mich. »Aber ihr Weißen seid an einer Menge Dinge schuld, die uns täglich das Leben schwer machen. Reggie neigt dazu, Weiße für *alles* verantwortlich zu machen. Meistens hat er allerdings Recht.«

Die Männer lachten.

»Aber ich habe es verdammt noch mal satt, von ihm für alles verantwortlich gemacht zu werden, sogar für das Feuer und eure missglückte Elchjagd«, sagte ich und meine Stimme zitterte überhaupt nicht mehr. »Auch ich bin in diesem Land geboren. Reggie sagt, es gehört mir nicht. Das behaupte ich auch gar nicht. Ich will bloß mein Leben leben, so wie ihr.«

»Aber wir können *unser* Leben nicht leben«, erwiderte Robert ruhig, »weil ihr Weißen von uns erwartet, dass wir so leben, wie ihr es uns vormacht. Unser Volk ernährt sich seit tausenden von Jahren von der Jagd. Sich bei den Weißen für Lohn zu verdingen und den Lohn im Laden dann gegen Essen einzutauschen, widerspricht unserem Stolz. Ihr Weißen werft uns vor, dass wir mit dem Land nichts anzufangen wissen. Dass wir keine Bäume fällen, um Wegwerfwindeln oder Telefonbücher draus zu machen. Aber das ist, verdammt noch mal, nicht unsere Vorstellung vom Umgang mit Mutter Erde.«

Jay legte einen Arm um meine Schulter, aber ich sprang auf und lief davon. Gegen die Argumente der Männer hatte ich keine Chance. Ich wusste zu wenig über diese Dinge. Schluchzer stiegen in mir auf, als ich den Weg zum See ansteuerte.

Jay kam mir nach. »Nun warte doch mal, Jodie.«

Ich lief weiter.

Er nahm mich am Arm und hielt mich fest. »Hey, ist es so schrecklich, die Wahrheit zu hören? Robert hat Recht, und das weißt du auch. Aber das hat nichts mit uns zu tun.«

»Nein? Ich bin mir da nicht so sicher. Dass ihr keine Bäume fällen wollt, hat nämlich *mein* ganzes Leben durcheinander gebracht.« Ich riss mich los und blieb erst am Ufer des Sees wieder stehen. Ein halber Mond lugte zwischen den Wolken hervor und sein Spiegelbild tanzte auf der schwarzen Wasseroberfläche.

»Wegen des blöden Boykotts gegen *Papermill* hat mein Dad seinen Job verloren«, sagte ich. »Die Pappfabrik, in der er gearbeitet hat, musste schließen, weil nicht mehr genug Aufträge kamen. Wir hatten ein Haus und einen Hund, aber jetzt wohnen wir in einem Block mit Sozialwohnungen. Mein Vater findet keinen neuen Job und meine Mutter nervt ihn deswegen. Das macht ihn so fertig, dass er jeden Abend in der Kneipe verschwindet und seinen Kummer mit Alkohol runterspült. Mom hat ihn angeschrien und da ist er weggelaufen.«

»Scheint in der Familie zu liegen«, sagte Jay. »Ich meine, das Weglaufen.«

»Meine Familie fehlt mir.«

»Ja, ich weiß. Und mit Sicherheit fehlst du ihnen auch. Aber wenn du wieder bei ihnen bist, dann wirst du mir fehlen.«

Ich schluckte und sah zu ihm auf.

Jay beugte sich zu mir herunter. Sein Gesicht verschwamm und er küsste mich. Dieser Kuss war anders als der Geburtstagskuss. Jay nahm meinen Kopf in seine Hände. Er öffnete die Lippen, seine Zunge tastete sich langsam in meinen Mund vor und ich schloss die Augen.

Einen Moment lang hatte ich das Gefühl, den Boden unter den Füßen zu verlieren, aber Jay hielt mich fest. Ich muss ziemlich verwirrt dreingeschaut haben, als Jay seine Lippen von meinen nahm, denn er lächelte amüsiert.

»Was guckst du denn wie ein Eichhörnchen?«, fragte er. »Hast du gedacht, wir Indianer würden unsere Nasen aneinander reiben wie die Eskimos?«

Ich schüttelte stumm den Kopf.

Er streichelte mein Kinn mit dem Daumen und meinte: »Na wenigstens bist du jetzt still.«

Dann küssten wir uns noch einmal.

Jay nahm meine Hand, als wir zum Zelt zurückliefen. Sie war warm und trocken und umschloss meine Finger mit festem Griff. Endlich hatte er mich geküsst und dieser Kuss hatte alles verändert. Auf einmal gehörten wir zusammen. Was für ein schönes Gefühl das war. Für einen Augenblick vergaß ich alles, was mein Glück stören konnte, sogar die zornigen Männer am Feuer.

»Das war ganz schön mutig von dir, Reggie die Meinung zu sagen«, bemerkte Jay. »Ich sollte dich nicht mehr Hasenfuß nennen.«

»Es gefällt mir aber«, sagte ich. Da lachte er.

Nun, da Jay beschlossen hatte, mir seine Zuneigung ganz offen zu zeigen, war es vorbei mit seiner schüchternen Zurückhaltung. Als wir unter der Schneehasendecke lagen, wanderte seine Rechte wie selbstverständlich unter mein T-Shirt und er begann, mich zu streicheln, überall. Dabei schien seine Hand sehen zu können und eine Menge zu wissen. Sie lehrte mich Dinge über meinen Körper, von denen ich bisher nichts gewusst hatte. Ich spürte, dass er alles mit der gleichen Intensität wahrnahm wie ich, aber eindeutig mehr Erfahrung hatte.

Ich fand es schön, so von Jay berührt zu werden, doch in meinem Kopf überschlugen sich die Gedanken. War das der Moment? Ja. Nein. Mir fehlte die Antwort. Hatte Jay mich wirklich genauso gern wie ich ihn? Oder lagen wir nur zusammen, weil es im Umkreis von 200 Kilometern kein anderes Mädchen gab? Mein Herz sagte, dass ich ihm Unrecht tat, doch die Zweifel wollten nicht verschwinden. Deshalb brachte ich es nicht fertig, seine Zärtlichkeiten zu erwidern. Als Jays Hand unterhalb meines Bauchnabels wanderte, hielt ich sie fest und er akzeptierte das mit einem leisen Seufzen.

Nachdem er mich eine Stunde lang gestreichelt hatte, blieb seine Hand warm und schwer auf meinem Bauch liegen. Ich bebte, spürte seinen Atem an meinem Ohr. Jay wartete und schien darauf zu hoffen, dass ich eine Entscheidung treffen würde. Doch das konnte ich nicht. Mir fehlte das Gefühl der Sicherheit. Ich wusste nicht, ob ich mich auf Jay auch in dieser Hinsicht verlassen konnte. Zwar hatte Althea versucht, mir Sicherheit zu geben, doch dieses Gefühl musste ich selbst finden, in mir.

»Was denkst du?«, flüsterte ich.

Jay murmelte: »Ich glaub nicht, dass du das wissen willst.«

Er musste nichts sagen, ich spürte es auch so. Sein Körper sprach für ihn. Lange lag ich da und lauschte auf Jays Atemzüge, wartete darauf, dass er einschlief, damit auch ich schlafen konnte.

Als ich dachte, dass er es längst tat, sagte er plötzlich leise: »Hey Hasenfuß, was versuchst du eigentlich aufzuhalten?«

Ich wusste keine Antwort darauf, also sagte ich nichts.

22.

Der folgende Tag hatte etwas Verschwommenes an sich. Ich war verlegen und hatte keine Ahnung, wie ich mich Jay gegenüber verhalten sollte. Und obwohl ich mir nichts mehr wünschte, als in seiner Nähe zu sein, ging ich ihm aus dem Weg.

Der alte Henry hackte Holz für das Küchenfeuer und ich bot mich an, die Scheite zu stapeln. Ich war eifrig bei der Sache, aber die Arbeit war nicht schwer und der alte Mann langsam. Ab und zu musste er eine Pause machen. Dann saßen wir im Schatten und tranken aus einer Wasserflasche.

»Du bist zu flink für einen alten Mann wie mich«, sagte er und wischte sich den Schweiß aus der Stirn. »Vielleicht sollten wir tauschen.« Er lachte verschmitzt.

Ich stand auf und stellte ein Rundholz auf den Hackklotz. Dann holte ich die Axt, hob sie hoch über meinen Kopf, ließ sie schwungvoll nach unten fallen – und traf daneben. Henry lachte, dass seine dünnen Zöpfe hüpften. Er kam zu mir und zeigte mir, wie man den Stiel der Axt halten musste. Ich versuchte es noch einmal und diesmal traf ich. Allerdings drang die Klinge nur bis zur Hälfte ins Holz. Ich holte noch einmal aus, hob die Axt mit dem Rundholz an und spaltete es. Die beiden Hälften fielen ins Gras. Triumphierend sah ich den alten Indianer an.

Henry nickte anerkennend. »Schon besser. Du lernst schnell. Bist ein gutes Mädchen.«

Ich stellte eine der Holzhälften wieder auf den Klotz und holte erneut aus. Gerade hatte ich das Gefühl, den richtigen Schwung gefunden zu haben, als jemand hinter mir sagte: »Was ist denn hier los?«

Diese Stimme ging mir durch Mark und Bein und ich fuhr herum. Es war Reggie, mit nacktem Oberkörper, die Hände in den Hüften. Er sah nicht freundlich aus, aber das tat er ja nie. Die Muskeln an seinen Oberarmen zuckten bedrohlich, sodass aus seinen Tätowierungen bewegte Bilder wurden.

»Wir hacken Holz«, sagte Henry ungerührt. »Das siehst du doch.«

Reggie riss mir die Axt aus der Hand. »Wenn dir die Arbeit zu schwer wird, alter Mann, dann frag einen von uns, aber nicht das Mädchen. Sie bringt sich noch um mit der Axt und dann wird man uns dafür verantwortlich machen.«

Henry seufzte. »Du hast Recht, Reggie, ich bin ein alter Mann. Aber die Arbeit wird mir nicht zu schwer, ich mache sie gern. Die Kleine und ich, wir haben unseren Spaß. Und wenn dir das nicht passt, dann sieh nicht hin.«

Donnerwetter, das hatte gesessen. Reggie drückte mir die Axt wieder in die Hand und drehte wutschnaubend ab. Henry lachte nicht mehr, aber das fröhliche Funkeln war immer noch in seinen Augen.

»Na los.« Er nickte mir aufmunternd zu. »Noch mal.«

Nach dem vierten Rundholz erlahmten meine Arme und Henry übernahm die Axt wieder.

Als das Holz fertig geschlagen und aufgestapelt war, saßen wir noch einen Moment nebeneinander und Henry sagte: »Man sieht es dir zwar nicht an, aber du kannst zupacken, und das gefällt mir. Ich habe nichts gegen dich, nur dass du es weißt.«

»Danke«, sagte ich. Es tat gut, das von dem alten Mann zu hören.

Am Nachmittag ging ich zur Bucht, um zu schwimmen und ein paar Sachen zu waschen. Ich wrang gerade das letzte T-Shirt aus, als Jay plötzlich am Wasser auftauchte, lautlos wie ein Geist.

»Was machst *du* denn hier?«, fragte ich erschrocken.

»Ich habe dich gesucht.«

»Aber hier soll doch . . . du darfst nicht . . .«

»Ja, ich weiß«, unterbrach er mich. »Keine Männer in dieser Bucht.« Er schüttelte ärgerlich den Kopf. »Was denkst du, wer des Öfteren drüben auf der anderen Seite sitzt und dir oder Althea mit dem Fernglas beim Baden zuschaut?«

Ich öffnete entrüstet den Mund. »Wer?«

»Mike. Aber was ist schon dabei? Er freut sich, dass er mal was Hübsches sieht.«

Ich wurde rot und blickte Jay mit großen Augen an. »Hast du etwa auch . . .?«

»Nein, verdammt. Was ist denn bloß los mir dir?« Er fasste mich am Arm. »Du läufst vor mir weg und kannst mir nicht in die Augen sehen. Magst du es nicht, wenn ich dich berühre? Hab ich was falsch gemacht?«

»Doch . . . Nein, nur . . .«

»Nur *was?* Sag es mir, Hasenfuß.« Unglücklich schaute er mich an. »*Mah-tee,* Jodie. Bitte. Ich weiß nicht mehr weiter.«

Ein tiefer Seufzer kam aus meiner Kehle. »Ich bin durcheinander, Jay. In dir ist so vieles, von dem ich nichts weiß. Vielleicht bist du nur deshalb mit mir zusammen, weil ich hier das einzige Mädchen weit und breit bin.«

Er ließ mich los. »Denkst du das wirklich?« Die Enttäuschung veränderte seine Stimme. Nur eine Nuance, aber ich hörte es.

»Keine Ahnung, was ich denken soll.« Ich hob die Schultern. »Ich hab mich in dich verliebt, Jay. Da ist es ziemlich schwer, einen klaren Kopf zu bewahren.« (Hey, hatte ich das wirklich gesagt?)

Jay brauchte einen Augenblick, um meine Worte zu verdauen. Sein Gesicht war so offen, dass mir angst und bange wurde. »Ich mag dich auch, Hasenfuß«, sagte er. »Und ich bin gar nicht so anders wie du glaubst.«

Seine Umarmung fühlte sich erleichtert an. Doch in seinen dunkelbraunen Augen war Ratlosigkeit.

Wir setzten uns im Schatten der Bäume ans Ufer und Jay ließ flache Steine auf der Wasseroberfläche springen. Ich spürte seine Unruhe.

»Du willst mich was fragen, also frag«, ermunterte ich ihn.

»Was ist mit deinem Tim?« Er räusperte sich. »Denkst du noch manchmal an ihn?«

»Ich habe es versucht, ganz am Anfang. Aber es hat schon nach dem ersten Tag, den ich mit dir zusammen verbracht habe, nicht mehr funktioniert. Mit dir habe ich so viel erlebt. Alles ist anders.«

»Ja«, sagte er nachdenklich. »Alles ist anders.«

Seine Augen waren auf den See gerichtet, er schien dort etwas Bestimmtes zu sehen. Aber da war nichts. Plötzlich holte er tief Atem. »Ich muss dir etwas erzählen, Jodie.«

Ich dachte, nun würde ich erfahren, was im Camp wirklich vor sich ging. Wozu die vielen vollen Benzinkanister waren und warum die Männer nicht zugelassen hatten, dass Jay mich zurückbrachte. Stattdessen erzählte er mir von Tia, Altheas Tochter, mit der er einen Sommer lang zusammen gewesen war.

Obwohl ich nicht angenommen hatte, dass ich das erste Mädchen war, für das Jay Interesse zeigte, war ich doch ein wenig vor den Kopf geschlagen.

»Ich denke, Tia war schon 23.«

Jay zuckte verlegen die Achseln. »Wir mochten uns und da ist es eben passiert. Ich glaube nicht, dass ich sie sonderlich beeindruckt habe.«

Aber sie dich, dachte ich. Aus Jays Mund hörte sich das Ganze so an, als ob es keine große Sache gewesen wäre. Doch ich hatte mächtig daran zu knabbern.

»Warum sagst du nichts?«, fragte er.

War da Unsicherheit in seiner Stimme?

»Warst du eifersüchtig auf Reggie, als Tia sich in ihn verliebte?«

»Nein. Na ja, ein bisschen vielleicht.« Er schleuderte einen Stein ins Wasser.

»Denkst du manchmal an sie?«

»Natürlich. Aber nicht so, wie du jetzt vielleicht glaubst. Ich war nicht verliebt in sie.«

Jay war mit Tia zusammen gewesen. Tia war tot, aber auf einmal stand sie zwischen uns. Wie sollte ich im Vergleich zu ihr bestehen? Mein Mut schwand zusehends. Ich hatte keine Erfahrung, nur meine Gefühle, meine unbestimmte Sehnsucht.

Ich saß im Schneidersitz und malte mit dem Zeigefinger Bilder in den feinen Sand. Eine lange Zeit sagte niemand von uns etwas, bis Jay meinte: »Ich mache alles falsch. Ich hätte dir nicht von Tia erzählen sollen.«

»Nein, das ist schon okay. Ich brauche nur ein bisschen, um das zu verdauen.«

Wieder schwiegen wir.

»Kann ich dich was fragen?« Ich sah ihn an und für einen Augenblick trat ein erschrockener Blick in seine Augen. Er hatte Angst vor meiner Frage, weil er mir gegenüber ehrlich sein wollte.

»Nur zu«, sagte er schließlich.

»Damals, an der Tankstelle in Kapuskasing, als ich auf dich zukam, was hast du da gedacht?«

»Willst du das wirklich wissen?«

»Ja. Du hast mich so finster angesehen, ich hatte richtig Angst vor dir.«

»Das solltest du auch«, entgegnete Jay und ich merkte, dass er sich dafür schämte. »Ich habe geahnt, dass du von zu Hause abgehauen bist und wollte nichts damit zu tun haben. Ich wollte keine Gesellschaft. Ich dachte, du würdest mir mit irgendwelchem idiotischem Mist die Ohren voll quatschen, wenn ich dich mitnehme.«

Diesen Eindruck machte ich also, wenn man mich nicht kannte.

»Und dann bin ich dir im Wald direkt in die Arme gelaufen. Was für ein verrückter Zufall.«

»Ich glaube nicht an Zufälle.«

»Hast du mich deshalb mitgenommen?«

»Vielleicht.«

»Und wenn ich doch zurück zur Straße gelaufen wäre?«

»Es gab viele Momente, in denen du hättest umkehren können. Du hast es nicht getan.«

»Es wurde dunkel und die Wildnis machte mir Angst. Ich hatte keine andere Wahl, als dir hinterherzulaufen.«

»Man hat immer eine Wahl.«

»Hast du gehofft, dass ich mich für die Straße entscheiden würde?«

»Zuerst ja.« Jay lachte kopfschüttelnd. »Aber dann war ich froh, dass du bei mir warst.«

»Wann war das? Wann hast du angefangen, mich zu mögen?«

Jay sah mich kurz an, blickte dann aber wieder auf den See. Er schien nachzudenken. »Ich weiß nicht«, sagte er schließlich. »Es war kein bestimmter Moment. Ich weiß nur, dass ich von Anfang an dachte: Eigentlich müsstest du sauer sein, Jay, weil du jetzt dieses Mädchen am Hals hast. Aber so war es nicht. Ich war froh, dass du da warst. Ich hatte Angst um meinen Bruder und du hast mich auf andere Gedanken gebracht. Ich musste dafür sorgen, dass dir nichts passiert, Hasenfuß. Es tat gut, für dich verantwortlich zu sein.«

Er strich mir einen Haarkringel hinters Ohr und sah mich an. »Dann starb mein Bruder und ich habe mich so einsam gefühlt wie noch nie in meinem Leben. Die anderen haben respektiert, dass ich das mit mir allein ausmachen musste, so wie es bei uns Sitte ist. Nur du nicht. Du bist mir gefolgt, wohin ich auch ging, weil du es nicht besser wusstest. Ich war wütend. Dein Mitleid hat alles noch schlimmer gemacht. Aber gleichzeitig hat es auch gut getan. Ich habe gemerkt, dass du mich magst, aber ich wusste nicht, warum. Eigentlich hättest du mich hassen müssen, nach all dem, was ich dir zugemutet habe.« Er nahm meine Hand und drückte meine Finger. »Als der Bär mich verletzte, Jodie, hattest du richtig Angst um mich. Nicht *vor* mir, sondern *um* mich. Das hat mir zu denken gegeben. Mein Arm tat so verflucht weh, dass ich die ganze Zeit hätte heulen können. Nur durfte ich dir das nicht zeigen, weil du an mich geglaubt hast.«

Er lachte und es war ein trauriges Lachen. »Ich weiß nicht mehr, wie es ohne dich war, Hasenfuß. Das ist es, was mir Angst macht. Ich kann nur schlafen, weil du neben mir liegst. Und reden, das ist mir immer schwer gefallen, aber mit dir ist es auf einmal ganz leicht.«

»Und wie geht es mit uns weiter, Jay?«

Er seufzte leise. »Darauf habe ich keine Antwort.«

Ich hockte mich auf die Knie und legte meine Hand an seine Wange. Jay stammelte etwas, ich küsste ihn. Da legte er die Arme fest um mich, als wollte er mich nie wieder loslassen.

Später, als ich mit Althea die Abendmahlzeit für die Männer zubereitete, erwischte sie mich, wie ich völlig versunken eine Kartoffel in atomare Einzelteilchen zerschnitt.

»Hey, Jodie? Wo bist du mit deinen Gedanken?«

Ich sah sie an oder besser durch sie hindurch, bis ich wieder einen klaren Blick hatte. »Was?«

»Du hast doch etwas auf dem Herzen. Ist es wegen Reggie? Ärgerst du dich noch über ihn?«

»Nein. Es hat wohl keinen Sinn, sich über Reggie zu ärgern.«

»Das stimmt.« Sie lachte. »Aber irgendetwas bedrückt dich doch. Es ist wegen Jay, nicht wahr? Vielleicht kann ich dir helfen. Ich kenne ihn ganz gut.« Althea lächelte verschmitzt.

Sie war nicht meine Mutter, das machte es einfacher. Ich gab mir einen Ruck und sagte: »Er will mit mir schlafen und ich weiß nicht, ob ich dazu schon bereit bin. Ich mag es, wenn er mich küsst und mich . . . berührt. Aber woher weiß ich, dass . . .« Ich zögerte.

Althea schenkte mir einen geheimnisvollen Blick. »Du machst dir viel zu viele Gedanken. Wenn der Moment kommt, dann weißt du es. Wir Frauen spüren, wann etwas richtig ist oder nicht.«

»Aber wie kann es jemals richtig sein, wenn wir doch nur ein paar Tage haben, in denen wir zusammen sein können.«

Althea legte ihre Hände auf meine Schultern. »Das liegt bei dir, Jodie. Daran, ob du Jay wirklich liebst und dieses Gefühl in dir wohnen lassen willst. Oder ob du dir das, was nach dem Abschied kommt, ersparen willst. Wenn wir unvoreingenommen lieben, tragen wir manchmal Verletzungen davon. Doch es gibt eine geheime, innere Kraft, die kann uns heilen. Manchmal ist es schwer, diese Kraft zu finden. Du besitzt sie, Jodie, das weiß ich.«

Es tat ungeheuer gut, mit Althea über diese Dinge reden zu können. Ich glaube, mit meiner Mutter hätte ich das nicht gekonnt. Für Mom war ich immer noch ein Kind. Althea hatte gesagt: *»Wir Frauen . . .*

Bei meiner Mutter wäre ich viel verlegener gewesen und hätte einiges nicht zu fragen gewagt. Überhaupt, Mom hätte mich in meinem Zimmer eingeschlossen und den Schlüssel weggeworfen, wenn sie erfahren hätte, was ich vorhatte.

»Was muss ich eigentlich tun?«

Althea schmunzelte. »Nun, einer von euch wird wissen, was zu tun ist.« Sie zerteilte die letzte Kartoffel in Würfel und warf sie in den Suppenkessel. Dann rührte sie kräftig mit dem großen Holzlöffel und ein starker Fleischgeruch stieg mir in die Nase. Eric hatte zwei Biber erlegt, deren Fleisch nun zwischen Karotten und Kartoffeln schwamm.

»Der erste Junge, mit dem ich zusammen gewesen bin, war ein verwegener Bursche. Kenny Seaboy hieß er. Ich war etwa so alt wie du, er dagegen 21. Meine Mutter hatte mit mir nicht über die Liebe gesprochen. Mein Vater hatte sich davongemacht, als ich vier war und seither hatte ich immer mal wieder andere Daddys gehabt. Einige davon waren Weiße. Die Hautfarbe machte für mich keinen Unterschied. Es gab indianische Männer, die soffen und meine Mom verprügelten, und es gab welche, die sie anständig behandelten.

Mit den weißen Männern war es nicht anders. Von Liebe schien meine Mutter nicht viel zu wissen, vielleicht erzählte sie deshalb nie davon. Ich wusste also nicht mehr als das, was ich hinter verschlossener Tür gehört hatte. Es hatte mich neugierig gemacht und zugleich auch verängstigt.

Kenny Seaboy sah blendend aus und er hatte das strahlendste Lachen im Umkreis von 100 Kilometern. Ich verliebte mich unsterblich in ihn. Wenn meine Mutter gewusst hätte, dass ich drauf und dran war, mich mit ihm einzulassen, hätte sie mir vermutlich den Hals umgedreht.«

Althea lächelte in der Erinnerung, zog den Löffel aus der Suppe und leckte ihn ab. »Nun, ich war auch nicht unansehnlich und so kam es, wie es kommen musste. Wir schliefen miteinander. Kenny Seaboy taugte nichts und verschwand einen knappen Monat später aus meinem Leben. Aber ich werde ihn nie vergessen. Weil er alles verändert hat, weil er *mich* verändert hat.«

»War er so ein toller Liebhaber?«, fragte ich neugierig.

Althea wiegte den Kopf hin und her. »Nun, übel war er nicht. Allerdings keine Spur von Verantwortung. Als ich merkte, dass ich ein Kind erwartete, war er längst über alle Berge.«

Ich stieß einen überraschten Laut aus. Mir war klar, was Althea mir mit dieser Geschichte sagen wollte.

Sie nickte lächelnd. »Lass sie zu, diese Liebe, Jodie. Aber verlier den Kopf nicht. Du bekommst diesen Augenblick nie wieder.«

Wie sich herausstellte, war meine Aufregung umsonst gewesen. Jay legte zum Schlafen einen Arm um mich und murmelte: »Nimm morgen deine Zahnbürste mit, wenn wir mit dem Kanu losfahren. Ich will dir etwas zeigen und wir bleiben über Nacht.«

Ich holte Luft, aber er unterbrach mich, bevor ich etwas sagen konnte. »Schsch. . . keine Fragen, Hasenfuß. Und zu niemandem ein Wort. Wir gehen auf Elchjagd, das ist alles, was du wissen musst.«

23.

Sonnig und heiß zog der Morgen herauf. Als wir ins Kanu stiegen, hatte Jay bereits verschiedene Dinge unter den Sitzbänken verstaut. Die Plane, den Schlafsack und einen kleinen Rucksack mit Proviant. Wie immer trug er sein Gewehr bei sich. Für einen Augenblick befiel mich Panik, weil ich dachte, dass er mich heimlich aus dem Camp wegbringen wollte. Aber dann lenkte er das Kanu in Richtung Norden und ich beruhigte mich wieder.

Knapp drei Stunden waren wir auf dem Wasser unterwegs, viel weiter als je zuvor auf unseren Ausflügen, bevor Jay schließlich das Ufer ansteuerte und vom Bug an Land ging. Er sicherte es an der Wurzel eines Baumes, die vom Flusswasser ausgespült war. Dann schulterte er den kleinen Rucksack und sein Gewehr und half mir beim Aussteigen.

»Auf geht's!«

»Und wohin?«

»Lauf mir einfach nach, okay?« Er lächelte. »Darin hast du doch Übung.«

Ich hatte keine Ahnung, wo Jay mit mir hinwollte, doch mir blieb nichts anderes übrig, als ihm zu folgen. An dieser Stelle führte ein schmaler Pfad durch hüfthohes Gestrüpp. Der Boden war morastig und Wasser füllte die Spuren, die wir hinterließen. Die Luft war stickig und schwül und kein Windhauch brachte Abkühlung. Schwarze Moskitowolken umschwärmten unsere Köpfe. Frank Waboons Salbe war längst aufgebraucht und ich musste die beißwütigen Insekten mehr recht als schlecht aus meinem Gesicht schlagen.

Endlich lichtete sich das Gestrüpp und der Pfad endete. Wir liefen über eine von Blaubeergestrüpp gesäumte Wiese, auf der mehrere Wildwege kreuzten. Die Moskitowolken verschwanden und der Weg war auf einmal wieder da. Jay folgte dem gewundenen Pfad um einige mannshohe Felshügel, er führte sanft bergauf. Mir fiel erneut auf, wie leicht und behände Jays Gang war. Er bewegte beim Gehen den ganzen Körper, geschmeidig wie ein Berglöwe.

Ich schwitzte fürchterlich und große, nasse Flecken breiteten sich unter meinen Armen aus. Auch zwischen Jays Schulterblättern wuchs ein Schweißfleck. Bei dem Tempo, das er anschlug, ging mir langsam aber sicher die Puste aus. Zwar hatte ich einiges an Gewicht verloren und in Altheas Mokassins waren meine Füße wunderbar leicht, aber um Jay mühelos einen Berg hinauffolgen zu können, würde ich noch eine ganze Weile trainieren müssen.

Irgendwann endete der Pfad, doch Jay stieg unbeirrt weiter nach oben. Wir liefen jetzt durch einen Hochwald, sodass wir wenigstens vor der Sonne geschützt waren. Ich staunte, wie zielgerichtet Jay voranging, denn es gab nichts, das einem Weg auch nur ähnelte. Nur zufällige Lücken zwischen Bäumen und Steinen. Ich vertraute auf seinen Orientierungssinn. Mit angeborener Sicherheit fand er überall Durchlass. Kein Stein kam unter seinen Füßen ins Rollen, kein Ast knackte.

»Nicht so schnell«, keuchte ich, »ich komme nicht mehr mit.« Wie oft war ich Jay inzwischen schon gefolgt, ohne das Ziel zu kennen? Zum ersten Mal tat ich es völlig vorbehaltlos.

»Du darfst nicht durch den Mund atmen«, waren seine ersten Worte, seit wir losmarschiert waren.

Ich versuchte es, aber meine Lungen verlangten nach mehr Sauerstoff, als ich durch die Nase kriegen konnte.

»Stopp«, sagte ich. »Ich brauche eine Pause.«

Wir setzten uns ins Gras und tranken Wasser. Jay konnte seine Ungeduld nicht verbergen. Als ob er etwas vorhatte, das er schnell hinter sich bringen wollte, bevor er es sich noch anders überlegte.

»Geht's wieder?«, fragte er nach ein paar Minuten.

Ich nickte und wir setzten unseren Aufstieg fort.

Endlich oben angekommen, standen wir schwer atmend am Rand eines Felsens, von dem man ein lang gezogenes Tal überblickte. In der Mitte lag ein dunkelblauer See, in dessen Wasser sich die umliegenden Berge und Wälder spiegelten. Schlagartig wurde mir klar, warum Jay mich hergeführt hatte: Das war ein traumhaft schöner Ort, doch seine Zerstörung war bereits im Gange.

Nur etwa eine Meile vom See entfernt klaffte ein Kahlschlag wie eine riesige Wunde. Das hässliche Loch im dunklen Teppich des Waldes sah aus wie ein Krebsgeschwür. Gigantische Holzmaschinen schlugen Schneisen der Zerstörung in bis dahin von Menschenhand unberührte Wälder. Die Bäume wurden abgemäht und zerstückelt, nicht ein einziger war stehen geblieben.

Jay schnallte seinen Rucksack ab und legte sich bäuchlings auf die vorstehende Felskante. Ich tat es ihm nach. Mein Herzschlag beruhigte sich nur langsam.

Jay holte ein kleines Fernglas aus seinem Rucksack und beobachtete eine Weile das Tal. Dann reichte er mir das Glas. »Schau genau hin«, sagte er. »So sieht es aus, wenn die kanadischen Holzkonzerne die Vorschriften einhalten.«

Ich richtete das Fernglas auf das Kahlschlaggebiet. Ich konnte mehrere Hütten erkennen, offensichtlich das Camp der Holzfäller. Und ich sah die riesigen Forstmaschinen: Bagger, Planierraupen, Laster und zwei Harvester, monsterhafte Holzerntemaschinen, die

Räder mit Ketten ummantelt. Einer der Harvester war in Betrieb. Der Greifer der Maschine schnappte einen Baumstamm, setzte die Kreissäge an, fällte den Baum, zog ihn durch die Entästung und schnitt ihn in Teile. Junge Bäume lagen am Boden, von der Maschine niedergebrochen und zerquetscht.

»Das sind Roboter der Waldvernichtung«, sagte Jay. »Bald gibt es da unten keinen Baum mehr, auf dem ein Vogel sitzen kann. So ein Timberjack Harvester fällt, entrindet und zersägt 800 Bäume am Tag. In nur 15 Minuten macht er aus einer 100 Jahre alten Schwarzfichte Nutzholz von vier Metern Länge. Wo er sein Altöl ablässt, wird nichts mehr wachsen. Und dieses Land, die Bäume, das alles gehört meinem Volk.«

»Aber sie können doch nicht einfach eure Wälder abholzen«, sagte ich. »Sie müssen eine Genehmigung dafür haben.«

»Oh ja«, höhnte er, »sie haben eine Genehmigung. *Papermill* hat die Einschlagslizenzen durch raffinierte Tricks widerrechtlich von der Provinzregierung ergaunert. Die Regierung durfte die Lizenzen überhaupt nicht verkaufen, weil ihr das Land gar nicht gehört. Irgendwo weit weg von hier, wurde das Todesurteil über unseren Wald gefällt. Das ist eine lange Geschichte und es ist der Grund, warum Männer wie Robert und Reggie so gnadenlos wütend auf die Weißen sind.«

Jay setzte sich auf und nahm einen Schluck aus der Wasserflasche. »Diese Papierfirma, Jodie, zerstört die Lebensgrundlage meines Volkes. Und sie schlägt auch noch riesigen Gewinn daraus. Durch den Kahlschlag verschlammen die Flüsse und die Laichplätze der Fische werden zerstört. Die Maschinen vertreiben die Geister des Waldes und der Tiere. Das dürfen wir einfach nicht zulassen.«

Seine Stimme hatte sich verändert und er musterte mich eindringlich.

»Nicht zulassen?«, fragte ich. »Was wollt ihr denn tun? Ist euch die Schließung der Pappfabrik nicht genug?«

»Jodie, verdammt. Wie ist denn das Wetter auf deinem Planeten?« Jay hob in einer ungeduldigen Geste die Hände. »*Papermill* holzt Flächen ab, die hundert Mal so groß sind wie das Gebiet dort unten. Sie hätten die Fabrik deines Vaters nicht schließen müssen. Das ist alles bloß Taktik, um die Leute gegen uns Indianer aufzubringen. Sie stellen es so hin, als wären wir ein Häuflein armselige Ureinwohner, das um seine Bäume bangt. Aber es geht um viel mehr, Jodie. Um die Luft, die wir atmen, und um die Zukunft meines Volkes. Es ist, als würde man uns die Kehle abdrücken. Erst sterben die Wälder und dann jene, die von ihnen leben.«

Jay sprang wütend auf, setzte sich aber gleich darauf wieder. Er war erregt, sein Körper angespannt und seine Augen funkelten. Mein Gefühl sagte mir, dass er Recht hatte, aber in meinem Hinterkopf waren noch all die Argumente, die ich in den Gesprächen meiner Eltern immer wieder aufgeschnappt hatte.

»Bei dem Brand vorgestern ist auch ziemlich viel Wald abgefackelt worden«, sagte ich.

»Das ist was anderes. Ein Waldbrand erneuert, Kahlschlag vernichtet.«

»Mein Vater behauptet, die Konzerne haben die strenge Auflage, die Kahlschlaggebiete hinterher wieder aufzuforsten. Und das bringt Arbeitsplätze für die Indianer.«

Jay verdrehte stöhnend die Augen. Er hielt mir das Fernglas vors Gesicht und sagte: »Sie doch mal genau hin, Jodie. Wo der Harvester am Werk war, bleibt eine Fels- und Schlammwüste zurück. Als Lebensraum für Tiere und Menschen ist das Gebiet für die nächsten 100 Jahre unbrauchbar. Da hilft auch Aufforstung nichts. Was neu gepflanzt wird, sind Zellstoffplantagen und kein Wald. Schau dir die kahlen Hänge an. Siehst du die tiefen Rinnen, die der Regen aus dem Boden gewaschen hat? Jeden Baum, den sie dort pflanzen, spült der nächste Regen ins Tal.«

Ich staunte, wie Jay sprach. So leidenschaftlich hatte ich ihn noch nicht erlebt. Das war keine seiner Geschichten, die er hier zum Besten gab, das waren knallharte Fakten und er kannte sich sehr gut aus damit. Nach und nach dämmerte mir, warum er mich hierher gebracht hatte. Was er mir sagen wollte, ohne es direkt auszusprechen. Auf einmal ergab alles, was ich aufgeschnappt und gesehen hatte, einen Sinn. Plötzlich begriff ich, was die Männer im Camp planten, und wurde blass.

»Du und die anderen, ihr wollt ins Tal gehen und die Maschinen zerstören, nicht wahr? Dafür braucht ihr all das Benzin.« Mir kam Lukes Skimaske wieder in den Sinn.

Jay sah mich ganz offen an. »Ja, Jodie.«

»Deshalb durftest du mich nicht zurückbringen. Reggie und Robert vermuten, dass ich etwas weiß, und haben Angst, ich könnte euren Plan verraten."

Er nickte, sah weg.

»Aber da unten sind Menschen, Jay, und nicht nur Maschinen.« Ich schüttelte fassungslos den Kopf. »Wie habt ihr euch das bloß vorgestellt?«

»Keine Einzelheiten, okay?«

»Wollt ihr den Männern etwa Gewalt antun?« Ich mobilisierte meine Vorstellungskraft. Versuchte, Jay als Zerstörer und Brandstifter zu sehen. Es gelang mir sogar, das war erschreckend. Ich wusste, er würde es tun. Das Schlimme war, dass es nichts daran änderte, wie sehr ich ihn mochte.

»*Sie* tun dem Wald Gewalt an«, sagte er. »Aus jedem Baum, der fällt, strömt das Herzblut der Erde.«

Das klang beeindruckend, aber im Augenblick hatte ich keinen Sinn für Poesie. »Und wenn sie euch kriegen?«, rief ich aufgebracht. »Denkst du, die Polizei ist blöd? Die werden schnell auf euer Lager kommen und sich einiges zusammenreimen.«

Jay schwieg.

»Wie kannst du bei so etwas mitmachen?« Wütend kämpfte ich gegen die Tränen, die mir auf einmal in der Kehle saßen. Was zwischen uns war, hatte ohnehin keine Zukunft, aber nun fühlte ich mich so unglücklich und verwirrt wie noch nie in meinem Leben.

»Weil ich bin, wer ich bin, Jodie«, erwiderte Jay schließlich. »Manchmal muss man sich für etwas einsetzen, weil es einem richtig erscheint.«

»Und wenn sie dich erwischen?«, stieß ich hervor. Nun liefen die Tränen haltlos über mein Gesicht. »Wenn sie dich erwischen, werden sie dich einsperren, vielleicht für lange Zeit.«

»Ich hab nicht vor, mich erwischen zu lassen«, sagte Jay. »*Gitche Manitou* und die Geister des Waldes sind auf unserer Seite. Alles wird gut gehen.«

Mir war klar, dass er das wirklich glaubte. Jay zweifelte nicht. Ganz im Gegenteil, er war davon überzeugt, das Richtige zu tun. Er wollte die Maschinen aufhalten, die sein Land zerstörten und die Bäume töteten. Wusste er denn nicht, dass neue Maschinen kommen würden? Glaubte er wirklich, er und die Männer aus dem Camp könnten den Kahlschlag auf diese Weise stoppen?

»Warum hast du es mir erzählt? Bin ich eine andere geworden?«

»Ich kenne dich jetzt besser und vertraue dir. Außerdem habe ich es dir gar nicht erzählt. Du hast es von selbst gewusst. Weil du gelernt hast, Antworten zu finden, ohne Fragen zu stellen. Du hast gelernt zuzuhören, Jodie. Und wenn man ein guter Zuhörer ist, dann hört man nicht nur das, was man hören will, sondern die Wahrheit.«

»Von alleine wäre ich nicht drauf gekommen. Du hättest mich nicht herbringen und mir das zeigen müssen«, widersprach ich.

»Doch«, sagte Jay. »Ich musste es tun. Für uns beide. Nun weißt du, woran du bist.«

»Das weiß ich nicht. Du willst mir ja nicht sagen, was aus den Männern da unten wird. Habt ihr vor, sie zu erschießen?«

»Traust du uns das zu?«, fragte er und sah mich befremdet an. »Traust du *mir* zu, dass ich einen Menschen töte?«

»Nein«, schnaufte ich. »Aber Reggie schon.«

Er schüttelte den Kopf. »Was soll denn der Blödsinn? Denk doch mal nach. Wenn die Maschinen unbrauchbar sind, haben die Holzfäller nichts mehr zu tun und werden verschwinden.«

»Aber sie haben bestimmt Gewehre und werden ihre Maschinen verteidigen. An den Maschinen hängt ihr Job und am Job ihre Familie.«

Jay hob die Schultern. »Glaub mir, Robert weiß, wie man einen Überraschungsangriff führt. Es ist alles genau geplant.«

Überraschungsangriff? Ich stellte mir vor, wie die Indianer aus dem Camp das Kriegsbeil ausgruben und gegen ihre Feinde in den Kampf zogen. Jay mitten unter ihnen. War das der Jay Muskalunge, den ich kannte? Wie konnte er mir nur so nah und so fremd zugleich sein?

»Ich wünschte, du wärst Zigarettenschmuggler«, sagte ich niedergeschlagen. »Damit könnte ich leben.«

Jay lachte erleichtert und zog mich zu sich heran. Zuerst sträubte ich mich, aus Groll über das, was er zu tun entschlossen war. Doch ich würde ihn nicht davon abbringen können. Seine Überzeugungen, sein Glauben, seine Geister, die gehörten genauso zu ihm wie das, was er für mich empfand. Schließlich schmiegte ich mich in seine Umarmung und ließ mir von ihm die Tränen aus dem Gesicht küssen.

24.

Nachdem wir noch etwas gegessen und getrunken hatten, machten wir uns auf den Rückweg. Es war inzwischen später Nachmittag und die Sonne brannte nicht mehr so heiß vom Himmel. Jay ging voran und ich folgte ihm. Bergab war es nicht einfacher als bergauf.

Wieder mussten wir über die Wurzeln umgestürzter Bäume klettern, Brombeerranken ausweichen und uns durch ein Wirrwar aus Felsbrocken hangeln.

Am Ufer des Sees angekommen, stiegen wir gleich ins Kanu. Ich nahm meinen Platz im Bug ein und Jay paddelte ein kleines Stück um einen großen Felsturm herum in eine sandige Bucht. Dort gingen wir an Land.

Es musste ein alter Lagerplatz sein, denn es gab eine von Steinen umgrenzte Feuerstelle und ein Gestell aus Stangen, auf dem man eine Schutzplane befestigen konnte. Wir würden jedoch keine brauchen, denn obwohl ein paar weiße Wolken am Himmel standen, sah es nicht nach Regen aus.

Der Platz war von einer eigenartigen, bizarren Schönheit. Im Hintergrund erhoben sich stahlgraue Granitfelsen, von denen einer die Form eines mächtigen Riesen hatte. Wenn man sich Mühe gab, konnte man sogar sein Gesicht erkennen. Augen, Mund und ein vorspringender Block, der wie eine Nase aus dem Massiv ragte.

Davor wuchsen vereinzelt Kiefern, verkrüppelte Birken und ein paar mannshohe Dornensträucher. Es war ein sicherer Platz. Wollte ein Bär ihn erreichen, brauchte er eine Leiter oder musste schwimmen.

Ich half Jay, Holz für das Feuer zusammenzusuchen, und breitete die Plane daneben aus. Er verschwand mit der Angelrute auf einem in den See hineinragenden Felsen. Ich setzte mich ans Ufer auf einen Stein und hielt meine müden Füße ins Wasser.

Die Wellen leckten über den Sandstrand. Wenn sie gegen die losen Steine schlugen, brachten sie die Kiesel zum Klingen. Es hörte sich geheimnisvoll an und ich musste daran denken, was Jay mir über die *Mannegishi* erzählt hatte, die *Kleinen Leute*, die zwischen solchen Felsen lebten. Warum konnte er sie sehen und ich nicht? Warum war die Wunde im Teppich des Waldes eine Wunde in seinem Herzen? Aus welchem Grund mochte er mich, anstatt mich zu hassen wie Reggie?

Ich beobachtete ihn und er winkte mir zu. Kurz darauf hatte er einen Fisch an der Angel, dem nun all seine Aufmerksamkeit galt. Fasziniert verfolgte ich, wie Jay die Leine locker ließ, um sie dann mit sanfter Macht wieder anzuziehen. Er spielte mit dem Fisch. Es war ein Kampf um die längere Ausdauer. Nach einer Weile kam Jay mit zwei schillernden Forellen zurück, die er schon ausgenommen hatte.

Er setzte sich neben mich und wir beobachteten einen jungen Weißkopfseeadler, der sich die Innereien der Fische vom Felsen holte.

»Was dagegen, wenn ich ein Bad nehme?«, fragte Jay unvermittelt.

Ich zuckte die Achseln. »Nein, warum sollte ich?«

Er stand auf und hielt mir seine Hand hin. »Kommst du mit?«

Ich ließ mich von ihm auf die Beine ziehen. Als er jedoch nach dem Saum meines T-Shirts griff, zuckte ich zurück.

Der Blick, den er mir zuwarf, bevor er sich umdrehte und zum Wasser ging, war neu für mich. Jay schlüpfte aus Hemd und Hose. Im Nu war er nackt und rannte ins Wasser. Er schwamm, tauchte und winkte mir zu.

»Na los, komm schon rein. Es ist gar nicht kalt.«

Unschlüssig stand ich an der Wasserlinie.

»Na was ist, schämst du dich etwa? Hier ist doch niemand.«

Du bist hier, dachte ich.

Doch dann überwand ich mich, zog meine Sachen aus und watete in den See. Die Arme hatte ich vor der Brust verschränkt. Das Wasser war erfrischend, nicht kalt. Aber der Grund des Sees war schwarz und voller Schlick, das hasste ich. Mit einem Aufschrei warf ich mich nach vorn und schwamm.

Jay lachte. Mit kräftigen Stößen kraulte er weit hinaus und war doch schneller wieder am Ufer als ich. Da stand er, ein blau leuchtendes Handtuch in den Händen und wartete darauf, dass ich aus dem Wasser kam.

Er gab es mir und ich rubbelte mich trocken. Das Handtuch war steif wie ein Brett und rötete meine Haut. Ungefähr in demselben Maß wie Jays Blick.

»An manchen Stellen bist du richtig weiß.« Seine Stimme klang auf einmal rau, als hätte er einen Frosch im Hals.

Manche Stellen! Mein Hintern und meine Brüste waren schneeweiß. Weil sie nie einen Sonnenstrahl abbekommen hatten. Jay war überall braun. Ich brauchte bloß die Hand ausstrecken, um ihn zu berühren. Wie würde er sich wohl anfühlen? Beruhigend oder verunsichernd? Ich gab ihm das Handtuch zurück und in Windeseile hatte ich meine Sachen wieder an, was er mit einer gewissen Enttäuschung im Gesicht registrierte.

»In der Stadt kann man nicht nackt baden gehen«, bemerkte ich spitz. »Ich muss einen Bikini tragen.«

»Noch ein Grund mehr, niemals in einer Stadt zu wohnen«, erwiderte er und schlang das Handtuch um seine Hüften.

Er holte seine Haare über die Schulter, drehte sie zusammen und wrang sie aus. Sein missmutiger Blick entlockte mir ein Lächeln. Was war bloß los mit mir? Wollte ich das wirklich, woran ich gerade dachte? Woran ich eigentlich schon seit Tagen dachte? Mein Körper schien es zu wollen, denn mir wurde auf einmal wohlig warm im Bauch.

»Werden die anderen nicht denken, wir hätten uns aus dem Staub gemacht?«, fragte ich, um das Schweigen zu brechen.

»Althea weiß Bescheid«, erwiderte Jay.

»Sie weiß, wo wir sind?« Ich war erstaunt.

»Nein. Nur, dass wir über Nacht wegbleiben.«

Gemeinsam sammelten wir Holz für ein Feuer, und während die Fische rösteten, versank eine glutrote Sonne hinter den Wipfeln der Bäume. Als der Fisch gar war, aßen wir. Die verbrannte Fischhaut warf Jay ins Feuer.

Ich wusch meine Hände im See und setzte mich ans Ufer in den noch sonnenwarmen Sand. Die Wolken hatten sich verzogen, am Himmel pulsierten die ersten Sterne wie lebendige Wesen. Ich gab mich meinen Träumen hin. Obwohl ich wusste, dass dies nicht das wirkliche Leben war, jedenfalls nicht meins, fühlte es sich in diesem Augenblick so an. Ich wünschte mir nichts sehnlicher, als für immer hier bleiben zu können, zusammen mit Jay.

Als die Töne seiner Flöte zu mir herüberdrangen, hörte ich aus ihnen alles heraus, was er fühlte und was er nicht in Worte fassen konnte. Ich hörte heraus, was er sich wünschte, wovon er träumte. Das war ein Liebeslied. Ein Liebeslied für mich. Jay hatte eine Entscheidung getroffen, er wollte mit mir zusammen sein. Aus diesem Grund hatte er mich auf diesen Berg geführt und mir das Kahlschlaggebiet gezeigt. Ich sollte alles über ihn wissen, bevor ich meine Entscheidung fällte.

Nach einer Weile setzte er sich neben mich.

»Es ist schön, wenn wir ganz alleine sind«, sagte ich.

»Wir sind nicht allein.« Er hob den Kopf in den Nacken, betrachtete den Himmel und sagte: »Wir Cree glauben, dass die Sterne die Wohnstätten derjenigen sind, die ein gutes Leben geführt haben. Meine Familie ist da oben, irgendwo.«

»Glaubst du, dass auch dein Bruder dort ist?«, fragte ich.

»Ja, das glaube ich. Er war oft wütend auf das Leben, das er führte. Er schämte sich, weil er sich selbst und anderen Leid zugefügt hat. Aber ich weiß, dass er oft einsam war und nie jemandem schaden wollte. *Kitche Manitou* weiß das vielleicht auch.«

Als ich nichts sagte, legte Jay einen Arm um mich und zog mich zu sich heran. »Dass du nicht glauben kannst, was ich glaube, macht mir nichts aus, Hasenfuß. Ich mag dich trotzdem.«

»Da bin ich aber froh«, sagte ich.

»Ist es dir etwa ernst mit mir?«

»Ich dachte, das weißt du. Nur manchmal . . .«

»Was?«, fragte er.

»Manchmal würde ich gerne sehen, was du siehst.«

»Tust du das nicht?«

»Ich glaube, du siehst das Land anders, als ich es kann.«

»Das Land ist ein Gefühl, Jodie. Wenn du es spürst, wirst du ein Teil davon, so wie ich. Und das bleibt, auch wenn du nicht mehr hier bist. Du bist nie verloren, denk immer daran.«

Es war schön, am Wasser zu sitzen, Jays Worten und dem Gesang der Steine zu lauschen. Doch Jay bemerkte irgendwann, dass es Zeit wäre, schlafen zu gehen. Und ich wusste, was er damit meinte.

Ich kuschelte mich zu ihm unter die Decke, dachte daran, dass die Sterne über uns wachten und dass das Abenteuer dieser Nacht nicht darin bestand, unter freiem Himmel zu übernachten.

Jay rückte ganz nah an mich heran. Er war einfach da, mit seinen dunklen Augen, seinem warmen Körper. Obwohl mir klar war, dass in dieser Nacht unbekannte, verwirrende Dinge stattfinden würden, hatte ich keine Angst. Nur ein dumpfes Pochen war überall unter meiner Haut.

Jays Haar fiel mir in feuchten Strähnen ins Gesicht, als er sich über mich beugte und mich küsste. Zuerst zärtlich, wie ich es von ihm kannte, doch auf einmal veränderten sich seine Küsse. Ich hörte sein tiefes Aufstöhnen und drückte ihn irritiert von mir weg.

Er setzte sich, noch ganz benommen, und in seinen Augen lag ein unsicherer Ausdruck. »Was ist denn los, Jodie?«, fragte er mit belegter Stimme. »Ich dachte, du willst es auch.«

Für einen langen Moment konnte ich nicht atmen, dann funktionierte es wieder. Aber noch bevor ich etwas antworten konnte, sagte Jay: »*Kee-se-kee-hee-tin,* Jodie, ich liebe dich.« Es klang irgendwie unglücklich, als ob er nicht froh darüber wäre. Er holte tief Luft und stieß es noch einmal hervor. »Ich liebe dich, aber ich weiß nicht, was aus uns wird. Du kannst nicht länger im Camp bleiben und ich kann nicht in der Stadt leben. Wir haben nur das Hier und Jetzt, und wenn dir das zu wenig ist, dann kann ich es verstehen.«

Mein Herz bekam erneut Rhythmusstörungen. Dass er das sagen würde, hatte ich nicht gedacht. Aber ich glaubte ihm. Langsam wurde ich ruhiger und spürte eine unbekannte Kraft in mir.

»Ich liebe dich auch«, sagte ich. »Und ich weiß, wer du bist.«

Jay atmete erleichtert auf. Zaghaft zupfte er an meinem T-Shirt. »Wäre schön, wenn du das für mich ausziehen würdest, damit ich ganz nah bei dir sein kann.«

Ich holte tief Luft, setzte mich auf, hob die Arme und ließ mir von Jay das T-Shirt über den Kopf ziehen.

Im Schein des Feuers berührten wir einander voller Staunen. Wie oft ich davon geträumt hatte. Und wie verwirrend war es jetzt, als es tatsächlich passierte. So voller Zärtlichkeit, so unsagbar schön.

Es fühlte sich an, als wäre Jays Blut um einige Grad wärmer als meins. Ihn zu berühren war beruhigend und verunsichernd zugleich. Ich hielt die Luft an, als sich sein Brustkorb warm gegen meinen hob.

»Einfach atmen«, flüsterte er.

Und ich machte einen tiefen Atemzug.

Jay lag auf der Seite, auf einen Ellenbogen gestützt, die Hand unter dem Kinn. Mit der anderen strich er mir das wirre Haar aus der Stirn.

»Warum hast du es mir nicht gesagt, Hasenfuß?«

»Was denn?«, murmelte ich.

»Dass du . . . dass ich . . . Ich war der Erste.«

»Was hast du denn gedacht?«

»Ich weiß auch nicht. Du hast mir von diesem Tim erzählt, deinem Traumtypen, und ich dachte . . .«

Ich musste lachen. »Ich bin ihm nie begegnet. Wir haben uns immer nur E-Mails geschrieben. Hatte ich dir das nicht gesagt?«

»Nein, hast du nicht«, sagte Jay. »Aber es wäre kaum verwunderlich gewesen, wenn schon mal einer vor mir entdeckt hätte, dass du etwas Besonderes bist.«

»Na ja, ich hatte nicht gerade eine Traumfigur«, sagte ich, getragen von einem ganz neuen Selbstbewusstsein. »Die Höhepunkte in meinem Leben bestanden aus Eisbechern und Schokoladenriegeln. Auf diese Weise angelt man sich keinen tollen Typen.«

Mit einem Lächeln umfasste Jay meine Brust. »War doch ganz gut, dass du was auf den Rippen hattest«, foppte er mich, »sonst wäre jetzt nichts mehr übrig.«

Ich kuschelte mich an ihn. Das hatte er wirklich nett gesagt.

25.

Eine warme Morgensonne weckte uns. Wir stiegen beide noch einmal in den See und wuschen uns gegenseitig. Jay schöpfte Wasser über meine Schultern, meine Brüste. Meine Finger strichen über die wulstigen hellen Narben an seinem Arm.

Ich sah ihn lächeln und meine Liebe zu ihm war so groß, dass ich sie nicht mehr fassen konnte. Sie schwebte über den See, schwang sich auf in den strahlend blauen Himmel und wurde eins mit allem, was uns umgab.

Diesen Augenblick bekommst du nie wieder, hatte Althea gesagt. Und das wollte ich auch nicht. Er würde einmalig sein, für immer. Ich war nicht mehr schüchtern oder scheu, doch das Summen in meinem Körper blieb, wann immer Jay mich berührte.

Wir schwammen ein Stück und hinterher rieb mich Jay mit dem Handtuch trocken.

»Als ich dich eben aus dem See steigen sah«, sagte er, »musste ich an eine Geschichte denken, die mein Großvater meinem Vater erzählt hat. Als Grandpa so alt war wie ich, fuhr er mit seinem Kanu auf einen See und fischte mit dem Netz. Auf einmal hörte er es hinter sich platschen und bekam einen Schwall Wasser ab. Er drehte sich erschrocken um, denn so große Fische konnte es nicht geben – und sah eine gelbhaarige, junge Frau im See untertauchen. Mein Großvater hatte schon davon gehört, dass es solche Wesen geben sollte. Sie nannten sich Seejungfrauen und kommunizierten mit anderen Wesen durch Gedankenübertragung. Allein durch die Kraft ihrer Gedanken konnten sie einen dazu bringen, alles Mögliche zu tun.« Jay lächelte. »Mein Großvater konnte die Seejungfrau nicht vergessen und fuhr täglich zu der Stelle hinaus, in der Hoffnung, dass sie vielleicht noch einmal auftauchen würde. Aber er bekam sie nie wieder zu Gesicht.«

Ich begann mich anzuziehen und sagte: »Wenn ich eine Seejungfrau wäre und solche Kräfte hätte, dann würde ich dich dazu bringen, das Holzfällerlager nicht zu zerstören. Ich würde dich verhexen und dafür sorgen, dass du gleich morgen mit mir nach Thunder Bay kommst und wieder zur Schule gehst.«

Jay blickte mich an, um zu sehen, ob ich das, was ich gesagt hatte, ernst meinte. Er machte einen so verunsicherten Eindruck, dass ich lachen musste.

»Ich habe gar nicht gewusst, dass Indianer an Geschichten von Seejungfrauen glauben.«

»Du weißt so manches nicht«, sagte er und auf einmal hatte seine Stimme einen ernsten Unterton. »Wahrscheinlich würden deine Freundinnen dich auslachen, wenn sie uns zusammen sehen würden. Und deine Eltern würden dir verbieten, dich mit mir zu treffen. Keinem weißen Vater gefällt es, wenn ein Indianerjunge etwas mit seiner Tochter zu tun hat.«

Ich stieß Luft durch die Lippen. »Na und? Deinen Leuten gefällt es doch auch nicht, dass du mich magst.«

»Das ist was anderes«, brummte Jay. »Mir ist egal, was sie denken.«

»Mir doch auch«, antwortete ich schnippisch. Ich musste lachen und schließlich lachte auch Jay.

Obwohl wir beide wenig Lust verspürten, ins Camp zurückzukehren, brachen wir am frühen Nachmittag auf. Ich hörte das leise Plätschern des Paddels und ließ verträumt meine Hand durchs Wasser gleiten, vollkommen erfüllt von dem Gefühl, eine andere zu sein.

Ich sah anders und hörte anders. Nahm meinen Körper auf andere Weise wahr. Er war nicht mehr länger etwas, wofür ich mich schämte und was ich zu verbergen suchte. Für Jay war ich in Ordnung, so wie ich war. Und für mich selbst würde ich das von nun an auch sein.

Libellen sausten mir um die Ohren, aber ich hielt ganz still. Jay sah es und lachte. Es war ein richtiges Lachen, eines, das auch seine Augen mit einschloss. Ich mochte es, wie sie zu kleinen Halbmonden wurden. Ich mochte alles an Jay. Was er ausstrahlte und was er in sich trug. Was er mir gegeben hatte und was er in mir entdeckt hatte. Vielleicht braucht jeder Mensch irgendwann einen anderen, der etwas in ihm entdeckt, wovon er selbst nichts weiß.

Ich dachte daran, was er am gestrigen Abend zu mir gesagt hatte. Dass ich ein Teil des Landes sein konnte, so wie er. Im Augenblick fühlte ich mich als Teil des Ganzen, vollkommen eins mit mir, als die plötzliche Stille mich aus meinen Gedanken holte. Das Gurgeln unter dem Kanu war verstummt. Ich drehte mich zu Jay um und sah, dass er das Paddel eingezogen hatte.

»Was ist denn los?«, fragte ich.

»Du darfst dir vor den anderen auf keinen Fall anmerken lassen, dass du etwas weißt«, sagte er.

»Ich bin ja nicht blöd.«

»Nein, Hasenfuß, blöd bist du nicht. Aber zu ehrlich. Man sieht dir an, was du denkst. Du kannst dich nicht verstellen – deine Gefühle stehen dir ins Gesicht geschrieben.«

Das Kanu schaukelte leicht, weil ich die Beine über die Sitzbank hob und mich ganz zu Jay umdrehte. »Wenn das so ist, musst du von Anfang an gewusst haben, dass ich verliebt in dich war.«

Jay lächelte. »Wenn du aufgeregt bist, bekommt das Grau in deinen Augen einen violetten Schimmer. Wenn du traurig bist, wird es dunkel, wie Gewitterwolken. Und wenn es dir gut geht, dann leuchtet es hell wie sonnenbeschienener Fels.«

»Du weißt also immer, wie es mir geht?«

Um uns war kein Laut, kein Wellengang.

Er schüttelte den Kopf. »Nicht immer. Nur wenn du mich anschaust.«

»Und wenn sie mich fragen, wo wir waren?«

»Am See, irgendwo. Aber ich glaube nicht, dass sie fragen. Sie werden froh sein, wenn wir wieder . . .«

Jay beendete den Satz nicht. Seine Augen weiteten sich und wurden gleich darauf zu schmalen Schlitzen. Etwas war in meinem Rücken, das seine ganze Aufmerksamkeit beanspruchte. Sein Körper spannte sich.

»Was . . .?«

Jay legte einen Finger auf seine Lippen und ich drehte mich langsam um. Sonnenlicht schimmerte auf den Wellen und blendete mich. Zuerst sah ich nur einen dunklen Fleck zwischen den Blättern einiger Sträucher, die ins Wasser reichten, und dachte an eine Wurzel. Aber dann bewegte sich die Wurzel. Ich sah verzweigte, handförmige Schaufeln auf einem mächtigen Kopf. *Ein Elch.*

Er stand im kühlen Wasser, wo ihn die Moskitos nicht plagten, und äste. Jay griff zum Paddel und brachte das Kanu ein Stück näher ans Ufer heran. Ich konnte die Anspannung in seinem Körper spüren, obwohl er nach außen vollkommen ruhig wirkte. Das Jagdfieber hatte ihn gepackt. Der Wunsch, diesen Elch zu töten, beherrschte auf einmal seine Gedanken.

Wir waren jetzt so nah, dass ich den langen Kopf des Elches und seine Augen ganz deutlich erkennen konnte. Sein Fell war so dunkel, weil es nass war. Er hatte eine mächtige Brust und in seinem Geweih hingen blutige Hautfetzen. Das war der Bast, den er versuchte loszuwerden, weil es juckte. Obwohl noch nicht ausgewachsen, war es ein gewaltiges Tier und mir wurde flau in der Magengegend. Immerhin war Mikes Cousin von einem Elch getötet worden.

Der junge Elchbulle witterte mit gespitzten Ohren. Offensichtlich fand er, dass wir ihm nun doch zu nahe gekommen waren und machte sich daran, aus dem Wasser zu steigen. Jay kniete im Kanu und entsicherte das Gewehr im Hochreißen. Ich wagte nicht, mich zu rühren, hielt den Atem an. Mit erstaunlicher Behändigkeit flüchtete das schwere Tier ans Ufer. Ein scharfer Knall zerriss die Stille. Vögel flatterten erschrocken aus den Büschen. Der Elch stieß einen markerschütternden Schrei aus und brach mit lautem Krachen durch das Gehölz.

Alles war so schnell gegangen, dass ich kaum begreifen konnte, was passiert war. Hatte Jay getroffen? Er murmelte etwas vor sich hin und hatte den Motor schon angeworfen. Wir gingen an Land. Ich schien für Jay überhaupt nicht mehr vorhanden zu sein, nur der Elch war wichtig.

Er untersuchte die Stelle, wo der Bulle verschwunden war. Einige Blätter der Sträucher glänzten rot. Jay rieb das Blut zwischen seinen Fingern und stieß eine Art Kriegsschrei aus. »Ich hab ihn getroffen«, rief er triumphierend. »Ich hab ihn getroffen.«

Er wandte sich zu mir um. »Warte hier!« Kurz darauf verschluckten ihn die grünen Sträucher genau so wie den verwundeten Elch.

Ich setzte mich ans Ufer, noch ganz benommen von dem eben Erlebten. Auch das war Jay: Ein Jäger auf der Spur des verletzten Wildes. Vielleicht war der Elch nur leicht getroffen und hatte noch genügend Kraft, um kilometerweit zu flüchten. Jay würde ihn verfolgen, bis er ihn hatte. Und wenn ich bis zum Abend hier sitzen und auf ihn warten musste.

Moskitos kamen in dichten Schwärmen aus den Büschen und stürzten sich auf jedes Stück meiner nackten Haut. Ich schlug um mich, sprang herum wie ein Derwisch und stieß wilde Verwünschungen aus. Wie konnte Jay mir das antun? Mich den gefräßigen Moskitos überlassen. Was, wenn ein Bär das Blut des Elches witterte und mich hier fand?

Ich war gründlich durcheinander. Verwirrt, verletzt, verliebt, alles zugleich. Frustriert stellte ich mich auf ein langes Warten ein. Doch es dauerte nur wenige Minuten, bis ein zweiter Schuss die Stille zerriss. Und dann noch einmal so lange, bis Jay aus dem Gebüsch kam, den toten Elch hinter sich herschleifend.

Ich sprang auf und wich vor ihm zurück. Tot wirkte der Elch kleiner, als ich vermutet hatte. Ich betrachtete den Kopf mit der leicht nach unten gezogenen Schnauze, die gelben Zähne.

Jay streute eine Prise Tabak über das tote Tier und murmelte etwas auf Cree. Dann zückte er sein Messer, drückte es durch das dicke Fell und durchtrennte die Halsschlagader. Während das warme Blut im Gras versickerte, brach er den Elch auf. Alles ging schnell, mit sicheren, routinierten Bewegungen. Wie er Fische ausnahm. Nur dass die Dimensionen hier anders waren. Es stank und mir drehte sich der Magen um, als Jay Darmschlingen und Innereien hervorholte. Er spreizte die Bauchdecke des toten Elchbullen mit einem Ast, damit das Innere schneller auskühlte.

»Was ist denn los, Hasenfuß?«, fragte Jay, als er mein Gesicht sah. »Du isst doch auch Fleisch, richtig?«

»Ja, schon. Aber ich glaube, von nun an nicht mehr.« (Das war definitiv der Punkt, an dem aus mir eine Vegetarierin werden würde.) Ich dachte an diverse Leitsprüche. *Niemand darf leiden. Auch Tiere nicht.*

Der Elch war mausetot und litt nicht mehr. Aber seinen Schrei, den er ausgestoßen hatte, als Jays Kugel ihn traf, werde ich nie vergessen.

»Wie du meinst«, sagte er, »das ist deine Entscheidung. Aber jetzt brauche ich deine Hilfe. Im Kanu unter meiner Sitzbank ist eine Kiste mit Plastiktüten. Bring sie her, okay?«

Ich fand die Tüten und brachte sie Jay, der inzwischen begonnen hatte, den Elch aus der Felldecke zu schlagen. Ich ließ sie neben ihm ins Gras fallen und wollte mich davonmachen.

»He«, rief er, »lauf nicht weg, ich brauche dich. Du musst das Fleisch in die Tüten packen, während ich schneide.«

Ich drehte mich um und wagte einen weiteren Blick auf den Elch. Angewidert schüttelte ich den Kopf. »Das kann ich nicht.«

Jay unterbrach seine Arbeit und sah mich aufmerksam an. Ungeduld war in seinem Blick. »Warum nicht?«

»Weil er mir Leid tut.« Ich verspürte Brechreiz und schloss kurz die Augen, als ich Jays blutige Hände sah.

»Aber er ist tot«, sagte er. »Und ich dachte, du hättest es begriffen. Leben wollen bedeutet töten müssen, jedenfalls hier draußen in der Wildnis. Das ist kein Sport, Jodie. Altheas Gemüsegarten reicht nicht, um uns zu ernähren. Fleisch ist das Hauptnahrungsmittel im Camp.«

Er hatte Recht. Ich musste daran denken, wie wir auf den Bären gestoßen waren, und daran, wie die Wölfe Jay den Elch vor der Nase weggeschnappt hatten. Immer ging es ums Überleben. Jeder hier draußen war ständig auf der Suche nach Nahrung, ob Mensch oder Tier.

Jay sah mich prüfend an.

»Ja, ich weiß«, sagte ich.

»Dann hilf mir bitte. Ich schaffe es auch allein, aber zu zweit geht es besser. In der Hitze verdirbt das Fleisch rasch. Je eher wir im Camp sind, umso schneller kann es verarbeitet werden. Na komm, ich weiß, dass du es kannst. Du kannst alles.«

Er sagte das so voller Überzeugung, dass ich schließlich nachgab.

»Also gut.« Ich öffnete eine der Tüten. »Aber beeil dich, bevor ich es mir anders überlege.«

Herz und Leber übernahm Jay, sie kamen in einen extra Beutel.

Danach zerlegte er den Elch und ich packte mit Todesverachtung große Fleischstücke in die Plastikbeutel. Die meiste Zeit hielt ich die Luft an, aber ab und zu musste ich atmen.

»Ich weiß auch nicht, aber irgendetwas stinkt hier nach Verwesung«, stieß ich hervor.

»Das ist das Geweih«, erklärte er. »Die Bastfetzen, die noch an den Schaufeln hängen.«

Ich sah nicht hin und behalf mir, indem ich durch den Mund atmete, sonst hätte ich meine Arbeit nicht beenden können.

Jay nahm die mittlere Sitzbank aus dem Kanu und wir trugen die Beutel mit dem Fleisch ins Boot. Jay packte das Fell dazu, dann wuschen wir uns das Blut von Händen und Armen. Ich konnte kaum glauben, was ich eben erlebt, was ich getan hatte. Der Schrei des Elchbullen war in meinem Ohr und seine blutigen Überreste lagen noch im Gras. Ich war wie betäubt vom Verwesungsgeruch, der von den Schaufeln des Geweihs ausging, und hatte das Gefühl, im falschen Film zu sein.

Aber das war ich nicht. Ich liebte einen Jungen, der in der Wildnis zu Hause war. Noch halb benommen registrierte ich den triumphierenden Ausdruck in Jays Augen. Der Jäger war erfolgreich gewesen.

Als wir gegen Abend im Camp eintrafen, war die Stimmung miserabel. Robert war sauer, weil er erst durch Althea erfahren hatte, dass wir über Nacht wegbleiben würden. Und Reggie hatte wohl bis zu unserer Rückkehr nicht daran geglaubt, uns überhaupt wieder zu sehen. Aber als Jay erzählte, was in seinem Kanu lag, hellten sich die Gesichter der Männer auf und der Ärger war vergessen. Es war genau so, wie Althea es vorausgesagt hatte.

Alle halfen, das Elchfleisch ins Camp zu tragen, wo Althea und Eric sich daran machten, es weiter zu zerlegen. Ein Teil des Fleisches kam in den Suppenkessel, der Rest wurde in dünne Streifen geschnitten und auf den Gestellen über den Dörrfeuern langsam getrocknet. Es war viel Arbeit, aber diesmal verspürte ich keine Lust mich zu beteiligen. Ich hatte genug von diesem Elch. Alles, wonach ich mich sehnte, war ein ausgiebiges Bad.

Während Jay sein Kanu säuberte, schwamm ich in der Bucht und weichte meine Sachen ein, die ein paar Blutflecken abbekommen hatten. Danach fühlte ich mich besser, auch wenn es mir nicht gelang, das Bild des toten Elches abzuschütteln.

Ein letzter Glutstreifen stand am Horizont, als alle zusammenkamen, um Elchsteaks und Wildreis zu verspeisen. Ich aß nur von dem Reis, auch wenn das über dem offenen Feuer geröstete Fleisch köstlich duftete. Unser kleines Jagdabenteuer war mir auf den Magen geschlagen.

Die Männer ignorierten mich freundlich, jetzt, wo offensichtlich war, dass ich nicht der Grund für ihre erfolglose Elchjagd sein konnte. Immerhin war ich dabei gewesen, als Jay die erste Beute seit langem erlegt hatte.

Nach dem Essen half ich Althea, die Blechteller zu spülen.

»Wenn du Lust hast, kann ich dir morgen zeigen, wie man Tierhaut gerbt«, schlug sie vor.

Ich zog ein Gesicht. »Macht ihr das noch so, wie ich es mal in einem Indianerbuch gelesen habe: mit Hirn einreiben und so?«

Althea lachte, Spülwasser tropfte von ihren Fingern. »Ja, genauso machen wir es.«

»Ich glaube nicht, dass ich das lernen will.«

»Schon gut, war ja auch nur eine Frage. Ich dachte, du hättest inzwischen Gefallen gefunden am Leben in der Wildnis.«

»Habe ich ja. Nur an das Töten kann ich mich nicht gewöhnen.«

»Es gehört dazu, Jodie. Wie die schönen Dinge auch.«

»Ja. Aber deswegen muss ich es doch nicht gut finden.«

Althea sah mich an. »Ist alles in Ordnung?«

»Ich bin nur müde.«

Als ich zum Tipi ging, sah ich, dass auch die Hunde reichlich zu fressen bekommen hatten. Sie stritten sich um einen Knochen, knurrten und zerrten daran. Unter dem Holzgerüst vor Jays Zelt brannte ein kleines Feuer, über den Stangen hing rotes Elchfleisch im Rauch.

Jay fütterte Mikik, der noch zu klein war, um sich gegenüber den anderen zu behaupten.

Ich legte mich schlafen, während Jay vor dem Zelt hockte und das Dörrfeuer bewachte. Ab und zu sagte er leise etwas zu Mikik, den ich winseln hörte. Ich wünschte, er würde neben mir liegen und wir könnten wiederholen, woran ich Gefallen gefunden hatte. Stattdessen hockte er draußen und bewachte ein Holzgerüst, auf dem Elchfleisch dörrte.

Doch dann drangen die leisen Töne seiner Flöte in meinen Schlaf und heilten meine Seele. Ich liebte Jay, ich konnte nicht anders.

Als er sich neben mich legte, war er kalt und klamm. Jay war schwimmen gewesen, trotzdem haftete noch der rauchige Duft des Holzfeuers auf seiner Haut und in seinen Haaren. Ich nahm ihn in die Arme und er hüllte die Decke um uns beide.

26.

Während des Frühstücks am nächsten Morgen wurde ich das seltsame Gefühl nicht los, dass Jay etwas bedrückte. Er war nicht wortkarger als sonst, aber in seinen Augen lag ein merkwürdiger Ausdruck, den ich nicht zu deuten wusste.

Ich nahm an, dass er durch irgendetwas – vielleicht sogar durch die Elchjagd – an seinen Bruder erinnert worden war, und hoffte, dass wir zusammen an einen schönen Ort fahren würden, wo ich ihn auf andere Gedanken bringen konnte.

Als ich hörte, wie er Althea anbot, noch einmal Heidelbeeren pflücken zu gehen, wusste ich, dass er auf den gleichen Gedanken gekommen war.

Wir machten uns auf den Weg zum Seeufer und ich registrierte mit großer Erleichterung, dass Jay sein Gewehr im Tipi zurückgelassen hatte. Im Kanu unter Jays Sitzbank steckte noch der Schlafsack und ich freute mich auf den schönen Tag. Ich konnte nicht genug bekommen von Jays Küssen, seinen Händen. Zu wissen, dass es ihm genauso ging, war ein wunderbares Gefühl.

Zuerst nahm ich an, wir würden wieder zu jener Stelle fahren, an der wir vor ein paar Tagen der Bärin Marla mit ihren beiden Kleinen begegnet waren. Aber Jay steuerte das Kanu am Anlegeplatz in den Binsen vorbei und bog irgendwann in einen Flussarm ein.

Von den unzähligen Seen fanden viele kleine Wasserläufe ihren Weg zu den großen Flüssen, hatte Jay mir erzählt. Der Kapuskasing River und der Groundhog River flossen in den Mattagami. Mattagami und Abitibi vereinten sich im breiten Moose River, der oben im Norden in die Hudson Bay mündete.

Kurz musste ich an Frank Waboon denken, den indianischen Arzt, der mit seinem Kanu bis zur Hudson Bay wollte. Ob er es inzwischen geschafft hatte? Und hatte er auf seiner Reise gefunden, was er suchte?

Wir waren schon lange unterwegs, als mir die Landschaft zu beiden Seiten des Ufers auf einmal merkwürdig bekannt vorkam. Hatte ich diesen Felsen mit dem Adlernest nicht schon einmal gesehen? Oder diesen Baumstamm, der umgestürzt war und weit ins Wasser des Sees hineinreichte?

Als der See zu einem Fluss wurde und Jay das Kanu durch eine enge Schlucht lenkte, die von hoch aufragenden Felsen beengt wurde, hatte ich keine Zweifel mehr: Das war der Weg, auf dem wir vor drei Wochen gekommen waren. Nur dass wir uns diesmal in Richtung Süden bewegten, weg vom Camp, zurück in die Zivilisation.

Mir wurde kalt, als ich endlich begriff. Jay hatte niemals vorgehabt, Blaubeeren mit mir zu pflücken. Er hatte sich entschlossen, mich zurückzubringen, ohne mir zuvor etwas davon zu sagen. Nun wusste ich auch, warum er am Morgen so merkwürdig gewesen war. Und warum mir seine Zärtlichkeiten in der Nacht so verzweifelt vorgekommen waren. Da hatte sein Plan bereits festgestanden.

Ich brauchte ein paar Sekunden, um mich von dem Schreck zu erholen. Kalter Schweiß lief mir den Hals herunter. Ich wollte schreien, aber mir war, als hätte ich einen großen Stein im Mund. Warum? Warum hatte er mir nichts gesagt?

Als ich mich wieder einigermaßen gefangen hatte, drehte ich mich um und suchte Blickkontakt zu Jay. Aber er starrte ins Wasser, tat so, als würde er nach Untiefen suchen.

Tief verletzt, wandte ich mich wieder nach vorn und ließ meinen Tränen freien Lauf. Mir wurde schlagartig klar, dass es vorbei war. Das Hier und Jetzt war zu Ende. Dass es mal so kommen musste, war uns beiden klar gewesen, trotzdem tat es ungeheuer weh. Mir fiel ein, was er gesagt hatte, bevor wir das erste Mal miteinander geschlafen hatten. Hatte er es da schon gewusst?

Mein Blick war blind von Tränen. Was ich sah, war nur noch ein farbiges Rauschen, mal Grün, mal Grau, mal Braun, mal Blau und manchmal alles zusammen. Das Knattern des Motors hallte in meinem Kopf, wurde lauter und lauter, bis ich es nicht mehr ertragen konnte und mir die Ohren zuhielt.

Wie konnte er das nur tun, ohne vorher mit mir darüber zu sprechen? Ich hätte aufspringen und ihn schütteln können. Stattdessen saß ich vollkommen verkrampft auf meiner Bank im Bug und versuchte, mein Gleichgewicht wieder zu finden.

Alles, was ich bisher erfolgreich verdrängt hatte, stürzte nun wie ein Wasserfall auf mich ein. Ich würde nach Hause zurückkehren und meiner Familie erklären müssen, warum ich weggelaufen war und wo ich die vergangenen drei Wochen zugebracht hatte. *Fami-*

lie? Waren wir denn überhaupt noch eine Familie? Oder hatten meine Eltern schon einen Termin beim Scheidungsanwalt gehabt? Ich wollte es nicht wissen. Oder doch?

Ich wollte nicht zurück nach Thunder Bay. *Jetzt doch noch nicht.*

Rachegedanken stiegen in mir auf, so verzweifelt und wütend war ich. Ich würde zur Polizei gehen und verraten, was Robert und die anderen vorhatten. *Die anderen.* Das war auch Jay. Er war noch nicht 18, aber sie würden ihn in ein Jugendgefängnis stecken. Für Robert und Reggie wäre er ein Verräter. Dann hätte er niemanden mehr.

Ein Schluchzen lauerte in meiner Kehle. Natürlich würde ich das nicht tun, das konnte ich gar nicht. Ich konnte mir aber auch beim besten Willen nicht vorstellen, Jay niemals wieder zu sehen.

Es war schon später Nachmittag, da kreuzte Jay die Strömung des Flusses und ging an Land. Meine Tränen waren inzwischen getrocknet, aber ich hatte so lange geweint, dass mein Gesicht furchtbar rot und verquollen aussehen musste. Mit verschränkten Armen saß ich im Kanu und machte keine Anstalten auszusteigen.

Jay legte mir seine Hand auf die Schulter. »Na komm«, sagte er leise. »Du musst doch bestimmt mal. Und Hunger hast du sicher auch.«

Ach, zum Teufel mit seiner verdammten Fürsorge. Er machte alles nur noch schlimmer. Ohne nach seiner Hand zu greifen, die er mir entgegenhielt, stieg ich aus dem Kanu und verschwand im Gebüsch. Den Bannockfladen, den Jay für mich hatte, verschmähte ich.

»Es ging nicht anders, Jodie.«

»Warum hast du mir nichts gesagt?«

»Weil du so traurig gewesen wärst, dass die anderen es mit Sicherheit bemerkt hätten. Ich konnte dir nichts sagen, es war besser so.«

»Aber warum so plötzlich, nachdem wir doch gerade erst . . .« Meine Stimme versagte kläglich. »Möchtest du denn nicht mehr mit mir zusammen sein?«

»Es geht nicht darum, was ich möchte, Hasenfuß, sondern darum, was vernünftig ist.« Jay versuchte, mich in den Arm zu nehmen, aber ich sträubte mich.

»Hast du schon gewusst, dass du das tun würdest, als wir . . .«

»Nein.« Resigniert hob er die Hände. »Aber gestern Nacht habe ich gehört, wie Reggie und Robert über das Holzfällerlager am Kahlschlag geredet haben. Sie sind fest entschlossen, die Sache durchzuziehen. Und es soll schon bald passieren. Es könnte wieder einen Waldbrand geben, das Risiko ist ihnen zu groß. Ich musste dich wegbringen, Hasenfuß«, fügte er so leise hinzu, dass ich es kaum hörte.

»Aber . . .«

»Kein Aber, hörst du. Ich werde dich nach Smooth Rock Falls zurückbringen. Es ist das Beste für dich, glaub mir.«

Woher wollte er denn wissen, was das Beste für mich ist? Das Beste, was mir je begegnet war, war Jay Muskalunge. Und nun sollte das alles ganz plötzlich zu Ende sein?

Bei dem Tempo, das Jay vorlegte, würden wir morgen schon die Stadt erreichen. Wenn ich einen Bus nach Thunder Bay erwischte, war ich am nächsten Abend wieder zu Hause.

»Ich hasse dich«, sagte ich.

Jay lächelte traurig. »Nein«, sagte er. »Das tust du nicht.«

Wir setzten unsere Fahrt bis in den späten Abend fort und gingen auf jener Insel an Land, auf der wir unsere erste Nacht verbracht hatten. Die Erinnerungen holten mich ein und ich glaube, Jay ging es genau so.

Er fing und briet Fische und diesmal versuchte ich einen Happen hinunterzuwürgen, weil mein Magen vor Hunger schmerzte.

Ich saß am Feuer, hatte die Arme fest um meine angezogenen Beine geschlungen und die Stirn auf die Knie gelegt. Das leise Ticken meiner Timex drang bis an meine Ohren. Was war das? Die Uhr ging wieder. Solange ich mich außerhalb der Zeit befunden hatte, war sie stehen geblieben. Nun, da ich zurückkehrte, funktionierte sie wieder. Ich hörte, wie die Sekunden, die Minuten verrannen, und war wie betäubt.

Auch Jays Flötenspiel konnte die Starre nicht lösen, in der ich mich befand. Ich spürte, dass er versuchte, meinen Kummer zu besänftigen, aber ich ließ es nicht zu. Alles in mir sträubte sich dagegen, Jay zu verlieren.

Irgendwann kniete er vor mir und strich mit seinen Fingern durch mein Haar. Ich bebte vor Sehnsucht. Doch statt ihn in die Arme zu nehmen, drehte ich mich zur Seite und rollte mich auf der Decke zusammen. Jay legte den Schlafsack über uns beide und so verbrachten wir unsere letzte gemeinsame Nacht.

Am nächsten Morgen wurde ich wach, noch bevor die Sonne aufging. Ich wandte mich zu Jay um, betrachtete sein Gesicht und wartete darauf, dass er aufwachte.

Die Nacht hatte meinen Ärger mit sich genommen. Ich konnte Jay nicht länger böse sein. Meine Verzweiflung und meine Wut waren tiefer Traurigkeit gewichen, aber auch dem Bewusstsein, dass niemand uns nehmen konnte, was wir füreinander empfanden. Mir war klar geworden, dass auch Jay leiden musste und dass es für ihn nicht einfacher wurde, wenn ich ihm dazu noch böse war.

Ich streckte die Hand aus und berührte sein Gesicht. Da lächelte er, noch bevor er seine Augen aufschlug, und zog mich zu sich heran.

Diesmal war es besonders schön und besonders traurig. Es war unser Abschied und doch war es in diesem Augenblick für immer.

Bevor wir uns anzogen, erzählte mir Jay, dass er mit Althea oft über die alten Weisungen seines Volkes sprach. »Eine davon besagt, dass eine Frau ein vollständiges Wesen ist, weil sie das Feuer des Lebens in sich birgt. Ein Mann muss dieses Feuer erst finden, um selbst so vollständig zu sein.« Jay küsste mich auf den Mund. »Nun weiß ich, was damit gemeint ist.«

Für einen Moment befiel mich die alberne Hoffnung, er könnte tatsächlich mit mir kommen und dem Jägerleben den Rücken kehren. Aber dann schlug ich mir diese Hoffnung aus dem Kopf. Jay gehörte in die Wildnis, ein Leben in der Stadt würde ihn unglücklich machen. Das hatte er mir mehrere Male unmissverständlich zu verstehen gegeben. Ich musste vernünftig sein und es akzeptieren, so schwer mir das auch fiel.

»Sag Althea, dass ich ihr danke, für alles, was sie getan hat, um mir die Zeit im Camp zu erleichtern. Sag ihr, dass ich sie mag und sie nicht vergessen werde. Ich hätte mich gerne von ihr verabschiedet.«

»Ich weiß. Und ich werde es ihr ausrichten.«

»Wusste sie, was du vorhattest?«

»Nein«, sagte Jay. »Diesmal nicht.«

Wir packten zusammen. Jay füllte den Tank des Außenbordmotors auf und dann fuhren wir das letzte Stück mit dem Kanu. Es war nicht mehr weit bis zu jener Stelle, von der wir vor drei Wochen aufgebrochen waren.

Ich half Jay, das Kanu zwischen Sträuchern zu verstecken, und warf noch einen Blick auf den See, um mich zu verabschieden. Dann schlugen wir den Pfad ein, der uns damals hätte zum See führen sollen, wenn der Bär nicht dort gesessen und sein Abendmahl verzehrt hätte.

Jay lief schnell, er rannte fast. Mir kam es vor, als ob er es hinter sich bringen wollte. Diesmal machte es mir kaum Mühe, mitzuhalten, doch am liebsten wäre ich geschlichen wie eine Schnecke, um den Abschied noch ein wenig hinauszuzögern.

Irgendwann (viel zu schnell) kamen wir auf die kleine Lichtung mit der Blockhütte. Der Pick-up stand im Schuppen, genau so, wie Jay ihn damals zurückgelassen hatte. Er fuhr ihn heraus und zog seine Trekkingboots an.

Ganz unvermittelt umarmte er mich, hielt mich fest an sich gepresst und ich spürte, wie seine Arme zitterten. Liebe ist nicht gleichbedeutend mit Glück. Warum sagte einem das keiner?

Dunkle Wolken waren aufgezogen, als wir das Festland erreicht hatten. Nun fielen die ersten Tropfen. Wir stiegen ein und Jay fuhr los. Der Regen wurde dichter, dicke Tropfen schlugen gegen die Windschutzscheibe und die Löcher auf dem Weg füllten sich mit Wasser.

Bitte mach, dass der Pick-up in einem dieser Wasserlöcher stecken bleibt. Bitte lass den Schlamm so dick werden, dass wir nicht mehr weiterfahren können.

Doch die Kraft meiner Gedanken reichte nicht aus. Ich war keine Seejungfrau und besaß auch keine außergewöhnlichen Kräfte.

Jay sagte kein Wort, er musste sich auf den Weg konzentrieren. Manchmal betrachtete ich ihn ganz offen von der Seite, aber er blickte stur geradeaus, hielt sich krampfhaft am Lenkrad fest. Das Trommeln des Regens auf der Windschutzscheibe und das gleichmäßige Geräusch des Scheibenwischers füllten die Stille.

Schließlich hielt ich es nicht länger aus. »Wirst du dabei sein, wenn Robert und die anderen das Holzfällerlager zerstören?«

Jay schwieg.

»Ich habe Angst um dich.«

»Das musst du nicht. Ich kann auf mich aufpassen.«

Noch einmal ging die Hoffnung mit mir durch und ich sagte: »Warum kommst du nicht einfach mit mir nach Thunder Bay? Es wird sich schon jemand finden, bei dem du bleiben kannst. Wir könnten ja . . .«

»Hör auf, Jodie«, unterbrach er mich. »Warum fängst du damit an? Du weißt, dass ich das nicht kann. Robert, Althea, Eric und die anderen sind meine Familie. Ich werde sie nicht im Stich lassen, schon allein wegen meinem Bruder.«

Luke ist tot, wollte ich sagen, brachte es aber nicht fertig.

»Williams Street 42«, sagte ich stattdessen.

»*Was?*« Jay warf mir einen verwirrten Blick zu.

»Da wohne ich. Falls du mich mal besuchen willst«, fügte ich hinzu.

»Du hast vielleicht Nerven.«

»Du wirst mir fehlen, Jay.« Ich schluckte. Mein Gaumen war strohtrocken.

»Sag so etwas nicht. Sag am besten überhaupt nichts mehr, okay?«

Sein Tonfall war so schroff, dass ich lieber schwieg. Ich spürte, wie die Traurigkeit mich immer mehr in Besitz nahm. Es war wie ein Schock, als wir plötzlich vom Waldweg auf die Asphaltstraße bogen und uns die ersten Fahrzeuge entgegenkamen. Die Zivilisation hatte mich wieder. Freuen konnte ich mich darüber nicht.

Als Jay in Smooth Rock Falls auf den Parkplatz neben der Busstation bog und anhielt, war mir so elend zu Mute wie nie zuvor in meinem Leben. Es regnete immer noch in Strömen, das Wetter passte zum Abschied. Es war wie im Film, da regnete es auch immer auf Beerdigungen.

Und schließlich beerdigten wir ja gerade eine große Liebe.

»So, da wären wir.« Einen Augenblick sah Jay mich schweigend an, dann beugte er sich herüber, legte seine Hand in meinen Nacken und gab mir einen langen Kuss. »Vergiss mich nicht, okay?«

»Glaubst du wirklich, dass ich das könnte?« Ich schniefte.

»Wirst du zurechtkommen, Hasenfuß?« Er musterte mich eindringlich.

»Werd ich wohl müssen.«

Jay nahm mich in die Arme. Dann gab er mir den bestickten Lederbeutel und drückte mir eine Rolle mit Dollarnoten in die Hand. »Dein Geld«, sagte er. »Du kannst es nicht essen, aber ich hoffe, es reicht für ein Ticket nach Thunder Bay. Und jetzt geh.« Er setzte sich zurück und starrte nach vorn.

»Jay?«

»Ja?«

»Wirst du nun Ärger bekommen, meinetwegen?«

»Darum mache ich mir Gedanken, wenn es so weit ist.«

»Pass auf dich auf, ja?«

Er nickte.

Ich stieg aus, schlug die Tür hinter mir zu und rannte hinüber zur Busstation. Jay stand noch eine ganze Weile mit seinem Pick-up auf dem Parkplatz. Aber als ich endlich mein Busticket in der Hand hielt und mich zu ihm umdrehte, war er verschwunden.

27.

In der Wartehalle saßen ein paar Leute und ich merkte, wie einige von ihnen mich verstohlen musterten. Meine Khakis waren voller dunkler Flecken, obwohl ich die Hose seit meiner Landung in der Wildschweinsuhle mehrere Male gewaschen hatte. Ich trug auch mein T-Shirt, das mit dem Riss, aber darüber hatte ich Jays schwarze Fleecejacke gezogen. Sie war nass geworden. Nun trocknete sie und verströmte den Duft der Wildnis.

Die Leute bemerkten, dass ich Mokassins trug und die perlenbestickte Ledertasche war auch sehr auffällig. Was mochten sie denken? Es war mir egal. Ich musste mich nur erst wieder daran gewöhnen, unter Menschen zu sein.

Eine Stunde später kam der Bus. Ich setzte mich weit nach hinten, in der Hoffnung, dort meine Beine ausstrecken zu können. Mit einem Ruck rollte der Blechkasten los und verließ die Stadt. Mit jedem Kilometer auf dem nass glänzenden Asphalt brachte er mich meinem alten Leben näher.

Zuerst versuchte ich zu schlafen und für eine Weile klappte das auch. Aber dann war ich hellwach. Ich schaute aus dem Fenster und zwang mich, mir vorzustellen, was zu Hause auf mich zukommen würde.

Wenn ich ehrlich war, hatte ich nicht mehr viel an meine Familie gedacht, seit Reggie und Robert beschlossen hatten, mich nicht gehen zu lassen.

Würden meine Eltern froh darüber sein, dass ich unversehrt zurückkehrte und mir Vorhaltungen ersparen? Würde Polizei in unserem Wohnzimmer sitzen und mir Fragen stellen? Was würde ich erzählen? Der Polizei, meinen Eltern, Marla. Noch war Zeit, mir etwas auszudenken. Doch statt einen Plan zu machen, was vernünftig gewesen wäre, musste ich unaufhörlich an Jay denken. Wie weit er wohl inzwischen war? Es regnete immer noch, vielleicht verbrachte er die Nacht in der Hütte.

Ob er allein einschlafen konnte? Wie würden die anderen ihn empfangen, wenn er ohne mich ins Camp zurückkehrte? Würde Robert ihn verstoßen? Althea konnte ihn bestimmt verstehen. Sie hatte immer alles verstanden. Aber würde sie sich gegen Robert stellen, den sie so sehr liebte?

Es war kurz vor elf Uhr abends, als ich in Thunder Bay ausstieg und mich auf den Weg nach Hause machte. Der Regen hatte aufgehört, aber der schwarze Asphalt glänzte vor Nässe. Bald waren meine Füße nass und ich stellte fest, dass Mokassins wenig geeignet waren, um damit auf Beton zu laufen.

Die Stadt war mir fremd geworden. Mechanisch bewegte ich mich durch die Straßen und merkte auf einmal, wie meine Schritte wie von selbst immer länger wurden, als die Blocks mit den Sozialwohnungen auftauchten. Schließlich rannte ich. Eine eigenartige Erregung hatte mich ergriffen. Ein Zurück zu Jay gab es nicht. Auf einmal wollte ich nur noch nach Hause. So schnell wie möglich.

Vor dem Block blieb ich stehen und blickte die Betonfassade nach oben. In den meisten Wohnungen brannte Licht, auch in unserem Wohnzimmer im zweiten Stock. Neue Vorhänge rahmten die Fenster. Ein Schreck durchzuckte mich. Neue Vorhänge? Mom hatte bisher wenig Interesse gezeigt, die Wohnung gemütlich zu gestalten. Vielleicht gab es einen Grund für die Veränderung?

Neue Vorhänge, ein neuer Mann.

Meine Beine fühlten sich hölzern an, als ich zum Eingang lief. Eine Frau kam gerade aus dem Haus und ich schlüpfte hinter ihr ins Treppenhaus. Mein Haustürschlüssel steckte in meinem Rucksack und wo der war, wusste bestenfalls Bob.

Seit dem Blick auf die neuen Vorhänge war es mit meiner Hast vorbei. Widerwillig nahm ich Stufe für Stufe und mein Gang wurde immer schleppender.

Als ich vor der Tür stand, hielt ich einen Augenblick inne und lauschte. Würde mir ein fremder Mann die Tür öffnen?

Ich drückte auf die Klingel.

Es dauerte einen kurzen Moment. Doch dann wurde die Tür aufgerissen und ich lag meinem Vater in den Armen.

»Jodie«, schluchzte er und presste mich so fest an sich, dass ich kaum noch Luft bekam. Schließlich nahm er mich an den Schultern und schob mich auf Armeslänge von sich. »Gut siehst du aus. Ich bin ja so froh, dass du wieder da bist.«

Mom war in den Flur gekommen, sie trug schon ihr Nachthemd. Einen Augenblick lang stand sie da und blickte mich an, als ob ich eine Erscheinung wäre, etwas, an das sie längst nicht mehr geglaubt hatte. Dann nahm auch sie mich in die Arme.

Ich war überglücklich, Mom und Dad zusammen vorzufinden. Die Angst, dass mein Vater uns verlassen haben könnte, war immer da gewesen und hatte sich auf den letzten Metern vor unserer Haustür noch einmal richtig in mir festgesetzt. Aber er war da und ich hoffte, dass er nicht mehr fortgehen würde.

Eine tiefe, überwältigende Liebe zu meinen Eltern überschwemmte mich. Sie waren da, sie verziehen mir. Ich hatte ein Zuhause.

Nicci war wach geworden und kam in ihrem gepunkteten Schlafanzug aus dem Zimmer. Die Augen meiner kleinen Schwester leuchteten, als sie begriff, wer sie geweckt hatte. Es tat gut, sie zu umarmen.

»Du bist ja ganz dünn geworden«, sagte sie. »Haben sie dir nicht genug zu essen gegeben, dort, wo du warst.« (Dünn war ein bisschen übertrieben, aber ich hörte das Wort natürlich gern)

»Oh doch«, erwiderte ich lächelnd. »Nur dass ich keine Schokoladenriegel und keine Eisbecher zur Verfügung hatte.«

Dad schob mich in unser Wohnzimmer und ich staunte nicht schlecht, denn meine Eltern hatten es in einem warmen Gelb frisch gestrichen. Die neuen roten Vorhänge passten gut dazu. Dad hatte auch ein großes Regal gebaut. Es sah jetzt richtig gemütlich aus.

Wir setzten uns, und Mom brachte jedem von uns ein Glas mit eisgekühlter Limonade. Einen Augenblick schwiegen sie noch, aber ich sah die brennenden Fragen in ihrem Blick und Nicci sprudelte schließlich damit heraus. »Wo warst du nur, Jodie? Ist es dir gut ergangen? Was hast du die ganze Zeit gemacht? Wo hast du geschlafen? Was hast du gegessen? Warst du bei deinem Freund?«

Ich versuchte zu lachen, um nicht weinen zu müssen. »Hast du auch einen Satz ohne Fragezeichen am Ende?«

Dad musterte mich. »Du musst nicht reden, wenn du nicht willst, Jodie. Wir wollen dich nicht drängen. Du sollst nur wissen, dass wir uns schlimme Vorwürfe gemacht haben. Wir sind glücklich, dass du wohlbehalten wieder bei uns bist.«

Mom nahm meine Hand. »Ich will nur eins wissen, Jodie: Hat Dad Recht? Bist du wirklich wohlbehalten? Ich meine, hat jemand . . . bist du . . .?«

»Es geht mir gut, Mom. Mir ist nichts passiert und niemand hat mir etwas getan. Außer die Moskitos natürlich.«

Meine Eltern atmeten erleichtert auf und ich wusste, ich würde ihnen all das, was ich erlebt hatte, nur nach und nach erzählen können. Vieles würde ich verschweigen müssen, um Jay, Althea und die Männer aus dem Camp nicht zu verraten.

Dad stand noch einmal auf und rief den Radiosender an, um dort Bescheid zu geben, dass ich wohlbehalten wieder nach Hause gekommen war. Tatsächlich hatten Mom und Dad nicht nach mir fahnden lassen. Aber es durchzuhalten war schrecklich für sie gewesen.

»Du hast in deinem Brief geschrieben, dass du bald wieder nach Hause kommst«, sagte meine Mutter. »Wir haben dir vertraut. Allerdings hast du dir ganz schön Zeit gelassen. Warum hast du nicht wenigstens angerufen, um uns zu sagen, dass es dir gut geht?«

»Weil ich nicht konnte«, erwiderte ich.

Schließlich erzählte ich ihnen von meiner Fahrt im Hippiebus. Ich berichtete von John und Mike und schließlich auch von Bob. Mom rang die Hände, als ich erzählte, wie ich ihm davongelaufen war und wie Jay mich gerettet hatte.

Ich verschwieg ihnen, dass ich nicht ganz freiwillig mit Jay gegangen war und auch, wo sich das Camp befand, in dem ich drei Wochen lang gelebt hatte. Genauso wenig wie ich Luke erwähnte, der so qualvoll hatte sterben müssen, weil die anderen seine Entscheidung gegen das Krankenhaus akzeptiert hatten.

Es wurde eine lange Nacht, in der ich erfuhr, dass Dad zwar immer noch keinen Job gefunden hatte, Mom nun jedoch bei einem Anwalt als Sekretärin arbeitete und nicht mehr in das Fastfood-Restaurant gehen musste.

Schließlich legten wir uns schlafen. Ich war zwar verschwitzt, aber ich ging in dieser Nacht nicht mehr unter die Dusche, um die Wildnis und Jay noch ein wenig länger auf meiner Haut zu haben. Als ich mich auf die Waage stellte, zeigte sie sieben Kilo weniger als vor drei Wochen. Das war unglaublich.

In meinem Zimmer wartete eine weitere Überraschung auf mich.

Ein nagelneuer Laptop stand auf meinem Schreibtisch, mein Geburtstagsgeschenk. *Wow*. Ich nahm mir vor, gleich morgen an Tim zu schreiben und ihm zu erzählen, warum aus meinem Besuch nichts geworden war.

Es fühlte sich herrlich an, in einem weichen Bett zu liegen. Aber noch schöner war es, ein Zuhause zu haben, in dem man willkommen war.

»Bist du in diesen Jay verliebt?«, fragte mich Nicci, als wir in der Dunkelheit lagen.

»Ja«, sagte ich. »Wie verrückt.«

»Wird er dich besuchen kommen?«

»Ich weiß nicht, aber ich glaube nicht.«

»Und warum nicht? Liebt er dich denn nicht?«

Ich seufzte. »Doch, Nicci. Aber er hasst die Stadt. Die Wildnis ist sein Zuhause.«

»Schade«, sagte sie. »Ich hätte ihn so gerne mal kennen gelernt.«

Obwohl ich hundemüde war, konnte ich nicht einschlafen. Jays Gesicht tauchte vor mir auf, sobald ich die Augen schloss. Ich hielt seine Fleecejacke im Arm und drückte meine Nase hinein, um den vertrauten Geruch des abendlichen Lagerfeuers zu atmen.

Doch er tröstete mich nicht, im Gegenteil. Mit voller Wucht stürzte die Gewissheit des Verlustes auf mich ein. Jay fehlte mir jetzt schon. Wie sollte das bloß in Zukunft werden? Irgendwie musste ich eine Möglichkeit finden, ohne ihn weiterzuleben, sonst konnte ich mich gleich vom Dach unseres Blocks stürzen.

Am nächsten Morgen hielt ich es nicht lange im Bett aus. Ich schrieb eine ausführliche Mail an Tim, dann frühstückte ich mit Mom und Dad und auf dem Weg zur Arbeit nahm meine Mutter mich zu Marla mit.

Meine Freundin riss die Augen vor Überraschung und Freude weit auf, als ich vor ihrer Tür stand. Sie schnappte meine Hand und zog mich ins Haus. Stundenlang saßen wir in ihrem Zimmer und ich musste jede ihrer Fragen beantworten, während sie mich nicht aus den Augen ließ.

Ihr erzählte ich etwas mehr als meinen Eltern. Versuchte, so weit bei der Wahrheit zu bleiben, wie es möglich war, ohne das Camp zu gefährden. Immerhin hatte Marla ihr Versprechen gehalten und niemandem verraten, wohin ich eigentlich unterwegs gewesen war.

Ich erzählte ihr von dem Bären, von Luke und natürlich von Jay, und das fiebrige Leuchten in meinem Gesicht spiegelte sich in ihren Augen. »Er hat vor gar nichts Angst, Marla, und als der Bär ihn verletzte, hat er keinen Mucks von sich gegeben. Er kann wunderbar Flöte spielen und Fische mit einem Speer fangen. Wir haben einen Elch gejagt.« (Wir?)

Marla sah mich befremdet an.

Ich seufzte tief. »Das klingt furchtbar, nicht wahr?«

»Es klingt, als wärst du verliebt«, erwiderte sie. »Aber musste es ausgerechnet ein Wilder sein? Dieser Jay ist *Indianer*, Jodie. Wegen Leuten wie ihm hat dein Dad seinen Job verloren und eine Menge anderer Leute in dieser Stadt auch.«

Nichts, was sie sagte, änderte etwas daran, was ich für Jay empfand. »Ich weiß, Marla. Aber inzwischen sehe ich einiges anders.«

»So? Wie denn? Durch eine rosarote Brille? Hast du etwa mit ihm geschlafen?«

Die Frage kam so überraschend, dass ich spürte, wie ich bis über beide Ohren rot wurde.

»Schon gut.« Marla verdrehte die Augen. »Du brauchst nichts zu sagen, ich weiß die Antwort auch so.« Sie umschlang mit beiden Armen ihre Knie und legte das Kinn darauf. »Nun gehörst du auch zu denen.« Das klang ziemlich enttäuscht und ich wusste nicht, was Marla meinte.

»Zu *denen?*«

»Na ja, nun musst du deine Phantasie nicht mehr bemühen. Du kennst das Geheimnis. Du lebst jetzt auf einem anderen Planeten.«

Sie sagte das so voller Überzeugung, dass ich auf einmal lachen musste. »Was ist denn das für ein Blödsinn? Hey Marla, ich bin's, Jodie, deine beste Freundin. Und ich habe nicht vor, diesen Ehrentitel abzugeben. Wahrscheinlich hast du Recht, die drei Wochen in der Wildnis haben mich verändert. Aber unsere Freundschaft ist geblieben.«

»Tatsache ist, dass ich jetzt nicht mehr mitreden kann. Und ausheulen brauchst du dich nun auch nicht mehr bei mir. Du siehst klasse aus. Kussdiät, was? Habt ihr von Luft und Liebe gelebt?«

Ich zuckte die Achseln. »Ich habe viel Fisch gegessen. Schokoriegel gab es nicht, nur Altheas köstlichen Himbeerpudding. Es war einfach keine Zeit, dauernd ans Essen zu denken.«

Marla nickte wissend. »Und, wie ist es so?«

»Wie ist *was?«*

»Na du weißt schon. Hast du dabei an Schokoladeneis gedacht?«

Ich lächelte. »Nein, ganz bestimmt nicht. Es war viel besser als jedes Schokoladeneis. Ich kann es nicht erklären, Marla. Man kann es sich nicht vorstellen. Man muss einfach bereit dafür sein und dann ist es wie eine Entdeckungsreise.«

Marla gab sich damit zufrieden und ich war froh darum, denn ich wollte nicht haarklein erzählen, was zwischen mir und Jay gewesen war. Sie ging zum Fenster und sah hinaus.

»Was wird jetzt eigentlich aus Tim?«

»Ich habe ihm heute Morgen eine lange E-Mail geschrieben und ihm darin alles erzählt. Mit ein bisschen Glück wird er weiter mein Freund bleiben.«

Marla schwieg eine ganze Zeit lang, dann ging sie zu ihrem Schreibtisch und holte eine zerknitterte Zeitungsseite hervor, die sorgfältig wieder glatt gestrichen worden war. Sie zögerte einen kurzen Moment, bevor sie mir das Blatt gab. Auf einem großen

Schwarz-Weißf-Foto war ein schmalbrüstiger Junge mit blonden Stoppelhaaren, dünnen Beinen und dicken Knien zu sehen. Er trug Sportkleidung und um seinen Hals hing eine Medaille. Neben ihm stand ein strahlend schöner junger Mann im Trainingsanzug, der seinen Arm um den Sieger gelegt hatte. Das war Tim Webster, mein E-Mail Freund.

»Lies!«, sagte Marla.

Ich las den Text zum Foto.

Bei den diesjährigen Sommerwettkämpfen im Stadion von Sudbury gewann der dreizehnjährige Tim Webster die Goldmedaille im Stabhochsprung. Hier mit seinem stolzen Trainer Jack Donner . . .

Jack Donner? Entgeistert starrte ich Marla an. »Wo hast du das her?«

»Meine Mutter hat von jemandem in Sudbury eine Porzellantasse gekauft. Du weißt doch, sie sammelt diese schrecklichen vergoldeten Dinger. Na, jedenfalls war das Paket, in dem die Tasse kam, mit Zeitungspapier ausgepolstert. Als ich es wegschmeißen wollte, hab ich das Bild gesehen. Ich kannte ja das Foto von Tim.«

»Er hat mir ein Bild von seinem Trainer geschickt«, murmelte ich entgeistert und plötzlich war mir alles klar.

»Wahrscheinlich ist der Typ verheiratet«, sagte Marla.

»Was?«

»Jack Donner, meine ich.«

»Ja. Wahrscheinlich . . . So toll wie er aussieht.«

Marla hatte immer noch eine gewisse Vorsicht im Blick, als wüsste sie nicht, wie ich das Ganze aufnehmen würde. Aber in mir begann es, plötzlich zu brodeln und zu glucksen, und dann musste ich schallend loslachen.

Schließlich lachten wir beide, bis uns die Tränen kamen.

»Ganz schön schräg, oder?«, fragte Marla, als sie wieder Luft bekam.

»Stell dir vor, ich hätte vor der Tür gestanden und seine Großmutter Louise hätte mir aufgemacht«, sagte ich. »Ich wäre gestorben vor Scham.«

»Na und er erst.« Sie wischte sich mit dem Handrücken ein paar Lachtränen aus dem Gesicht. »Wirst du ihm schreiben, dass du es weißt?«

»Ich denke Ja. Ich mag ihn, und dass er erst dreizehn ist, ändert nichts daran. Vielleicht können wir Freunde bleiben.«

Marla nickte. »Sag mal, was hältst du jetzt von einem Eisbecher in der Stadt? Oder stehst du nur noch auf Fisch und trockenes Indianerbrot?«

»Eisbecher klingt toll.«

»Na dann los.«

Es gab noch so viel zu erzählen, dass ich tagelang hätte reden können. Ich musste über Marlas Gesicht lachen, als ich ihr von den Moosrollen berichtete, und noch ungläubiger guckte sie, als ich ihr von meiner Begegnung mit der Bären-Marla erzählte.

Solange ich erzählen konnte, blieb die Erinnerung frisch und ich kam ganz gut über die nächsten Tage. Obwohl die Stadt ja eigentlich meine Welt war, fiel es mir nicht leicht, mich wieder an das Leben hier zu gewöhnen.

Zum ersten Mal begriff ich, was Jay damit gemeint hatte, dass in der Stadt niemand den anderen wahrnahm. Er hatte Recht. Die Menschen eilten auf dem Weg ihrer täglichen Besorgungen aneinander vorbei, ohne einander zu sehen.

Auch Eric und der alte Henry hatten mir nie wirklich in die Augen gesehen, aber sie hatten mich wahrgenommen.

Wahrgenommen wurde ich allerdings in ganz anderer Hinsicht, und das war für mich eine völlig neue Erfahrung. Junge Männer schauten mir hinterher und manch einer pfiff sogar. Früher hätte ich mich darüber gefreut, aber jetzt war es mir egal. Für mich zählte nur Jay.

Meine Mutter hatte die schwarze Fleecejacke in die Waschmaschine gesteckt und nun roch sie nach Weichspüler statt nach Holzfeuer. Das war ein herber Verlust, aber Mom hatte es gut gemeint. Am nächsten Tag brachte sie als Entschuldigung eine Schachtel Räucherstäbchen mit, Marke »Campfire Memories«.

Marla fuhr mit ihren Eltern in den Urlaub und ich musste ohne sie auskommen. Tims leidenschaftliche Mails waren merklich abgekühlt, nachdem er nun wusste, was ich wusste.

In den Nächten lag ich lange wach und dachte an Jay. Es war immer das Gleiche. Er fehlte mir. Sogar wenn ich nicht an ihn dachte.

In meinen Träumen war ich bei ihm. Wir saßen zusammen im Kanu und glitten lautlos über glitzerndes Wasser. Ich folgte Jay auf Tierpfaden durch den Wald, wir saßen am Feuer oder beobachteten bunt schillernde Libellen.

Manchmal erwachte ich am Morgen und war todtraurig. Dann wünschte ich, ich wäre nicht aufgewacht, nur um noch ein wenig länger in meinen Träumen von Jay zu sein. Jeden Tag blätterte ich in der Zeitung, suchte nach der Schlagzeile, die meine Ungewissheit beenden würde. Hatten sie es tatsächlich getan? Waren sie mit Benzinkanistern bewaffnet in das Holzfällercamp gezogen und hatten die teuren Maschinen zerstört?

Und dann, nur ein paar Tage bevor die Ferien zu Ende gingen, fand ich, was ich suchte.

Militante Umweltschützer zerstören Holzfällercamp

Wie erst jetzt bekannt wurde, haben militante Umweltschützer in der Nähe des Mattagami River ein Holzfällercamp zerstört. Gebäude wurden in Brand gesetzt, die Maschinen zerstört. Es entstand ein Sachschaden in Millionenhöhe.

Von den Brandstiftern fehlt bislang jede Spur. Augenzeugen berichten von mindestens vier vermummten Tätern, die diszipliniert und routiniert vorgingen. Die Behörden vermuten militärisches

Grundwissen bei den Tätern. Ein Forstarbeiter, der die Brandstifter aufhalten wollte, musste zur Behandlung eines Knochenbruchs in ein Krankenhaus eingeliefert werden. Das Einschlagsgebiet am Mattagami River war dem Holzkonzern Papermill von der Provinzregierung zugeteilt worden, obwohl der Stamm der Cree seinen Landrechtsanspruch darauf behauptet. Die Rechtmäßigkeit der Einschlagslizenz wird nun erneut gerichtlich überprüft.

Es gab zwei Fotos. Eines zeigte die verkohlten Reste der Hütten und das andere den ausgebrannten Harvester.

Ob Jay sich an diesem Wahnsinn beteiligt hatte? Hatten er und die anderen das Camp am Windigosee inzwischen abgebrochen, um nicht von Rangern entdeckt zu werden? Wo mochte Jay jetzt sein?

Wie sehr er mir fehlte! Alles in mir sehnte sich nach ihm. Meine Augen, Ohren und Hände. Mein Mund, meine Haut, sogar mein Haar sehnte sich danach, von ihm berührt zu werden.

Würde ich ihn jemals vergessen können?

Wahrscheinlich nicht. Er hatte mir das Gefühl gegeben, schön und stark zu sein. Er würde immer in mir lebendig sein.

Die Schule begann wieder und fast alle in meiner Klasse wussten inzwischen, dass ich drei Wochen in einem Indianerlager in der Wildnis verbracht hatte. Ich wurde mit Fragen bestürmt, die ich anfangs noch bereitwillig beantwortete, die mir aber zunehmend auf die Nerven gingen.

»Squaw«, nannten mich einige Jungs mit diebischem Vergnügen.

»Mach dir nichts draus«, sagte Marla amüsiert. »Du wirst drüber hinwegkommen.«

»Ich will aber nicht über Jay hinwegkommen«, erwiderte ich. »Ich liebe ihn.«

»Wenn du denkst, dass es sowieso niemals besser wird«, mokierte sie, »dann wird es das auch nicht. Es ist vorbei, Jodie, begreif das doch endlich. Du musst ihn vergessen. Oder willst du für immer als Trauerkloß durch die Gegend laufen?«

»Warum redest du so mit mir? Ich dachte, du bist meine Freundin.«

»Weil mir dein ewiges Jay-Gerede langsam auf die Nerven geht. Vielleicht hast du dir die ganze Geschichte ja auch bloß ausgedacht, um dich wichtig zu machen.«

Überrascht sah ich Marla an. Ich war mir nicht sicher, ob sie wusste, was sie da gesagt hatte. »Glaubst du das wirklich?«

Sie zuckte die Achseln und trat vor mir durch die große Schwingtür aus dem Schulgebäude ins Freie. Die Sonne blendete mich. Es war Ende September und sie schien so warm, als wolle sie noch einmal den Sommer heraufbeschwören. T-Shirt-Wetter, nannten wir das.

»Du bist eine Träumerin, Jodie. Das ist alles, was ich weiß«, sagte Marla seufzend. Doch plötzlich blieb sie abrupt stehen und hielt mich am Arm fest.

»Was ist denn los?«, fragte ich. »Hast du was liegen lassen?«

Sie schüttelte den Kopf, nickte hinüber zum Parkplatz. Ich folgte ihrem Blick und da sah ich ihn. Mit vor der Brust verschränkten Armen lehnte Jay an seinem grünen Kleinlaster und wartete.

Er war es wirklich. Er wartete auf mich.

Einen Augenblick stand ich wie vom Blitz getroffen da. Bis Marla sagte: »Nun geh schon, Jodie. Oder willst du deinen dunklen Prinzen dort warten lassen, bis er Wurzeln schlägt? Wir sehen uns morgen in der Schule und du wirst mir alles haarklein erzählen.«

Mit zitternden Knien lief ich los, geradewegs auf Jay zu. Als er mich entdeckte, ließ er die Arme sinken und rückte vom Pick-up ab. Er fing mein Lächeln auf und ich sah, wie ein Leuchten über sein Gesicht glitt.

Er kam mir entgegen.

Endlich stand ich vor ihm. Jay lächelte, aber seine braunen Augen blickten ernst. Er hob die Hand und strich mir eine geringelte Haarsträhne hinters Ohr. Ich wartete darauf, dass er mich endlich küsste, aber sein Blick glitt irritiert von mir weg, über den Schulhof, wo hunderte Jugendliche aus dem Eingang strömten und einige von ihnen neugierig zu uns herübersahen.

Da schlang ich einfach meine Arme um seinen Hals und umarmte ihn. Jay hielt mich fest und ließ mich lange nicht los. Es tat gut, seinen Herzschlag zu spüren, so dicht an meinem Herzen.

»Was dagegen, wenn ich dich nach Hause fahre, Hasenfuß?«, fragte er.

»Das wäre schön.« Ich nahm seine Hand und zog ihn zum Pick-up. »Aber zuerst musst du mir erzählen, was du hier machst. Wie ist es dir ergangen? Hast du Ärger bekommen? Hat Reggie dich aus dem Camp ausgeschlossen, als du ohne mich zurückgekommen bist? Warst du dabei, als sie das Holzfällerlager zerstört haben? Sucht die Polizei nach euch? Gibt es das Camp noch oder seid ihr woandershin gezogen? Wie geht es Althea und . . .«

»Hey, nun mal langsam«, sagte er, »das sind ziemlich viele Fragen auf einmal.« Und verschlos meine Lippen mit einem langen Kuss.

Federica de Cesco

Samira
Königin der roten Zelte

Als Samira in die Sahara reist, um den Nomadenstamm ihres verstorbenen Vaters kennenzulernen, ist sie tief beeindruckt von der faszinierenden Schönheit der Wüste und der traditionellen Lebensweise der Tuareg. Bald verliebt sie sich in das Land ihrer Vorfahren und in den eigenwilligen Adon, der sie auf der Reise begleitet. Doch Algerien, das bedeutet nicht nur Wüstenromantik und ruhmreiche Vergangenheit. Die einst so stolzen Kel Rela werden an den Rand der Gesellschaft gedrängt und sollen zur Sesshaftigkeit gezwungen werden – und Adon und Samira sind plötzlich Verfolgte zwischen den politischen Fronten ...

256 Seiten. Gebunden. Ab 12 Jahren
ISBN 3-401-05363-9
Ab 1.1.2007: ISBN 978-3-401-05363-9
www.arena-verlag.de

Arena

Andreas Gößling

Tzapalil – Im Bann des Jaguars

Carmen soll mit ihren Eltern nach Guatemala ziehen, wo ihre Mutter als Archäologin nach einer versunkenen Maya-Stadt sucht. Was Carmen dort wirklich erwartet, hätte sie sich niemals ausgemalt: Eine rätselhafte alte Maske taucht auf, ihre Mutter wird von unbekannten Indios entführt Und die atemberaubende Suche nach ihr führt Carmen tief in den gefährlichen Dschungel. Dort liegt den Legenden nach die alte Maya-Stadt Tzapalil. Ist es möglich, dass Tzapalil nicht ganz so ausgestorben ist, wie Wissenschaftler und Europäer glauben?

Arena

320 Seiten. Gebunden. Ab 12 Jahren
ISBN 3-401-05642-5
Ab 1.1.2007: ISBN 978-3-401-05642-5
www.arena-verlag.de